世界科幻大师丛书235

悠游长风

[美]莎拉·平斯克 著　刘未央 译

天地出版社 | TIANDI PRESS

图书在版编目（CIP）数据

悠游长风 / (美) 莎拉·平斯克著；刘未央译.
成都：天地出版社, 2025. 5. -- (世界科幻大师丛书).
ISBN 978-7-5455-8843-9

Ⅰ. I712.45
中国国家版本馆CIP数据核字第2025BA5742号

本书简体中文版由四川科幻世界杂志社有限公司引进。
著作权登记号：图进字21-2021-70

YOUYOU CHANGFENG

悠游长风

出 品 人	杨　政		封面绘画	飞行猴
著　　者	［美］莎拉·平斯克		插图绘画	颜　欢
译　　者	刘未央		特邀编辑	颜　欢
责任编辑	杨　柳　李　雪		装帧设计	施　洋　刘黎炜
责任校对	张思秋		内文制作	刘　勇
			责任印制	刘　元　高丽娟

出版发行	天地出版社
	（成都市锦江区三色路238号　邮政编码：610023）
	（北京市方庄芳群园3区3号　邮政编码：100078）
网　　址	http://www.tiandiph.com
电子邮箱	tianditg@163.com
经　　销	新华文轩出版传媒股份有限公司

印　　刷	四川省南方印务有限公司	印　张	13.125	
版　　次	2025年5月第1版	字　数	270千	
印　　次	2025年5月第1次印刷	定　价	62.00元	
开　　本	889mm×1194mm　1/32	书　号	ISBN 978-7-5455-8843-9	

版权所有◆违者必究
咨询电话：（028）86361282（总编室）
购书热线：（010）67693207（营销中心）

如有印装错误，请与本社联系调换。

目 录
CONTENTS

献给喂养我故事的父母

A Stretch of Highway Two Lanes Wide

一段双车道公路

科罗拉多，从现在到永远。

十七岁的一个醉酒之夜，安迪在左前臂文上了萝立的名字。全句是"萝立与安迪，从现在到永远"，字母一律大写，出自他最铁的朋友苏珊之手。用来刺字的那部自制文身机可是苏珊引以为豪的杰作，从旧DVD播放机和圆珠笔上东拼西凑点儿零件，再安上几节9伏电池就齐活了。这行字文得丑不算，还让安迪遭了不少活罪，结果萝立根本不领情，两周后就甩了安迪，上大学去了。

过了四年，安迪的另一条胳膊卷进了联合收割机。一整条右臂连根毁了，甚至肩膀和锁骨都没能保住。在他昏迷期间，父母亲替他拿好了主意。他在萨斯卡通①一家医院的病房里醒来时，右边已经换上了一条机械臂，脑壳里也多了一片植入体。

"脑机接口。"母亲说，好像这个词儿能解释一切似的。安迪五岁那年目睹家里养的牛被赶上卡车，母亲向他坦言牛的去向时，用的也是这种口气。母亲站在病床旁，双臂交叉，手指

—————————
① 位于加拿大萨斯喀彻温省中部的城市。

不停叩着结实的肱二头肌，似乎急着要赶回农场。然而，即使母亲不说，安迪也能从她深锁的眉头和紧绷的下巴看出她很担心。

"他们在你的大脑运动皮层里装了电极和芯片，"母亲接着说，"你现在是生化人了。"

"什么意思？"安迪问。他想举起右手摸摸脑袋，可右手纹丝不动，便改用左手，摸到了头上的绷带。

他父亲坐在窗边的椅子上，头戴一顶挡住眼睛的约翰迪尔平檐帽，这时发话了："意思是你得到了一台机械臂的原型机，好多人都在等着看效果。你能帮上不少人的忙。"

安迪低头看了看本该是右臂的地方。绷带裹住了人体与义肢的接合处，下方露出闪亮簇新的金属杆和亚光黑的金属丝。新胳膊活像他家的大型喷灌机，纵贯的喷管、隆起的桁架、配接的软管，样样不缺。末端是一个夹钳，由拇指与不分叉的四指构成。他回忆了一下右手的一些细节：手背上的几粒雀斑、关节处被绳子擦伤留下的疤痕、手掌上的老茧。他们是怎么处理那只手的？扔进某个标有"医疗废物"的垃圾桶吗？准是毁得不成样子了，否则他们会选择断肢再植手术的。

安迪看了看左臂。一枚静脉注射针头扎在文身的"永"字上。好像有一丝痛楚远远传来，并不是很真切。也许是输液的感觉吧。他又试了试能不能抬动右臂，它仍旧毫无动静，但这一次他着实把自己扯疼了，钻心地疼。

"现在的假肢不能做得跟真胳膊像一点儿吗?"安迪问。

务实的母亲又开口了:"那种是绣花枕头。你愿意的话以后可以换成仿真手,这是次要的,他们说要让假肢充分发挥作用,关键还在脑机接口。因为你的手臂神经都没了,得靠脑机接口向手部发射脉冲,否则假肢再漂亮也是白搭。"

他明白了。"那怎么用呢?"

"还不能用,得再等几天。他们先抓紧时间给你安上。按惯例要等残肢愈合了才能安假肢,但这一种,他们说必须提前装。"

"再说你也没留下残肢。"父亲在自己肩部比画了一个砍的动作,"能保住脑袋算你走运。"

安迪想知道还有没有其他手术方案,有的话又会是什么样。他父母选择现在这套方案并不奇怪。但凡有新技术问世,萨斯喀彻温省内头一个采用的总是他们家的农场。他父母是自动化的拥趸,喜欢用各种农业机械种田,喜欢用电子表格和数据库对土地进行网格化管理,喜欢舒舒服服地坐在办公室里耕耘、收获。

相形之下,安迪反而成了守旧派。他喜欢阳光洒在脸上的感觉。他养了一群夏尔马来犁地,还用它们的粪便沤肥。到了收获时节,他会用父亲那台老式的柴油版联合收割机,这是他面对提速增效的压力而做的最大让步了。可现在,就是这台收割机夺去了他的手臂。他不知道自己应该继续依靠耕马加拖拉机，还是转而支持父母的自动化导航农机。编程时输错坐标，机器可能会毁掉你的篱笆，但也仅此而已，机器不太可能直接闯进你的办公室，除非你的数学糟糕透顶。更何况，这次失"手"是他自己犯了一个愚蠢的错误，非要把胳膊伸进卡住的割台里。

安迪的世界只有这间病房那么大了。他站在窗前判断天气，克制着给父母打电话的冲动。他的小农场紧邻父母的农场，这段时间由父母帮着照料。他俩有没有在霜冻前完成收割？有没有把鸡栏搬到离房子近一些的地方？他只能信任父母了。

医生没多久就停了安迪的止痛药。"你是个棒小伙，"她说，"能扛就扛一扛，对阿片类药物上瘾就不好办了。"安迪点点头，觉得自己能挺过去。他熟悉体力劳动带来的伤痛。曾有一回，他连着苦干好几天，累得站都站不稳，又被一匹夏尔马换重心时一蹄子踩伤了脚，第二天还得照常爬起来干活儿。

然而这一次，他的身体要对付一种全然陌生的痛感：一波又一波的抽痛从不复存在的肢体源源涌出。他学会了分辨针刺痛与刀扎痛、酸痛与胀痛的区别。就在最厉害的那阵疼痛像没完没了的草原风暴一样席卷过后，医生通知他可以使用机械臂了。

"学得很快嘛，老弟。"康复作业治疗师见安迪掌握了捏取牙刷的动作后夸奖道。他叫布拉德，是个魁梧的阿西尼博因人①，只比安迪大几岁，精神头十足。"明天你就能试试穿衣服啦。"

"快慢是相对的。"安迪放下牙刷，尝试再次捏起，这回却把牙刷从桌子上碰掉了。

布拉德面露微笑，没有理会掉落的牙刷。"这是一个循序渐进的过程，对不对？你的肌肉需要学习新的机能。而且，等你掌握了这些基本动作，就能体会这条新胳膊的真本事了。"

那些真本事的确诱人，可他先得达到那个水平，也就是熟练运用机械臂的各种特色功能。他要学会解读腕部摄像头直传大脑的信号，还得练习用意念控制手电筒和人体遥测读数的开关。他期待着在实践中应用这些功能："透视"发动机中的死角，或者帮胎位不正的难产牛犊翻身。这些技能都值得付出努力。安迪弯下腰，集中精神去捏住牙刷柄。

就在快要出院的当口儿，安迪的腋窝出现了严重感染。医生给他用了抗生素，并清除了脓液。当天夜里，他迷迷糊糊发着高烧，梦到自己的胳膊变成了一条公路。这个幻觉在他醒来后依然没有消散。

安迪对生活要求不高。他曾希望得到萝立的爱，从现在到永远，但萝立做不到，既然如此，就这样吧。小时候，他向父母要了一头叫"梅茜"的蓝眼睛牛犊，喂养它长大，最后眼睁睁看

---

① 北美洲一支原住民。

着它被卖掉。当时他也这样想：既然如此，就这样吧。他一门心思耕作着毗邻父母农场的那块地，等到父母退休就接手他们的农场，除此以外别无所求。奢求太多没有意义。

眼下，他却想变成一条公路，或者说是他的右臂想变成公路。这个想法强烈得让他不知所措，是从他身体内外同时迸发出的无言的渴望。不，不止如此。这条胳膊不单单想变成公路。它认为自己就是一条公路。具体而言，是科罗拉多①东部一段97公里长的双车道柏油路。这条路览尽群山，却并不奢望抵达山脚。路两旁是围有带刺铁丝网的牧牛草场。

安迪从没去过科罗拉多。他连萨斯喀彻温省都没出过，更别提卡尔加里和温尼伯②了。他也从没见过大山。而现在，他既能描述远山的轮廓，又能报出路边白脸奶牛耳牌上的编号，说明这一切并不是他的幻想。他是自己，同时也是一条公路。

"准备好回去干活儿了吗，老弟？感觉怎么样？"布拉德问他。

安迪耸了耸肩。他知道应该把公路的事告诉布拉德，但他不想再住院了。这几天父母不得不替他收庄稼，还没少抱怨他那些老掉牙的农机，已经够糟心的了，可不能再推迟出院日期了。

"感染已经好了，就是这条胳膊有点儿唠叨，还得习惯习

---

① 美国西部的一个州，位于落基山脉东侧。
② 两市分别位于毗邻萨斯喀彻温省的艾伯塔省和马尼托巴省。

惯。"安迪说,这是真话。手臂会向他的大脑传输气温及各种空气污染物浓度数据,当他在跑步机上太卖力时会向他发出警告。除了这些,还要加上那条公路的事。

布拉德拍了拍自己的额头。"如果信息量太大,你还记得怎么减少输入数据吧?"

"记得。别担心。"

布拉德笑着把手伸进他带来的一只冷藏箱。"很好,伙计。这样的话,今天我们就来做鸡蛋练习。"

"鸡蛋练习?"

"你经营农场,对吧?那你就得会捡鸡蛋,不能捏破喽。你还得会做午饭。相信我,这可是专家级功夫,绝不是花拳绣腿。你那只手要是能过鸡蛋这一关,就毕业了。"

一周后,布拉德和医生们终于准许安迪出院了。

"你想开吗?"安迪的父亲一边问,一边把儿子的卡车钥匙递过来。

安迪摇摇头,绕到副驾驶座一侧。"挂二挡我还没把握。也许该置换一辆自动挡了。"

父亲打量了他一眼。"也行。或者先在农场周围练练?"

"我不是害怕,当心点儿总归没错。"

"有道理,有道理。"父亲发动了卡车。

安迪拒绝开车的确不是因为害怕,可也不仅仅是出于谨慎。起初,回家的喜悦遮掩了诡异之感,就是那种化身公路的感觉。他坚持练习在理疗中学到的动作。治疗师重新教会了他怎么剃须,怎么做饭,怎么洗澡;他又重新自学了怎么照料马匹,怎么套挽具。他去镇上的酒吧跟曲棍球队的老队友们聚会,想证明一切正常。

渐渐地,痛苦又弥漫开来了。人怎么可能是一条路,一条有具体地点的路,却又不在那个地点呢?样样感觉都不对劲。以前他胃口一直很好,现在吃什么都味同嚼蜡。他逼着自己做饭、咀嚼、吞咽。他规定自己必须吃几口,不吃够数不能停。

住院期间他掉了肌肉,出院后竟然越来越瘦了。壮小伙变成了豆芽菜。他本来不爱照镜子,最近开始强迫自己照。也许是想给自己打气吧。用这个办法试着跟大脑沟通沟通。他一根一根数肋骨。因为变瘦的关系,从胸部过渡到义肢的合成纤维连接套也有点儿松了。这种情况照理应该通知医生的。他们说过,松动会造成摩擦,任其发展会导致擦伤、炎症、感染。就像你的马要是被挽具磨伤,就不能再下地干活儿。

在镜子里,他看见自己憔悴的脸庞、瘦削的肩膀,还有连接套。他瞧瞧左臂,上面是文得七歪八扭的爱情宣言。再转脸向右,他看见了一条路。这无非是大脑的错觉、软件的故障。然而肩膀下面的确是公路。他明明知道那里应该是手臂:钳形手、金属骨骼、金属细筋。他张开又闭合钳形手。没错,它就在那儿,可同时,它又不在。

他用那只公路手铲谷物喂马，用左手抚摸马匹过冬的厚毛；用公路手给机器上油，用两只手配合着抛扔干草捆和谷物袋。他在车库里修理自己的卡车。而更多卡车正缓缓行驶在科罗拉多积雪的公路上，这条路通过电线、电极、人造路径接入他的大脑，又想方设法抵达了他的内心。他仰躺在冰冻的车道上，手臂平放在两侧，感受着卡车隆隆驶过。

在安迪同时身处的两个地方——农场和公路，冰雪消融的日子都姗姗来迟。他原本指望忙碌的春天能帮自己解脱苦恼，哪知分裂感反而越发强烈了。

在苏珊家逼仄的纱窗阳台上，安迪一面喝啤酒，一面努力向她解释这种感觉。安迪住院期间，苏珊搬回了镇上，在文身店楼上租了一间小公寓。一个大肚炉占去了大部分阳台，让她即使在早春时节也能穿着背心。她的两条手臂成了不知谁的文身练习本，记录下此人的点滴进步；而她自己的作业准是留在了温哥华的几条手臂上。苏珊高中一毕业就去了那座城市，拜在某位文身大师门下学艺。安迪搞不懂她干吗要回来，反正，她又出现了。

安迪穿着长袖夹克，倒不是有意要遮掩什么。他用左手握啤酒罐，也只是因为右手正做着有关沥青与风滚草的梦，不便打扰。

"你的假肢没准儿是回收利用的，"苏珊猜道，"前主人可能是科罗拉多的某个农场主。"

安迪摇摇头。"那不是过去的记忆,也不是某个人在路上的感觉。"

"问题会不会出在软件上?也许是把现成的软件改了改程序,而芯片本来是给新式智能公路用的,多伦多附近就有,能实现无人驾驶的那种。"

"也许吧。"安迪喝干了啤酒,松手让空罐子掉在地上,抬脚用工装靴后跟踩扁了罐子。他用指尖触摸手术疤痕:从头皮开始,斜向下滑过胸部,最后摸到肌肤与金属的交界线。

"你打算告诉别人吗?"苏珊问。

安迪听着蟋蟀的高歌、青蛙的低鸣。他知道苏珊也能听见。但可以肯定,苏珊听不见他胳膊里那条公路发出的隆隆声。"不,暂时不打算。"

安迪的右臂在科罗拉多的时间一天比一天长。他要排除干扰才能控制右臂。这条胳膊用着挺顺手,只是它的"心思"不在这里。不过习惯了之后,安迪觉得当一条路也没那么糟。人们总是说某条路来自哪里、去往何处,其实不然。一条路每时每刻都待在同一个地方。

他想过驱车向南,去科罗拉多找一找到底有没有那么一条路;然而自己已经住了这么久的医院,再往外跑实在说不过去。农田要翻耕播种,牲口要喂食饮水,他没时间来一趟公路旅行,不管这次旅行、这条路有多重要。

苏珊拉着安迪参加奥克利家农场的篝火派对。安迪本来不想去，自打买了地他就没参加过派对，但这次没经住苏珊的劝说。"我得跟老客户联络联络，可又不想老是有人来搭讪。"她说。苏珊开车，安迪将机械臂伸出窗外，手掌迎风张开。风速每小时21公里，手臂告诉他。气温12摄氏度。而另一个地方：过去两小时累计降雨50毫米，通行机动车3辆。

谷仓旁的开阔地已经燃起了篝火，人群围在四周，个个冻得直打哆嗦。道格·奥克利比安迪大一岁，休·奥克利还在上高中。两兄弟都跟父母住，不用说，这是一个趁大人外出开的派对。安迪参加过的大部分派对都是这种，唯一的区别在于，以前他属于年纪偏小的那一拨，而现在则是大龄组了。在这种场合，岁数稍大一些，别人会觉得你是酷酷的大哥哥；年纪要是再往上走，越过了某条敏感的界线，你就会被当作老怪物，不该再跟高中生混在一起了。安迪确信自己已经跨过了那条界线。

为方便交朋友，增加自己的人气，苏珊事先买了一箱莫尔森啤酒。她从后座搬下啤酒，一听听放进草地上的冷藏箱里。接着从里头拿了一听给自己，又扔了一听给安迪。啤酒碰到安迪的机械手后弹落在地。安迪四下里张望了一下，看看有没有人注意。他使劲把那听啤酒插进冰里，重新拿了一听。他用钳形手握住易拉罐，左手拉开拉环，咕嘟咕嘟一口气灌下半听。啤酒冰凉，空气寒冷，他后悔没带件厚夹克出门。幸好拿住啤酒罐的是那只金属手，一点儿不觉得冷。

女高中生都聚在门廊四周。大部分手拿塑料杯而不是易拉罐，喝的是蛤肉番茄汁兑啤酒。苏珊瞧了瞧她们，哼了一声。"就算我活到两百岁，也看不懂那种喝法。"

他俩走向篝火。火头烧得正旺，但热量都被紧挤在第一圈的人挡住了。安迪原地踏着小碎步，指望能暖和点儿，鼻子吸着柴火的烟味聊以自慰。他环视人群，大部分都是熟脸。奥克利兄弟自不必说，他俩的女朋友也在里面。两兄弟总能交上女友。道格还曾订过婚，不过现在又恢复了自由身。安迪努力回想着这些家长里短。他母亲应该都记得。

安迪突然意识到依偎着道格的那个女孩正是萝立。倒也没什么不对劲——道格人挺好——只是略感意外，因为萝立那时候张口闭口都是大学。安迪心碎那阵儿是这样安慰自己的：萝立的世界不该局限在农场里，她值得拥有更丰富多彩的生活。看着她站在火光中，两手交叉夹在腋窝里，安迪觉得自尊心有点儿受伤。安迪并不在乎自己老待在这个小地方，但萝立不应当跟他一样。或许她只不过是靠在道格身上取暖？这都跟我没啥关系啦，安迪转念一想。

萝立从道格的臂弯下钻出来，挤进人群，随即出现在了苏珊身旁。

"嗨！"萝立抬手打了个招呼。要么是因为尴尬，要么是因为太冷，她立马又把手塞回了腋下，看上去挺不自在。

"嗨!"安迪应了一声,伸出握着啤酒的机械手晃了晃。他尽量让这个动作显得很随意。只有一丁点儿啤酒洒了出来。

"我听说了你胳膊的事,安迪。我很难受。抱歉没给你打电话,这学期太忙……"她的声音轻了下去。

听了这个蹩脚的借口,安迪还是真诚地笑了。"没事儿。理解。你还在上大学吗?"

"对,在温尼伯。还剩一个学期就毕业了。"

"你学的什么专业?"苏珊问。

"物理,不过我打算读研,气象学专业。"

"厉害!你知道气象学家要配什么样的文身才酷吗?"

安迪说了声"失陪"去拿啤酒。回来时,只见苏珊正在萝立的手背上画一个气压计。她俩从来不是什么密友,但还处得来。苏珊欣赏萝立有志向;而萝立看上安迪是因为他最铁的朋友是一个女孩,萝立说这很少见。要是她俩搬到同一座城市,倒是加拿大电视网拍姐妹肥皂喜剧的好素材:一个小镇学霸和一个小镇女同朋克在大都市的故事。安迪可以在某一集露一下脸,代表两位女主角已经告别的过往。

第五听啤酒下肚,除了袖管里的公路,安迪已经感觉不到其他东西了。科罗拉多的空气清新爽冽,似乎即将迎来一场风暴。当晚,苏珊用记号笔给几个老同学画了文身草图并邀请他们光临小店,安迪和萝立彼此答应电邮联系,苏珊和安迪在大雾中驱车回家。在这一切之后,安迪梦到自己被那条公路完全占领了。在噩梦中，公路爬过他的手臂，翻过肩膀，覆盖心脏，抹平四肢，随后柏油开始往嘴巴和眼睛里灌。他上气不接下气地惊醒了，这时天还没亮。

安迪预约了一位心理治疗师。伯德医生的大脸盘看上去还挺年轻，头发却已经全白了。她一边听一边同情地点着头。

"我不是要下结论，只是觉得这个脑机接口方案可能定得仓促了。做决定的时候你没有机会发表意见。后来又没有时间去习惯失去手臂这么个现状。"

"我需要习惯吗？"

"有的人需要。有些人没得选，因为普通假肢必须等伤口愈合才能装。"

她说得有道理，却并没有起到任何答疑解惑的作用。这些话或许可以解释为什么会出现幻肢痛，为什么会梦到因为手臂而窒息。安迪查阅过相关资料。问题是，一个人怎么会觉得自己是一条路呢？她讲的道理没有一条能对得上。安迪开车穿过草场回家，先是平坦的主干道，接着驶上一条夹在休耕地与牧场之间的平坦双车道。最后一段是土路，通往父母的农场和自己紧挨其后的那块地。他的新卡车减震效果很差，每轧过一道车辙，他都要在座位上狠狠颠一下。

从出生起安迪就没离开过这儿，现在，他的手臂却自认为另有归属。回家途中，这条胳膊一直在向安迪发送无声的指令，想控制他。掉头，胳膊说。向南，向南，向西。我既在这里又不在这里，安迪想，或者是胳膊在想。我爱我的家，安迪企图说服胳膊。嘴上这么说着，他心里却渴望同时在萨斯喀彻温与科罗拉多安定下来。这样下去可有点儿危险哪。没有人能同时生活在两个地方。真是进退两难。他不能离开农场，除非把地卖掉；而他身上唯一支持卖地的那部分，其实又根本不属于他。

那天晚上，安迪梦到自己驾驶着联合收割机穿过油菜田，割台卡住了。他爬下来清堵，这次收割机吞噬了他的假肢，将金属和电线嚼得粉碎。安迪发现自己正盼着收割机把整条胳膊从他身上扯下来，连同脑袋里面一起清理干净，这样他就能重新开始了。割台果然一直飞旋，但在咬掉机械臂之后并没有停转，而是继续撕扯着他的皮肉；他感到脑壳里头被什么东西猛地拽住了，接着变成一阵阵抽跳，然后就是疼痛，越来越剧烈的疼痛。

安迪醒来后，头还在疼。起先他以为是宿醉，后来意识到没有一次宿醉是这么个疼法的。他一步一挪地进了卫生间呕吐，又爬回床边，摸起手机打给了母亲。昏迷之前，安迪脑中闪过最后一个念头：布拉德从没教过他怎么用假肢爬行。效果还不错。

安迪又一次在医院里醒来。他先瞧了瞧两只手。左边依旧是自己的手，右边还是机械手。他用左手摸着假肢和连接套的边缘，没变，一切都是老样子。他抬起左手，摸到了脑袋上的绷带。他又抬了抬假肢，没动静。

一名护士进来了。"你醒啦！"她的声音带着西印度群岛人特有的轻快，"你爸妈回家了，说喂完牲口再来。"

"我怎么了？"安迪问。

"芯片周围的脑组织严重感染。他们已经把芯片取出来了。好在电极检查下来都没问题。等你消肿了，他们会给你换一枚新芯片，你马上就能再用上这条漂亮的胳膊啦。"

护士拉开百叶帘。躺在病床上的安迪只能望见一碧如洗的天空。这种天气最适合干活儿了。他低头瞧着右臂，意识到这是数月来头一回真正看见这条金属臂，而不是科罗拉多。他依然能在脑海里回忆起那条公路——那条属于他的路，但并没有身临其境地回到那里。一阵失落的刺痛袭上心头。既然如此，就这样吧。

消肿后，他们在安迪脑内植入了新芯片。安迪等待着这枚芯片的自我宣示，声称他的胳膊是一艘快艇、一颗卫星，或是一根混凝土输送管，但这一次他的脑袋里只有他自己。这只手很听指挥，跟真手差不多。想张开就张开，想握拢就握拢。没有奶牛，没有尘土，没有公路。

他请苏珊帮忙接他出院。一来不用再让父母忙中抽空了，二来他有话要问苏珊。

苏珊载着他回家的途中，他卷起左臂的袖管。"还记得这个吗？"他问。

苏珊扫了一眼，脸红了。"怎么会忘呢？真抱歉，安迪。谁都不该带着这么个烂文身过一辈子。"

"还好啦。我只是想问问，那个，能不能调整一下。改一改。"

"天哪，我巴不得呢！你这个活广告太毁我生意了。有想法了吗？"

有。他凝视着这串七歪八扭的字母。"萝立"两个字很容易改成"罗拉"，再加俩字就变成"科罗拉多"了。[①]有些事他希望铭记在心。在萨斯卡通某个医疗废物桶里有枚电脑芯片，它知道自己是一条公路。这枚芯片曾与一条手臂，与安迪合而为一，共同成为科罗拉多东部一段97公里长的双车道柏油路。这条路览尽群山，却并不奢望抵达山脚。就这样，从现在到永远。

---

① 原文是将"LORI"（萝立）的字母"I"改成"A"，前后再分别加上两个字母变成"COLORADO"（科罗拉多）。

And We Were Left Darkling

我们眼前只有一片黑暗①

他们的泳姿像奥林匹克选手，像鱼，像海洋动物，
仿佛有生以来一直在游，从未停止。

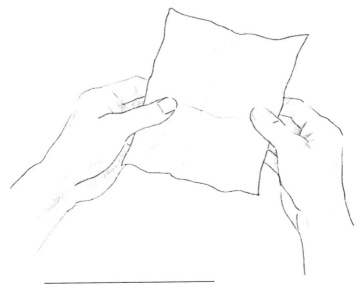

---

①语出莎士比亚的《李尔王》，前文如下（朱生豪译）："那篱雀养大
了杜鹃鸟，／自己的头也给它吃掉。／蜡烛熄了，我们眼前只有一片黑
暗。"暗指李尔王因两个女儿忘恩负义而陷入黑暗。本篇临近结尾亦有与该
段呼应的布谷鸟（即杜鹃鸟）隐喻。

我不记得她是怎么诞生的，我的梦宝宝，只待在我梦旦的宝宝；一天夜里她闯进我的脑子，便在里面扎下了根。她有时只出生一天，有时满一周，有时一岁，有时八岁，有时又回到三周，一天。她有一头细细的金发，时而又变成密密的黑色鬈发。有一回她梳着一头垄沟辫，我一不看她，辫子就会变长。

　　"她头发长得太快了，我来不及剪。"我对梦中的家人说。

　　梦中的家人就是现实中的家人，但不怎么帮忙。在梦里，他们比较冷漠。他们出出主意，开开玩笑，挑挑毛病，从来不会把我怀里的宝宝接过去。连我爱人，也就是我梦境版的真实爱人，也只是在屋子另一头的沙发上干坐着，面带微笑，偶尔冲我竖竖大拇指。我不缺支持和爱，却又感到恐慌、气恼。

　　这些梦逼真到侵入了现实，我的乳房真的出奶了，胀痛胀痛的。梦里，没人教我怎么哺乳，不过我和宝宝找到了门道。她从来不哭。

　　白天，我向塔亚解释。她理解不了。她想不通梦宝宝是怎么回事，我又怎么会真的出奶水，还有，为什么我早晨醒来总是找不着北。

"你说'她'是真实的，这话是什么意思？"塔亚问，"跟咱俩断了怀孕的念头有关系吗？"

我们俩努力了五年却毫无结果。我们年龄太大，手头拮据，再也承担不起昂贵的人工生殖费用了。经济条件又不允许领养。去年，我们干脆不提这件事了。

"不一样，"我回答，"那感觉不像是一种愿望，而是已经有了一个宝宝。她是真实的。"

我养成了小睡的习惯。从店里一回家就睡，把闹钟响铃时间设在塔亚从宠物诊所下班到家前的几分钟。我尽量瞒着她。我没法儿开口跟她说，这个宝宝是我一个人的，而不是我们俩的。

不管是夜里大睡还是白天小睡，每次都在做同一个梦，每次又有所不同。我抱着我的宝宝，臂弯里托着她一头金发 / 黑发 / 细发 / 茸毛 / 鬈发①的脑袋。在场的还有我的姐妹、父母、爱人。我发现，如果意识到宝宝快要出现了，我会打扫地板，放洗澡水，做饭。

"上一次我给她洗澡是什么时候？"我问，尽管宝宝的头发闻着香喷喷的，一点儿也不脏。没人答话。

---

① 这组带斜杠的词语原文为斜体字加中括号，通过并置两个以上不同性质的词语，表现梦境的多变与不确定。下同。

宝宝伸手够我，我手足无措地搓弄着衬衣。我还没准备好，一时陷入了窘境。我用目光向姐姐求助，可她摇摇头，还笑了笑。宝宝吃奶时，我眺望窗外乔治亚·欧姬芙[1]笔下那一座座20世纪20年代的摩天大厦。高楼在天鹅绒般的夜空中闪着银光。庞大的发条怪兽在画作／楼宇间的空当里昂首阔步。这些怪兽挺友好的，只是偶尔会喷出火花。它们没有踩到楼房。

我的梦宝宝越长越大，但有时也会越缩越小。某一日她是个学步幼儿，第二天又不是这个年龄。她离过两次家，隔夜都变成婴儿回来了。我松了一口气，欢迎她回家。我看到她总会感到惊奇。每次第一眼见她，我总是诧异她竟然是我的孩子，尽管明知这是事实。我努力回忆分娩时的情形，但这件事／这个梦并不包含那一幕。她一直在。她始终在。她十四岁／十八岁／出生一天了。

我用"梦的象征"和"婴儿"这两个关键词上网搜索，翻阅查询结果，多半提到有关地质大灾、圣婴、责任、纯洁的梦境。大部分我都忽略了，只有一条链接吸引了我的注意：某论坛有个帖子寻找长期反复梦见孩子且梦境真切的网友。我点击翻看回帖，有几百条。我没细读。我不想知道是否有人跟我一样梦见这个宝宝。我不愿分享。

---

① 乔治亚·欧姬芙（Georgia O'Keeffe，1887—1986），美国著名女画家，以半抽象半写实的手法闻名，1925—1929年以纽约的摩天大厦为原型创作了一系列画作。

宝宝第三次离家，再也没回来。一年来，我头一回睡觉没做梦。醒过来没那么吃力了，但一上床就会难过。我想念她。我又找到了那个讨论梦宝宝的网站。那位发起话题的女网友发了新帖子，这次我仔细读了。她也不再做那个梦了。还有两百七十二人表示有相同经历。我本该跟帖响应，然而我不想让人分担失去宝宝的痛苦，一如不愿与人分享宝宝为我带来的快乐。

宝宝们回来了，是一起回来的。我在新闻里认出了自己的孩子。宝宝们从海里冒了出来，我们的梦宝宝，赤裸而美丽，年龄各异。他们出现在加利福尼亚南岸的近海岩礁上，身边伴着海狮。不管在哪儿，即使是在电视里，我也能一眼认出自己的宝宝。她的头发是栗色的，跟我一样。她看上去八岁大。梦里她八岁时的所有场景都历历在目。那一年她摔断了胳膊；那一年我们俩做了巧克力豆曲奇，用发条怪兽喷的火烘烤。她长着雀斑，在加利福尼亚的阳光下，皮肤很快晒成了棕色。

我想订一张机票，塔亚不同意。"这太怪了。我们也花不起这钱。"

"可别的父母都去了。他们从世界各地飞过去。如果宝宝需要我怎么办？"我问，"她需要我，我又不在，那怎么办？"

塔亚摇摇头，刮着绿色防护裤上的一块污迹。"我很想理解你，乔。"我知道这是她的心里话。我看到她眼里满是担忧，但我还是订了机票。为了买一张当日票，我把信用卡刷爆了。

这么做很不负责。我不该这么干。而且我连再见都没说一声。

我不是唯一的一个。其他像我一样的做梦人也赶到了机场。我们很容易被认出来。当安检人员把我们拉到一边搜身检查时，候检队伍自动向后退去。我们看上去太茫然，太失魂落魄了。没有一个带行李的。我们毫无怨言地接受拍打式搜身。我们呆呆地朝舷窗外望着，手里没有书、平板电脑或纵横字谜。我们的脸庞埋进了云里，我们的脸上布满云翳。

飞抵洛杉矶机场后，我们二至四人一组乘出租车出发，指示不明就里的司机停在海边，停在 "niños del mar"[1] 那儿。我们反复强调 "niños" "niños"。司机把我们放在海滩上，码头上，石崖顶上。冲浪者用纯好奇的目光盯着我们。我们只望着远处海面上影影绰绰的人形。

我的老板打来电话问我是不是病了。我本想撒个谎答声"是的"，可话到嘴边变成："我有急事得跑一趟外地。"

她叫我不用操心再回去上班了。我本该紧张，却没有。

我们等待着。六月的黄昏凉爽而无冷意。空气闻起来有一股盐咸味。我们翻遍包袋和衣兜，寻找飞机上发的花生米，寻找苹果、能量棒或途中存下的任何食物。好心的当地人给我们送来比萨和瓶装水。我们吃的时候眼睛始终盯着海面，即使暮色渐浓，也不挪开视线。

夕阳西下，我突然意识到自己从没见过太平洋，也没见过

---

[1] 西班牙文，意为海的孩子。其中"niños"意为孩子，亦有"圣婴"之意。

这一轮落日。面对此景，塔亚却不在身边，我的内心涌起一股愧疚。岩礁上的孩子们被后方斜射而来的余晖勾勒出身形，又慢慢沉入阴影之中。我们又失去了宝宝，这一次是被落日夺走的。

我们彼此讲述梦宝宝的故事。这些故事大同小异。除了梦宝宝，我们在现实中都没有孩子。有家庭的人都说家人会出现在梦中。只有我梦见乔治亚·欧姬芙的天际线，发条怪兽也是我的专利。其他人的梦里出现过夏加尔①和罗斯科②的画作，还有那位"绘光者"③的夸张作品；搭配《大金刚》④《太空侵略者》⑤《乐一通》⑥里的角色。

"就像'疯狂填字'⑦，"有人说，"我们各填各的空格。"

---

① 马克·夏加尔（Marc Chagall，1887—1985），生于俄国，后入法国籍，"二战"期间曾移居美国，超现实主义画家。

② 马克·罗斯科（Mark Rothko，1903—1970），生于俄国，十岁移民美国，抽象表现主义画家。

③ 原文"painter of light"，指曾将该短语注册为商标的美国画家托马斯·金凯德（Thomas Kinkade，1958—2012），其作品注重表现明亮的光线与鲜活的色调，具有浓厚的奇幻感。

④ 日本任天堂公司推出的以大猩猩"大金刚"为主角的一系列电子游戏。

⑤ 日本太东公司推出的一款街机游戏。

⑥ 原文"Looney Tunes"，美国华纳兄弟公司于1930年推出的卡通系列，角色包括兔八哥、达菲鸭、猪小弟等。

⑦ 原文"Mad Libs"，一种填字游戏。基本玩法：玩家甲拿到一小段若干关键词呈空格的文字，按各空格下方的笼统属性（如动词、人名、人体部位等）依次向玩家乙提问，由不知上下文的玩家乙随意选择词语填入，最后玩家甲念出由玩家乙补足的全文，常有搞笑、荒诞、夸张的效果。

我们彼此间可以随意探听梦里的次要内容,但没有人询问孩子的事。不知道有多少人像我一样在心里做算术。海滩上的父母人数远远多过岩礁上的孩子。这是不是意味着有些人是共有一个宝宝的?难道我们都在盯着同一个宝宝吗?我们没有触及这类问题。

一帮记者在我们附近安营扎寨,他们的面包车像大篷车一样围成圈,一根根巨大的天线刺向天空。偶尔会过来一个人打探消息,我们都不开口。如果有人想混进来做卧底,没几分钟就会暴露。细节出卖了她。她说的是"那个宝宝",而不是"我的宝宝"。她没有魂不守舍的眼神。我们赶她走的时候,她嘴角一扬,露出得意的笑容。我猜她偷拍了一些东西,但不知其详。

有一个女人徒步赶了过来。不清楚她来自何方,但脸上已经晒出了水泡。日暮之后很长时间,她的皮肤还在冒热气。我们将她放平在凉爽的沙地里,慢慢把水滴入她干裂的嘴唇。

"要叫医生吗? Medico[①]?"有人问。

她摇摇头,指着昏暗的海面,"Mijo[②]。"

是自己人。

我睡在潮湿的沙滩上,没有梦。一只熟悉的手、一个熟悉

---

① 西班牙语,意为医生。
② 西班牙语"mi hijo"的非正式拼法,意为我的儿子。

的声音唤醒了我。我蜷缩进塔亚怀中,片刻后才意识到自己身在何处。

"你来这儿干什么?"因为露宿,我的喉咙有点儿肿痛。

"我他妈还想问你呢!"

我从她的话音里听出了遭到背叛的恨意。平时,我可是最怕伤人心的。

"你是怎么来的?"我问。

"我把车卖了,买了张机票。这事等我们回去还得想办法。来,亲爱的,我们去吃点儿早饭什么的。"她伸出手要拉我起来。

我摇摇头。"我哪儿都不能去。我不能离开宝宝。"

她重心后移站稳脚跟。

"只要走得开我会走的,塔伊①。可我得待在这儿,宝宝——"

"宝宝什么?你疯了。咱俩到底在这儿干什么?"

我双臂环膝,眺望海面。孩子们坐在岩礁上瞧着我们。塔亚说得对,但我不在乎。我是应该离开。可我不能。我还是没法儿跟她解释明白。

她挨着我坐下。"好吧,你不走,我也不走。咱俩都要被炒鱿鱼了,但又回不了家,也上不了班,怎么都得完蛋。就算这样,你还是不会跟我分开的,对吗?"

"对。"我答。我没说自己已经被炒掉了。我知道现在应该搂住她,可我没有。我很高兴她在这里,同时又希望她没来。

————————————
① 塔亚的昵称。

　　其他人逐一醒来，一个个把脸转向海上，看宝宝是不是还在。

　　"新闻在议论你，知道吧。"塔亚说话时没看我，而是和我们一样盯着孩子们。

　　"议论我？说了什么？"

　　"不是专门议论你，而是议论你们这些人。他们管这叫'集体幻觉'。"

　　"幻觉？可他们也能看见，不是吗？我们的宝宝上过电视。"

　　听到"我们的宝宝"，她皱了皱眉，没搭话。过了一会儿，她开口了，字斟句酌地，"我们是看见了。但除了你们，没人说认识这里面的孩子。自打这些孩子出现后，就有人给他们拍照，跟失踪人口、驾照等数据库里的照片做比对，没一个对得上号的。"

　　"当然对不上号。"坐在塔亚另一侧的一个男人接话道。前一晚我跟他聊过，他从温哥华飞过来。叫马克什么的。"他们为什么要匹配你们的数据库？他们没失踪。我们一直在等这些孩子回来找我们。"

　　塔亚偷偷递给我一个"这家伙疯了"的眼神。我们俩曾经多少次联手对抗过这个世界？可这次我站在马克一边，我知道会伤塔亚的心。假如马克疯了，那我也疯了。我并不觉得自己疯了。"他们还说什么了，塔伊？"

　　"那儿大概有两百五十个孩子。你们在岸边的这些人已经超过三百个了，还有人不断地赶过来。全世界的机场都有人哭着喊着要来这里，可很多人没签证，或者没钱买机票。有人觉得两边数字对不上。比如我。"

马克直言不讳："你怎么不离开呢？我们这儿不需要你。"

"我喜欢她在这儿。我喜欢你在这儿。"后一句我是转脸对塔亚说的。

"所以她就能管我们叫疯子了？这么看我们的人还嫌不够多，是吧。"我猜塔亚刚才那个"疯了"的眼神被他瞧见了。

"她待在这儿也许就能明白我们并没有疯。"

马克站起来假装伸了个懒腰，走开了。

"二货。"我说。塔亚笑了。

又有人陆续赶来，从更远的地方。一个女人从纳米比亚出发，辗转约翰内斯堡、达喀尔、阿姆斯特丹、纽约四市方才抵达此地。她紧张地坐在沙滩上，仿佛还在飞机上没下来。另有人来自伯利兹、冰岛和斯里兰卡。我们中条件比较好的帮大家采购了食物和水。我很感谢他们。看到食品我才觉得应该吃点儿什么了，其实并不饿。岩礁上的孩子还没吃过东西。他们看上去很快乐。

三天后塔亚离开了。"我爱你，"她说，"我爱你，也担心你。我应该留下，可我要是也丢了饭碗，咱俩就没法儿过日子了。

而且我认为这件事应该由你自己了结。"

我吻了她。我希望她留下，但更希望她离开。

"我也爱你。咱俩很快会再见面的。"我说。她转过身去，眼里噙着泪水。有些事我们俩心照不宣：我没有回程机票，我没钱买票，我在等我的梦宝宝，我不知道接下来会怎么样。

她走后，我在口袋里发现了一张她留给我的字条，上面写着：

> 1. 加州地松鼠擅长气味伪装，它们会咀嚼天敌响尾蛇蜕下的皮，再舔舐自己和幼鼠的身体。
> 2. 布谷鸟属于巢寄生鸟类，它们会在其他鸟类的巢内生蛋，将育雏重任转嫁给被寄生者。
> 3. 我觉得自己并非不通情达理。我天天都在做理性的决定。你也是。我们俩总是一起做合情合理的决定。快回来。好吗？我想你。

我折起字条，放回原处。

我们在这里待了整整一周后，孩子们最终离开了岩礁。在此之前，我们的人数已经减少了，但只少了一些。有几个人被强行架走了。还有几个在亲人的劝说下回了家。他们都走得很勉强。不知道他们下半辈子会怎么样，会不会一直怀疑自己究竟是否来过这里。我猜，这要看接下来会发生什么。

接下来，孩子们跃入了水中。我们循着孩子们的踪迹，用近似耳语的声音发出恳求。我被深深吸引住了。

"来呀，"大伙儿召唤着孩子，"我们想念你们。"

我这才意识到我的孩子没有名字。整件事发生以来，这是我第一次产生犹疑。我来到加利福尼亚，召唤着自己的孩子，我坚信那是我的孩子，可怎么叫不出她的名字呢？我想她是有名字的。也许有过很多名字。然而我一个都没记住，这让我很苦恼。

宝宝各年龄段的记忆涌入我的脑海。我想起在她的三岁生日派对上，有一个兔子形状的蛋糕，她拦着我不许切。我想起她在一出校园剧里扮演女王，之后整整一个礼拜都不肯摘下王冠。我想起我们俩抬头观望欧姬芙的完美云朵，找出各种熟悉的形状。我不知道怎么将这些记忆同正游过来的这个女孩合而为一。她还会再变回八岁吗？那些事真的发生过吗？还是尚未发生？我甚至不知道她是否认得我。

我把手伸进衣兜，碰到了那张折起的字条。我不太确定塔亚的意思，我是松鼠还是蛇？是布谷鸟还是被寄生的鸟？我后悔自己往这方面想了。我试着想象宝宝如何适应我们的家庭生活。塔亚会怎么待宝宝？她们俩会形成一种什么关系？我们连次卧都没有。这些事情都没有好好考虑过。也都没打算考虑。

孩子们游近了。他们真美。

我想起自己从未教过她游泳。他们的泳姿像奥林匹克选手，像鱼，像海洋动物，仿佛有生以来一直在游，从未停止。我开始怕了。她那么美，她快要上岸了；她是我的，我已无法逃避。

Remembery Day

记忆日

好的记忆也会伤人心。

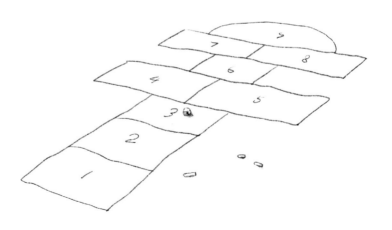

节日来临，我天一亮就醒了。外婆叫我擦妈妈的军靴。

"别让她看见靴子。"外婆提醒我。其实我心里有数。

我把靴子、一只旧袜子和一套擦鞋工具拿到了卫生间。我以前见过外婆擦这双靴子，今天是她头一回让我亲自动手。先用皮革清洁皂去污，再抹保养剂，最后擦油上光。我猜外婆已经在我们俩的卧室里支起了烫衣板，将妈妈的旧军服熨出一道道笔直的衣褶。

门开了，我这才想起忘了反锁。休息日妈妈一般不会起那么早。

"那是谁的靴子？"妈妈打着哈欠问道。

"呃……"我不知该编个什么谎搪塞过去。

幸好外婆及时赶到妈妈身后来救场了，"是你爸的，基马。我叫克拉拉帮我保养保养。"

妈妈的目光停留在靴子上。她有没有发现这不是外公的尺码？她认出来了吗？

"我要用卫生间了，"片刻后她说，"你能换个地方擦吗，克拉拉？"

我一手捏起两只靴子，伸长胳膊以免沾到衣服，另一只手收起擦鞋工具。妈妈等到我匆忙走出，便驱动轮椅进了卫生间。这把室内轮椅比较小，但卫生间也窄，还是挤不下两个人。

"对不起。"门一关上我就轻轻对外婆说。

"还好没露馅儿。"外婆悄声答道。

既然不必躲躲藏藏，我就在厨房地板上擦完了靴子。再说，也快到点了。我们这里是十点开始游行。有些地方的人半夜三更就得起床。

妈妈进来吃早饭了。我把靴子晾在角落里。外婆已经煮好咖啡，还做了青辣椒炒蛋，但我只能闻到满手的皮革清洁皂味儿。我们三个吃饭的时候都没有说话：妈妈是因为不习惯早起，而我和外婆在等待，在聆听。八点整，警报鸣响，正是我们静待着的连续短脉冲音，警示"纱幕"即将拉起。

妈妈猛地把头转来转去，"怎么啦？噢。"

"纱幕"拉起的那一瞬，她总是这样震惊。我的老师说每个老兵反应都不一样，不过我的朋友们从来不交流自己父母是什么表现。我妈妈一开始都要说声"噢"，同时把手抬到嘴边；双眼蓦地睁大，就好像以前一直是闭着的。她会盯着我看一会儿，仿佛我是个陌生人。小时候我见到这眼神会难过。如今我能理解了，至少是习惯了。

"噢。"她又说了一遍。

她低头呆呆地瞧着搁在大腿上的两只手，我看见手在哆嗦。她一言不发，驱动轮椅径直进了卫生间。我听到水龙头打开了，接着一阵吱嘎声，是她把自己挪到了淋浴间的凳子上。外婆从桌对面绕过来搂住我。随后外婆起身，拿了妈妈的军服摊平在她床上，我捏着擦亮的靴子跟在后面。做完这些，我们两个等在厨房里。

妈妈洗澡和穿衣服用的时间跟平常差不多，但这一次，她再次出现在厨房门口时，已经穿上了军服。非常合身。没必要让妈妈知道外婆偷偷把军服改大了一圈。我从没见过妈妈身为年轻女兵时的相片，但不难想象，只要去掉轮椅和脸上的烧伤疤痕就八九不离十了。我只在今天以这样的目光看她；在其他日子，轮椅和伤疤都是她不可缺少的部分。

"是你帮我擦的吗？"她指着靴子问。

我点点头。

"锃亮锃亮的。谁看了都会觉得漂亮。"妈妈拉我坐到她大腿上。我早就过了坐大腿的年龄，不过今天可以为她通融一回。我坐了一会儿就站起来了。她的笑声跟一年里的其他日子不一样，现在显得低沉些，也更温柔些。我向来不确定哪一种是她的真实笑声。

九点，我们都上了面包车，车由妈妈驾驶，朝市中心开去。

"妈妈，能问个问题吗？"

"想问啥？"

"大战时期你都做过什么？"

我在镜子里看见她努起了嘴。"说来话长，宝贝。这会儿我开着车呢，不太好回答。咱们等一等再聊这事好吗？"

我明白这意味着什么。"等一等"并不总能兑现。不过，今天她是主角。"好吧。"

几分钟后，妈妈忽然偏离预定路线右拐，靠边停下了。"我们今年不去了怎么样？去吃冰激凌，去码头上坐坐，或者玩点儿别的，好吗？"

"妈妈，不行！今天是你的节日！"我不明白她怎么会有这种想法。一阵恐惧袭来，我这才想起应该先听听外婆怎么说。

妈妈把脸转向外婆，外婆只是耸了耸肩。

"你说得对，克拉拉。我不知道自己在想什么。"妈妈叹了口气，重新挂挡上路。

节日这天，老兵们都在城里找到了好车位。有妈妈这身军服帮忙，我们能停在离目的地不远的地方；再加上车身上的轮椅标贴，我们离目的地就更近了。我不知道他们都是怎么找到集合点的，也就是自己所属的团部，反正没人遇着麻烦。我和外婆站在集结区附近，望着老兵们拥抱、痛哭。妈妈朝我一指，挥了挥手。我也笑着冲她挥手。

我和外婆在大看台上找了位子坐下，四周都是跟我们一样的退伍军人家属。我认出了其中几个孩子。小时候我们在看台下一起玩过,当年我们把这一天称作"记忆日",因为不知道还能叫什么。现在我长大懂事了,更愿意陪在外婆身边。尽管穿着长裤,我的大腿还是感到金属凳火辣辣地烫人。一缕微风穿过高楼大厦形成的峡谷,拂起街对过儿的一面面旗帜,我认了认有哪些州的,哪些国家的。

军乐队开始奏乐,我们齐声唱起了《归来者》,接着是《你倒下的地方鲜花盛开》。学校老师教过,以前游行都要唱国歌,但自大战以来,我们遍及世界的盟友都把这两首歌定为必备曲目。我能用四种语言唱这两首歌。军乐队行进到每一座看台前,都要停下来把两支曲子重奏一遍。游行年年都要持续很长时间。

军乐队之后是六匹骏马,同妈妈的军靴一个颜色,浑身上下也和靴子一样锃亮。它们不愿受到束缚,时而甩头,时而横跃,口中白沫乱飞。马匹的嚼环与辔头都打理得闪闪发亮,身后却拉着一辆朴实无华的车子,底下是木轮,上面载着一具木棺。年轻骑手身穿战后设计的新式浅灰色军服,胳膊上缠着黑纱。没参过战的军人已经不允许再穿旧式军服了。

接下来就是老兵队伍了。人数一年比一年少。外婆向我保证过,妈妈的队伍永远不会不成样子,可我还是担心。我想,总有一天他们会减员到凑不成队列,不过眼下人数依旧够多。有些人和妈妈一样坐着电动轮椅,有些人脸上的伤疤比妈妈还严重，有人挥着假手；还有人身体过于虚弱，得靠别人推轮椅，或者乘坐沿大街行进的花车。我看见我的一位老师从眼前经过。我以前从来没注意队伍里有他，转念一想，他是今年才教我的，搁往年我根本不会去留意他。听他上课我绝对猜不到这也是一位老兵。当然，自打发明了"纱幕"，所有的老兵身份都遁于无形了。我干吗要大惊小怪呢。

妈妈经过时，我铆足劲儿喊得更大声了，好让别人都知道那是我妈妈。她在队伍里看见了我，冲我一指并挥手。我们高声欢呼，直到扯破嗓子。至少我们能给他们喝彩，这是我们唯一能做的。

此时此刻，所有幸存国家的幸存城市都在举办游行庆典。我想象其他孩子和他们的祖父辈有的在夜空下呼叫，有的顶着正午的日头高喊。我们这儿是夏天，而北半球正是隆冬时节。在我脑海里，那边的孩子一个个穿得圆滚滚的，坐在冰冷刺骨的露天座位上，而我身下的长凳正烤得两个膝窝直渗汗。

最后一队军人走来，我们特意为他们留着足够的劲儿，欢呼致敬的热情丝毫未减。他们身后是单独的一匹马，有鞍无骑手，马鬃上编缀着火草①。这是为了纪念清理部队的士兵——停战协议签订后，他们不得不暴露在高危环境下作业，而今已经无人幸存了。

游行结束后，我们等在看台上。外婆同邻座聊着天。有些

① 又名柳兰，一种野花，常在焚烧过的地区旺盛生长，象征复苏、新生。

军属走了，但大部分人和我们一样逡巡不去。大家都知道还要等一些时间。游行队伍解散后，老兵们照例要在约定地点集合，如终点附近的酒吧、公园或咖啡馆。几位身着军服的人朝这边走来，同家人一起悄悄离开了，并未理会我们投去的目光。我们清楚，这个时候他们按理应该在投票。

"你觉得今年他们会怎么投票？"一个跟我年岁相仿的男孩问道。我以前见过他，但不记得他叫什么名字，只知道他父母都参加了游行。现在他一个人坐着。

我耸了耸肩，用我老师的话回答："那是他们的事。我们没有权力赞成或反对。"

他从我身旁走开了。外婆还在聊天。长凳上没人了，我不顾凳面火烫，干脆躺了下来。我们真幸运，能拥有如此美好的天气。天空呈现一种微妙的蓝，我凝视得越久，那蓝色就显得越深，仿佛我的目光穿透了大气层，径直望入太空。我想象其他无数城市里也有像我一样的女孩子，她们都在等妈妈，也都躺在长凳上，仰望苍穹。

我们等了很长时间。外婆拿出了书。她的手指没有像平时那样在书页上滑动，我猜她并没有读进去。我闭上眼睛，听到清道车扫街的声音，还听到三三两两的人在聊天。小孩子追逐着跑上跑下，不时哐当一声把座椅撞得发颤。

终于，我听到轮椅最高速行驶时发出的呜呜声。我手搭凉棚朝下一望。是妈妈。她两眼肿肿的，像是哭过，曾有那么几年，她身上总有一股啤酒味儿，但今年没有。

我坐在车后座上，数着住宅和商店外悬挂的旗子。

"怎么样？"外婆问，此时车子已经在沉默中开了好几分钟。

"没通过。"

"票数接近吗？"

妈妈叹了口气。她的话音很轻，我要竖起耳朵才能听见。"从来没接近过。"

外婆一只手按在妈妈胳膊上，"也许还要再等等。"

"也许吧。"

回到家，我们把旗子收进屋里。妈妈换下了军服。她坐在活动躺椅里，两手叠放在大腿上；外婆拿过军服藏了起来，待来年再用。我走进卧室，从抽屉里取出爸爸的相片。我站直身子才发现外婆就在对面她自己的床上，双手捧着脸。

"那该死的'纱幕'，"她说，"我永远也搞不懂他们为什么要投票支持'纱幕'，年年都这样。"

"因为那些记忆太深刻，"我重复老师的话，"而战争又太残酷。"

"可她希望保留那些记忆。"

"假如她在杂货店碰上哪个不记得她的战友，对谁都没好处。要么都记得，要么都忘掉，只能这样，外婆。"

"但是，跟坏的记忆一起埋葬的还有那么多好的记忆。"

"我觉得好的记忆也会伤人心。"我见过妈妈眼含热泪的样子。

"爸爸还有哪些事是我不知道的,跟我说说嘛。"我爬上躺椅的扶手。

妈妈微微一笑,从我手里接过相片,勾画着他的下巴轮廓和军礼服上的纽扣。

"我是在基地的健身房里认识他的。只有他看见我举重不会评头论足。"

"这个我知道,妈妈。还有呢?"我不由自主地焦急起来,"对不起。我不是催你。"

"他喜欢走出驻扎地,到军营外面跟村里的孩子玩游戏。长官们都反对他这么做,警告说他会被劫持,可他还是一有机会就偷偷溜出去。"

我笑了,"这事我不知道。他们玩什么游戏?"

"我们到那儿的头一个礼拜,他带着粉笔出营了。他说打算送一支粉笔给外面的一个小男孩玩,没想到突然冒出来二三十个孩子,个个伸手缠着他要。幸亏他带的是粉笔,可以掰成一小段一小段的。有的小孩把粉笔头塞进了嘴里。'就当补钙吧。'他事后对我说。后来,他再也没给他们带东西,因为没有什么东西能分成那么多份了。他让我教他跳房子,好再去教给那些孩子。你能想象吗?这么个大兵玩起了跳房子。接下来玩四方球①、足球。孩子们本来有个皮球，凡是在干泥地里摆上树枝或画上线就能玩的游戏，他们都玩。每次他溜回来，眼睛里总是放着光，好像忘了我们在哪儿，又为什么去那儿。然后，就发生了第一波袭击——"妈妈在大腿上绞着两只手。

"你们为什么要去那儿呢，妈妈？"

一座教堂敲响钟声，接着是第二座，第三座……

"再说几句，妈妈，快！"

我想知道的事太多了。一颗泪珠滚落她的面颊，她抱住了我，没有回答我的问题，我明白已经太晚了。我想着我爸爸，那个穿军服的人，该怎么教我跳房子，而不是教村里那些孩子。要想象出一个从不认识、永远也不可能认识的人，太难了。我后悔先问了爸爸的事，应该从妈妈的事开始问的。

几分钟后，钟声停止。妈妈的脸庞顿时失去神采，仿佛合上了百叶窗。她在躺椅侧面的口袋里摸索着。爸爸的相片从她的大腿滑落到了地板上。

"不知道怎么回事，做晚饭前我想看看搞笑的节目。"她说，"你想和我一起看吗？"

"当然想。我马上回来。"我捡起地上的相片。

"那是谁？"她抬头问道。

---

① 一种球类游戏，规则是：在地上画"田"字格，一人占一格，开球者向他格游戏者发球，后者待球弹地一次后接球并应使球落在他格界内，如此依次进行，接球失败或出界者出局。

"一位参战的军人。"

"学校布置的作业？"

"是的。"我答。

"我为你骄傲。"她莞尔一笑，"那些士兵值得我们纪念。"

外婆睡在床上。我把相片收进抽屉，藏在不会被妈妈意外发现的地方。我为什么要先问爸爸的事呢？我永远不可能认识他了。他已经走了，而妈妈还在；关于妈妈的过往，我今年一点儿都没有多了解。

妈妈的声音从走廊传来："克拉拉，你来跟我一起看吗？"

"来啦。"

我拉了把椅子在妈妈身边，依偎着她坐下。她也朝我靠过来。这是我熟悉的那个妈妈。她不太记得自己怎么坐上了轮椅，她以为那场战争只发生在别人头上。她和我一起看着宠物录像节目，哈哈大笑。

也许某一年，老兵们会投票赞成揭开"纱幕"。也许我还有机会熟悉另一个妈妈：她并没有忘却爸爸，那个在我出生前就已弃世的大兵。有一天她会告诉我，究竟值不值得牺牲这一切。明年，我要记得先问她这个问题。

Sooner or Later Everything Falls into the Sea

万物终归大海

真奇怪啊，
你最后一次见某样东西的时候意识不到这是最后一次。

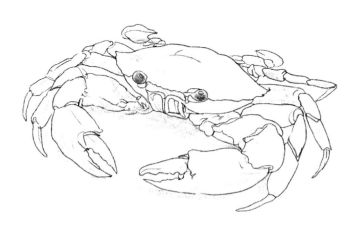

摇滚歌星在涨潮时被冲上了岸。当天早些时候，贝伊就注意到远处海面上有什么东西在起起伏伏。大概是划艇的残骸，或者是更有价值的东西。等潮水退去，她先在礁石间逐一查看自己设下的捕捞机关和天然形成的潮水坑，随后才走向那个经常截下漂流物的小水湾。

　　没有潮水带不来的东西，只要贝伊等的时间足够长——冲上来的不光是玻璃和塑料，还有私人教练、赌场荷官、娱乐总监、舞蹈老师。新来的这位是贝伊头一回碰上的熟脸。每逢有人被冲上岸，只要脸没毁，她总要先认上一认，生怕那是德布。

　　这位摇滚歌星独享一条救生艇，带马达的，只是油已耗尽。她的躯体保存得比很多人完整，远远强过只穿救生衣而无救生艇的人。那些人个个破衣烂衫，缺胳膊少腿，有的连脑袋都没了，都是鲨鱼啃剩下的残躯断体。

　　"这个是什么人？"德布在的话要发问了。她从来不关注身体上的细节，不管是舞蹈演员的腿还是厨师布满疤痕的手和臂，都视而不见。

"什么人也不是了。"对于损毁严重的，贝伊会一面这么回答，一面把尸体抬上雪橇。

摇滚歌星四肢齐全。看来一直待在救生艇上。她还找到了艇内储藏的淡水和营养棒，这一点从散落的包装纸和瓶子能看出来。她腹部肿胀、嘴唇干裂，贝伊推测断水断粮有一两天了，或许还冒险喝过海水。红红的晒伤斑分布在她黝黑的皮肤上。她还活着。

德布没在，否则又是一连串问题。贝伊会指给她看那女人左手四指和右手拇指的老茧。

"你怎么知道她是从大船上逃下来的？"德布会问。她一直怀疑那些大船是否真的存在，不相信有那么多人把行李一打包，就轻易抛弃了原来的生活。贝伊仅有的证据就是这些浮尸了。

音乐秘闻：告诉大家发生了什么。

加比·罗宾斯：一个拾荒女人从海里把我拉了上来，按压出我肺里的水，给我做人工呼吸。船上放的老电影往往把这种事拍得很浪漫，其实不是这样。我突然一阵反胃，刚刚来得及翻个身吐在沙滩上。

她没听说过"摇滚歌星"这个词。要不是我呛了一肚子海水，半死不活地给冲上岸，她还没机会知道世界上有这么一种人。一开始我们的交流并不顺利，因为语言不通。后来，我在她生的火堆旁烘手，看到木钉上挂着一件乐器，于是我调了调音，弹奏起来。我们俩终于找到了相通的语言。

真相：从漂离大船到冲上岸，中间发生过什么我全都不记得了。

这个"真相"里面掺了一个谎言。

也许是几个谎言。

我还撒过一个谎：我和拾荒女语言不通。事实恰恰相反。

她的确把我抬上了雪橇，也的确把我从海滩拖回到悬崖上的石砌小屋。之后就是我自己用柴炉取暖了。她没有给我毯子或其他御寒物。我始终穿着那套单薄的演出服，只能双臂抱膝缩成一团，尽量凑近敞开的炉膛，燃着的柴火一动，就会有火星溅到我身上。

她在炉子上热了一小锅汤，倒进一只碗里，却没再另摆一只碗给我。我的肚子狠命地叫起来，上次什么时候吃的东西我已经不记得了。我盯着她，又盯着碗，再盯着锅。

"别琢磨拿锅把我砸晕，好抢我东西吃——这是个馊主意。你是比我高点儿，可你想不到自己有多虚，我看上去瘦小，其实挺壮的。"

"怎么会呢！我就是想能不能让我刮刮锅底。可以吗？"

她想了想，点点头。我站在火炉跟前，吃光了她剩在搅拌木勺里的几口食物。我尝出了来自陆地和海洋的味道，有土豆，有海藻，还有盐。烫嘴的汤顺喉而下，又自内而外发出热量，我感觉好像暖和了起来。

我头一次环视这间屋子。一把烙有"家，甜蜜的家"的船桨装饰着炉子后头那面墙。几个带缺口的盘子搁在一只倒扣的塑料牛奶箱上。一面墙前高高地堆着自制罐头食品，几根木钉上挂着衣物。另有一根木钉上用皮带挂着一把略微变形的古典吉他，要不是一点儿劲儿都没了，我会走过去瞧个仔细的。一张双人床上堆着毛毯。床头柜上摆着相框，照片上是两名女子在远足；旁边有一大摞平装书。我真想过去看看书名。我父亲以前常说，只要扫一眼书架，就能看出主人是怎么样一个人。我更想一头扎进床上的毯子里，不过我忍住了，仍旧坐回到炉子跟前的那块地方。我有了一点点体力，开始打哆嗦了。

我不错眼地盯着炉子，好像越专注就能吸收越多热量似的。那女人在小屋里东转转西转转。她的年纪很难判断，只能说在四十到六十岁之间；她手脚挺灵便，皮肤却饱经风霜、皱纹密布，黑发里夹杂有缕缕银丝。过了不久，她爬上床，背对着我躺下了。我隔了一会儿才反应过来，她打算让我在地上过夜。

"你睡着之前，能不能帮个忙？"我求她，"别让火熄了。"

她连身都没翻。"不能一直烧着。燃料得维持整整一个冬天。"

"现在是冬天了？"我在大船上已经丧失了四季的概念。拾荒女穿着两层衣服,外面一件破破烂烂的牛仔夹克,里面一件连帽运动衫。

"很快就会来。"

"没火我会冻死的。我付柴火钱给你,行不行?"

"你拿什么付?"

"我在好莱坞航线有个账户,存了很多钱。"话刚出口我就后悔了,怎么都不该这么说。这话听上去要么像吹牛,要么像病急乱投医,这些倒还罢了。关键是现在我的命运全掌握在她手里,假如让她误以为我心存优越感,那可就不妙了。

她翻了个身。"离了你的船、你的岛,你那些钱就一文不值了。信用币也没用。你身上有纸币的话,我倒是很乐意扔进炉子里,还能多烧一会儿呢。"

我没带纸币。"我可以帮你干活儿。"

"你干多少活儿也不行。燃料就这么多。今天大手大脚,明天补不上,就会连挨两个月的冻。"

"要是你想看着我冻死,干吗还救我呢?"

"从海里救你上来是出于人道。能不能活下去就是你自己的事了。"

"那我借几件衣服穿穿总行吧?要不给条毯子?"连我都觉得自己挺烦人的。

她叹了口气,从床上爬起来,走到一个角落翻来翻去,最后抽出一件羽绒马甲。马甲后背有个破洞,露出了芯子,闻着一股海水的咸味儿。我穿上马甲，布料蹭着晒伤的胳膊时，我强忍着没叫出声。

"谢谢你，非常感谢。"

她含糊地应了一句，又上了床。我把胳膊肘塞进马甲，两只手插在腋窝下。有点儿效果，不过还在发抖。等了几分钟，我又开口了。她似乎不太想聊，但说说话能帮我保持温暖，能让我再次确信自己还在这儿。还醒着，活着。

"如果我还没谢过你，现在谢谢你把我从海里救上来。我叫加比。"

"所以老爱瞎比比。"①

"你是不是想问我怎么会漂在海上的？"

"不关我的事。"

也好。不然还得现编。

"怎么称呼你？"我问。

"告诉你名字没多大意义。"

"为什么？"

"因为你再不闭上嘴让我睡觉，我就要你的命。"

我闭了嘴。

音乐秘闻：告诉大家发生了什么。

---

① "加比"原文为"Gabby"，有唠叨、啰唆之意；拾荒女回答"Fitting"，意为人如其名。译文取谐音。

加比·罗宾斯：那天是在"伊丽莎白·泰勒号"上演出，我记得自己喝高了，约了个酒保上救生艇亲热，因为我们俩都不住单间。我准是在救生艇上醉过去了。不知怎么就漂在了海上。

我在地板上熬了一夜，一阵发自胸腔深处的剧咳把我自己震醒了。还好这几天不用登台演唱。早上，我跟着拾荒女出门做例行巡查，活像一条指望捡到剩菜吃的小狗。外面有个环围小屋的大菜园子，已被采摘得七零八落了，只剩一些乱蓬蓬的低矮绿色植物，大概是根茎类蔬菜。

"你要撒尿的话，那边有个露天茅房。"她说着指了指一片歪脖树。

我们从屋外顺着一条下山路走向海滩，这条由人踩出来的"之"字形小径通到悬崖脚下。我惊讶地意识到她居然沿着这么陡的坡把我拖了上来。当然，万一我滚下雪橇摔死了，她多半会把我的衣服统统剥光，留下尸体任由海鸥啄个一干二净。

"这是什么地方？"我醒来后一直忍着没说话，事实上自打昨晚遭到她的威胁，我就没吭过一声。此刻，我希望这条禁令已经失效了。

"离最近的城市四十公里，根据我上一次的了解。"

聊胜于无。"上一次是什么时候？"

"我走到这里的时候。"

"那是……"

"有一阵了。"

没错，瞧瞧小屋和菜园就知道主人住下的时间已经不短了。"是哪个城市？"

"波蒂奇。"

"波蒂奇[①]什么？"

"就是波蒂奇。有多少人口我不清楚。你没听说过不代表它不存在。"她回头斜了我一眼，好像我是个傻子。

"我是问，波蒂奇在哪个州？或者哪个国家？我都不知道这是哪个国家。"

她哼了一声。"你在大船上待多久了？"

"很久了。我不怎么留意时间。"

"有钱人就是不在乎。"

"不！不是这么回事。"我不知道为什么要在意她对我的看法，可我就是在意，"我不是因为有钱才上船的。我只是个艺人。我睡六个人一间的员工舱。"

"昨晚你说过自己很有钱。"

我停下来干咳，朝悬崖下啐了几口。"我有点儿钱，这不假。可还没多到能当有钱人。我永远也挣不到能从艺人变成乘客的钱，甚至这辈子也住不起单间。我开销不大，剩下的都存进户头了。"

---

① 原文为"Portage"，源自法语，意为"搬运、运输"，特指水路旅行中搬运船只通过无法通航的陆地。象征着过渡、艰难旅程与寻找新秩序。

说了几句话我又咳嗽起来。我觉得口渴，但只能等她主动给我喝的。

"你叫什么名字？"我知道自己该闭嘴了，可我这个人越是不自在，话就越多。

她半晌没吱声，等到她开口，我都不敢确定她是不是在回答我的问题。

"贝伊。"

"这是你的名字？真好听。挺特别的。"

"你怎么知道的？你连这里是哪个国家都不知道，有什么资格评论特不特别？"

"倒也对。抱歉了。"

"我们俩碰巧语言相通已经算你走运了。"

"撞了大运。"

她指了指顺崖壁而下的一条涓涓细流。"拿手捧着喝吧。那水能喝。"

"喝泉水？"

她瞪了我一眼。

"对不起，谢谢你。"我照她说的做了。那水冰冷而清洌。哪怕里头有致命病菌也不管了，至少我不会渴死。

接下来我以沉默表达谢意，专注于下山的路。山径狭窄，刚刚够她拖着雪橇通过，路边不时有碎石滚下深不可见的崖底。我盯着她在哪儿落脚，我也在哪儿落脚；我看她胸背挺得直直的，我也学着挺直胸背。她戴上了运动衫的兜帽，又是一个拒绝聊天的姿态。

我跟着她一路下到海滩，干裂的双唇没再蹦出一个问题。她把雪橇留在崖脚，从一块岩石后面搬出一个蓝色塑料冷藏箱，顶上带杯托的那种。她往里一瞧，皱了皱眉，把箱子往石头上一扣。水哗的一声涌了出来，冲出两条小小的死鱼。我意识到这应该是她昨天的晚饭，因为要拖我上山，没顾上来取。

这片海滩布满碎石块，到处粘着藤壶、海螺、贝壳这类东西。石块表面又湿又滑，很难下脚。我摔了好几个大马趴，两只手被小海螺壳划得一道一道的。会不会感染？大船上起码还有抗生素。

"咱们在干什么？"我问，"要找冲上岸的好东西，应当再往水边去一点儿吧。"

她不歇气地走着，始终留神脚底下的路。她没摔过跤。一条锈迹斑斑的旧船壳一头翘在岩石上，一头栽进海里。里面估计早就被扫荡光了。我们绕着船壳爬上爬下。我得小心护着流血的手掌，落得越来越远了。瞧瞧那些铁锈，这儿可没有破伤风针打。

她放慢脚步，蹲了下来，盯着脚边的什么左捅捅右戳戳。我走近了才明白过来，那里有潮水坑。她把冷藏箱浸入其中一个水坑里，露出了由衷的微笑。看到这副笑容，我也替自己高兴。或许她接下来会友好一些。

我没有跟在她后面，自己找起了水坑。头两个只有一些很小的鱼，不值一捞。第三个什么都没有。在第四个水坑里，我发现了一只大螃蟹。

"贝伊。"我喊她。

她转过身，一脸不耐烦。我挥着那只螃蟹，她的表情总算缓和下来了。"好样的。收获不小，你今天也有晚饭吃了。"

她等着我赶上去，接过螃蟹放入冷藏箱，里面已经有一条像模像样的鱼了，是她刚抓的。

"这是什么？"我问。

"鱼。叫什么鱼重要吗？"

"我以前常做饭，烧鱼很拿手，可这条我认不出来。不同的鱼得用不同的料理方法，方法对了做出来才好吃。"

"你想做饭的话自然欢迎，不过要是缺柠檬黄油酱和酸豆，没准儿得去彩虹另一头的水坑里瞅瞅了。"她朝海滩那头指了指，被自己的玩笑话逗乐了。

"我只是想出点儿力。没必要取笑我。"

"不，我想我没这意思。你抓到了一只螃蟹，说明你这人不是一点儿用都没有。"

这一句大概是我能听到的最接近称赞的话了。至少她说的时候拿我当个人，而不是什么被冲上岸又不幸爱唠叨的漂浮物。

当晚，我把两个人的渔获抹上些许海盐，用平底锅在炉子上煎了。那条鱼太油腻，又没什么味道，不过螃蟹很鲜美。我的两只手闻上去一股子咸腥味，真想用自来水冲冲干净。现在只能在炉烟里熏一熏，尽量去去味儿。

饭后，我看着小屋的一面墙。

"我可以试试吗？"我指着吉他问。

她耸了耸肩。"晚餐加娱乐——我还真捞对人了。请随意。"

那是一把旧古典吉他，旅行款，尼龙弦。运气真好，钢弦在这种海风环境下肯定锈了。我没有音叉辅助调音，只能先挑一根弦作为其余各弦的定音基准。我选的是第三弦，它的弦钮已开裂，想调也没法儿调了。我默默祈祷别有一根弦是断的，因为只要我在场，不管出什么岔子贝伊准会怪到我头上。吉他调完音还是有点儿跑调，不过可以将就弹了。

"你喜欢什么音乐？"我问她。

"现在还是以前？"

"口味变了？"

"以前跟政治沾边的都爱听。嘻哈听得最多。"

我低头看了眼这把小吉他，琢磨着怎么才能鼓捣出嘻哈音乐来，难度不小。"那现在呢？"

"现在？你弹什么对我来说都是新曲子，这五六年，除了自己的破锣嗓我就没听过别的。你只管弹吧。"

我点点头，瞧着吉他，希望它能给点儿启发。我忽然反常地怯场了，不得不努力稳住心神。真好笑，在成千上万人的场子里表演我都不怕，现在眼前只有一个人，我反倒难为情了。

"顺便说一下，吉他不是我的本行。"

"没差多少。你是贝斯手。"

我惊讶地抬起头。"你怎么知道的？"

"我不傻。我知道你是谁。"

"那你昨天怎么还问我叫什么？"

"我没问。是你自己说的。"

"噢，对。"我庆幸自己没有谎报名字。

"好，音乐会开幕吧。"

我为她弹唱了几首歌，都是我从没在大船上表演过的。

"这把吉他是哪儿来的？"我唱完后问道。

她的脸上闪过一副说不清道不明的表情。"还能从哪儿来？冲上来的呗。"

我让手指游走在吉他的指板上，同时把脸转向她问道："那么这就是你的主业吗？在海滩上捡东西？"

"差不离。"

"靠这个能活下来？"

"捡到某些东西有丰厚奖励。"

"什么东西？"

"铝箔、塑料、人。"

"人？"

"从大船上掉队的人。"

"你在说我？"

"你，还有别人。大船不想把人丢了，人也不愿离开大船。这一次还不错，破例能把大活人还回去。我敢说你很想回到属于你的地方吧。"

"是的，谢谢你。你怎么向他们发求救信号？"

"我有三大海运公司的呼叫按钮。他们会派直升机过来的。"

我知道那些直升机，流线造型，由军用机改装的。

我没有立刻放下吉他，以免显得突兀，而是接着弹了一会儿，才把吉他挂回木钉。说实在的，这把跑调吉他也弹不出什么名堂来了。

我等到贝伊睡着才离开，其实她一提直升机，我就在拼命克制拔腿往外逃的冲动。我不用收拾随身带的东西，所以一直蜷缩在渐渐冷却的柴炉旁，静等她的呼吸缓下来。除了那件马甲，吃的穿的我都没拿。不过朝门口走的时候，我顺手摘下了吉他。她不会心疼的。房门合页嘎吱一声，我紧张得屏住呼吸，蹑手蹑脚溜出去，带上了门。

崖顶遍洒星辉。我在夜空中搜寻直升机。没有，除了星星还是星星。大船上整夜灯火通明，几乎看不见星辰，亮光让我们这些城里人心安。

我背对着悬崖迈步走去。月光够亮，即使海岸线突然内凹，也不会因视线不明而失足坠海。不过我猜离海越远，树林子就越多。运气好的话，没准儿能找到一栋弃屋。我需要一个可以避开空中搜救人员的藏身处。

我本想静悄悄地消失在树林里，不料路越来越难走，只得改变计划。我发现了一条老柏油路，觉得应该通往某个地方，就沿着这条道走起来。白天的咳嗽发展到现在，变得愈加严重了。

走着走着，我开始怀疑起贝伊的话来。大船会不嫌麻烦出动救援人员吗？我是有点儿名气，但我的价值比得上搜寻所消耗的燃料吗？假如他们以为我是意外落水，或许会组织营救。倘若发现我是有意放下救生艇出逃的，也没法儿保证以后不会再犯，他们还有兴趣找我吗？那就不好说了。除非他们想处罚我，或者叫我赔救生艇钱。不过就算他们直接从我账户把钱扣了，我也无从得知。贝伊会怎么跟他们联系？她说能联系，可先得有太阳能充电器——好吧，说实话，不是没可能。

总之，她明显希望我离开，否则不会说这种话。或许她在测试我的反应？告诉我有获救的希望，看看我是不是欢呼雀跃？

不知道她还撒了什么谎。但愿这条路能把我带往她提到的那座城市。我真蠢，以为自己能成功抵达某个安全的地方。我没水，没食物，也没钱。我一路把这句话念叨成了进行曲，正好还有咳嗽打拍子。没水，没食物，没钱，没运气。

一发现那个傻乎乎的摇滚歌星顺走了吉他，贝伊就出发了，此时天边刚刚现出第一缕曙光。不难猜出她走的是哪条路。

这个人既冲动又不长脑子，还以为自己在过那种想要啥就有啥的生活呢。如果她真想活下去，就应该从贝伊那儿再拿点儿别的。食物、水壶、帽子，还有进城后能交换的东西。不过这倒也证明了她心眼儿还不坏，贝伊寻思着，别看她表面上有一股盲目的优越感。要是她没拿走德布拉[1]的吉他，贝伊对她的评价还会更好。

音乐秘闻：告诉大家发生了什么。

加比·罗宾斯：我在大船上的最后一晚起先跟之前的三千个晚上没什么两样，后来就出了状况。我们演了两台，大部分是我的作品，穿插了几首客人点的歌。有个穿着夏威夷衫的蠢货向我们出价每人一千信用币，为他的女伴点一首《我心永恒》[2]。

"我出一万信用币求你别逼我们唱这首。"希拉对我说，当时我们几个正倚着她的架子鼓商量是不是胡乱唱唱蒙混过关。"我对自己发过誓决不在船上表演这首歌。"

"那我们唱过的那些吉米·巴菲特[3]怎么说？"吉他手凯尔

---

[1] 前文"德布"是"德布拉"的昵称。

[2] 电影《泰坦尼克号》主题歌，席琳·迪翁原唱。"泰坦尼克号"在服役时是全世界最大的海上船舶，号称"永不沉没""梦幻之船"，在其首航时因擦撞冰山而沉没。

[3] 吉米·巴菲特（Jimmy Buffett，1946—2023），美国乡村摇滚老牌传奇歌星、成功商人和畅销书作家。

反问，"以前我们没少出卖自己。这一次又有什么区别？"

希拉没搭理凯尔。"别忘了尊严，加布①。求你了。"

我累了，也喝多了。"哪有这么严重？还是唱吧。你愿意的话可以改拍子。要不改成摇滚风？反讽式滑稽休闲风？咱弹C调，我飙不了那高音。"

希拉数拍子的时候，看上去快哭了。

这一台演出结束后，我来到奥普拉甲板上透透气，又见着了"夏威夷衫"和他的女伴。两个人正在炮台那儿忙着摆"我是世界之王"②的造型呢，当局真该在大伙儿上船前把这事禁掉。

"你知道那是谁吧？"我朝问话的JP望过去，就是我喜欢的那个酒保——有着性感的复古爆炸头和游泳爱好者的强健体魄。我们俩已经勾搭有一段时间了。JP说着递来一支烟。

我接过烟，回答说看着脸熟。

"他以前做过一档电台脱口秀节目。是第一个提出开辟这些航线的人，但他的初衷是只向教徒开放，不收一般的富人。按他的说法是：留下罪人。后来他建造了'方舟号'，那些原教旨主义者把积蓄都投在里面了，只等罪人们被洪水卷走，好重新接管陆地。他跟信徒们一起在船上度过了头两年，然后宣布要去朝圣，看看世界各地的情况怎么样了。不过，他没有像一

---

① 加比的昵称。
② 《泰坦尼克号》电影中男女主角在船头迎风而立的经典镜头。

个正经朝圣者那样在陆地上游历，而是上了这条船，之后就没下去过。我还是头一回见他来看你们演出。我猜他要好好享受新生活了。"

"切！我想起来了。他号召听众抵制过我的第二张专辑。不管怎么样，这两口子看着还挺美满哦？"

"是啊，不过那个不是他老婆。他老婆孩子还在'方舟号'上苦等他呢。所谓的朝圣者啊。"

"世界之王"和他的情人溜溜达达离开了。我的烟抽完了，JP也悄悄下班了，留下我一个在那里胡思乱想，直到几个醉醺醺的小毛孩拿着一大瓶香槟逛了过来。我翻过栏杆，跳进救生艇，只想单独待一会儿。那些叽叽喳喳的声音我只当是海鸥叫。我听着船壳传来发动机的嗡嗡声，听着艇底下远远的海浪拍击声。

所有非付费乘客，包括艺人和船员，都接受过降放救生艇的培训。不知不觉中，我发现自己在摆弄那些操控装置。把救生艇放到海里有什么大不了的？我们不会离海岸很远。救生艇都储备有食物和水，足够几个人吃上几天。

我最后一杯酒的配方准少不了愚蠢。救生艇一放下，就狠狠撞上了巨轮的侧面，我不得不用力解开仅剩的一个绳扣，以免小艇撞毁。大船就这样渐渐远去了，看上去如此庞大，如此可笑，傻乎乎地白白费力去拯救从来不值一救的东西。

我觉得自己多半是要没命了，真后悔没有跟JP吻别。

　　加比根本没走多远。她侥幸在黑暗中找到了路，又侥幸赌对了方向，可她现在还是躺在了土路上，像一只不慎命丧轮底的小动物。贝伊看了看德布的吉他，没坏；接着观察了一下这个女人，还有呼吸，虽然气短，倒还平稳；额头烫得能化开黄油，这是晒伤加发烧的结果。

　　女人动了动。"你是真的吗？"她问。

　　"比你真。"贝伊答。

　　"我应该跟JP吻别的。"

　　"可不。"贝伊拿过一玻璃瓶水，"喝吧。"

　　加比喝了半瓶。"谢谢。"

　　见她要还回瓶子，贝伊挥了挥手表示不必。"瞧瞧你都快把肺咳出来了，这瓶子我可不想再沾，归你了。"

　　"再次感谢。"加比递上吉他，"你是来要这个的吧？"

　　"你都背到这儿了，继续背着吧。换了我，会连琴盒一块儿拿走的。"

　　"还有琴盒？"

　　"在床底下。我拿它放衣服。"

　　"我想这起码说明我没翻过你东西吧？"

　　贝伊哼了一声。"那当然。你是个很蹩脚的小偷。"

　　"容我说一句，我不是小偷。"

　　"我的吉他可不这么想。"

加比把吉他搁在地上，费劲地爬起来，晃晃悠悠站稳脚跟，这才弯腰捡起了吉他。她瞧瞧这边，又瞅瞅那边，似乎记不清来路去向了。贝伊忍着没给她指方向。她走对了。贝伊跟在后头。

"你想问我为什么不辞而别吧？"这位摇滚歌星病成这样，连步子都快挪不动了，却还是不肯闭嘴。

"没想问。"

"干吗不问？"

"因为我了解你。"

"真的？你在我上船前见过我？"加比看上去吃了一惊。

贝伊摇了摇头。"不是。我是说了解你们这类人。你以为自己是第一个被冲上岸的吗？你以为只有你想逃离那种虚假的生活吗？你只不过是头一个活下来的。"

"如果你不喜欢那些大船，怎么还叫他们来接我呢？"加比顿了顿，"也许你并没有呼叫，只想赶我走。这又是为什么？"

"我一个人都只能勉强糊口。何况你们这些人也肯定过不惯这种生活的。迟早要离开。"

"你吓得我在大冷天走了一个通宵，这高烧发得还不知能不能保住命呢。你真变态。"

贝伊耸了耸肩。"你自己选的。"

两个人无言地走了一会儿。摇滚歌星要么在反省她的选择，要么就是难受得没力气说话了。

"为什么？"贝伊先开了口，这次带着点儿同情。

加比猛地转过头。"什么为什么？"

"你为什么要签约登船？"

"当时觉得是个好主意。"

"世界上有一半人的墓碑适合刻这句话。"

加比露出个似笑非笑的表情，继续说道："那时候纽约乱成了一团，海湾几个州①又都在闹独立。好莱坞航线的登记人把海上生活吹得天花乱坠，不由得你不心动。而且样样都计划得井井有条。他们把几个岛国整个买了下来，专门供应食物和燃料。"

"那几个岛国准得谢天谢地了吧。"贝伊说。

加比苦笑了一下。"可不是嘛，反正全搞砸了。不过大船给我们的报酬还不错，再说当时乐队也没法儿在这个国家搞巡演了。

"上了船后，一开始的确跟巡演差不多。我们唱自己的歌。有人陪睡，嗑药管够，餐厅、俱乐部、健身房样样齐全。巡演能享受的好处船上都有，还不用东奔西跑。每天晚上都睡同一张床，跟队友睡上下铺，这一点倒是像巡演大巴。但这一切没有个头，而他们又开始对我们提各种要求，越逼越紧，你知道吗？你不想见的人躲都躲不开。你很难找个地方一个人待着，写写

---

① 美国濒墨西哥湾诸州，包括佛罗里达、亚拉巴马、密西西比、路易斯安那和得克萨斯。

东西、想想事情什么的。

"接下来网络彻底断了。大陆上的消息我们一点儿都得不到，就算停靠在小岛上也没用——靠岸后他们禁止我们下船。管理层说外面的情况糟透了，真的没什么可留恋的了。乘客们就在船上兜来转去，好像全不在乎，那里变成了一个封闭系统，离世界要他妈多远有他妈多远。都与世隔绝了，我还能写出什么来呢？搞不好整个世界都淹在水里了，我们还麻木地漂来漂去呢。到最后，那些原本不值一提的东西都会消耗光，像什么睫毛膏啦，摇头丸啦，迷迭香啦，没了这些有人会崩溃，接下来那些体面人就要开始窝里斗了。"

"这就是你跳船的原因？"

加比揉了揉脑袋。"有点儿关系。当时也觉得是个好主意。"

"现在呢？"

"要是在船上，今天醒来可以做个按摩，不过也无所谓，我不是还活着嘛。"

贝伊哼了一声。"晒伤成这样还做按摩，你连两秒钟都挺不过去。"

加比低头瞧瞧前臂，脸上抽搐了一下。

两人继续走着。加比在出汗，两眼放光。为了让她别那么赶，贝伊有意放慢了脚步。

"你着急上哪儿去？我都跟你说了没人追你。"

"你说过前头有个城市。我想早点儿到那儿，省得还要在马路上睡一夜。也省得饿肚子。"

贝伊把手伸进夹克衫口袋，摸出一根能量棒，递给加比。

"这是从哪儿弄来的？看上去像我在救生艇上吃的那种。"

"就是那种。"

加比哀叹了一声。"难道最后那两天我其实用不着挨饿？我发誓犄角旮旯儿全翻遍了。"

"无线电台里头还有一个暗格你漏了。"

"哈！"

她们继续赶路，脚步声夹杂着加比粗重的喘息声。

"我们刚结婚那阵儿，经常开车来这里，去悬崖边上野餐。"贝伊说，"这儿常有乌龟要过马路，我们会停下来，帮它们一把，因为附近有熊孩子觉得开车轧乌龟很好玩。现在要是再看见一只乌龟，我多半会琢磨拿它当饭吃。"

"我从来没吃过乌龟。"

"我也没吃过。好多年没见着一只了。"

加比止住脚步。"你知道吗，我想不起来最后一次看见乌龟是什么时候了。在动物园里？完全没印象。不知道它们是不是已经灭绝了。真奇怪啊，你最后一次见某样东西的时候意识不到这是最后一次。"

贝伊没搭话。

摇滚歌星把德布的吉他移到胸前，边走边反复弹一段旋律。那是一段小过门，她不停地弹着，仿佛这是迈步前行的动力。"你说你拿捡来的铝箔啦、人啦什么的做交易，其实是骗我的，对吗？其实你不做交易。"

贝伊摇摇头。"压根儿没人交易。"

"那你一直是一个人待在这儿？你刚才提到……"

贝伊照着一颗石子朝前踢了一脚，等走到这颗石子旁边，又踢一脚。

摇滚歌星把吉他递给贝伊，一屁股坐到地上，脱掉左脚的鞋，又脱下袜子。大脚趾磨出来个大水泡。"妈的！"

贝伊叹了口气。"你可以从马甲里抽些芯子出来，把脚趾头裹上。"

加比低下头打算在马甲上找条缝。

"别找了，背上有个现成的洞。还好这个点儿也该歇下来准备过夜了。"

"抱歉，你给我马甲的时候我看见有个洞，刚才又忘了。我们走多远了？"

"不好说。我们还在公园路上。"

"公园路？"

"这一片是自然保护区。应该说曾经是。一上柏油路就是走完一半了。再往前一点儿有个丁字路口。左拐以前是度假屋，不过二十年前给飓风吹跑了。右拐一直走就是城市。"

加比一声哀叹，眯起眼望了望落日。"连一半路都没走完。"

"至少你还活着，你抱怨的也只是个水泡，而不是咳嗽或晒伤。"

"我没抱怨。"

"反正我看你今天是不能再走了。"贝伊放下背包,解开捆在背包底部的一个睡袋。

"你不会带了两个吧?"

贝伊狠狠白了加比一眼。病恹恹的啥也不准备就上路了,这得傻到什么程度?话又说回来,是她自己把这女人赶出去的,因为她习惯了跟自己脑子里的幽灵交流,太怕跟一个大活人打交道了。

"能睡下两个人,"贝伊说,"还可以互相取暖。"

两个人背靠背挤在一个睡袋里的确要暖和些。当然,要是她待在家里没追出来,现在会更暖和。一丝丝寒意不断渗入肌体。她感觉左半边身子的每一个细胞都在挨冻,来自地面的冰冷直沁骨髓。她还感觉到脊背抵着另一个女人,发现已经想不起上一次跟活人有身体接触是什么时候了。加比发着高烧,热度隔着几层衣服传递过来,贝伊依然止不住地哆嗦。

"你为什么一个人在那里过活?"加比问。

贝伊本打算装睡,想一想还是回答了:"我说过,我和德布以前经常过来野餐。我们总是说要来这儿养老。我找个护林员的活儿,我俩就在护林员小屋里度过余生。要知道,当时根本没想过会断电。"

她停了停,感觉加比在压抑着咳嗽,后背绷得紧紧的。"当时情况正在变糟，德布拉去加利福尼亚出差，局势突然加速恶化。转眼间电子设备全不管用了，具体什么原因从来没闹清过。东西一样接着一样失灵。我们俩住的是一栋高楼，暖气和水都断了，我没法儿待下去，跟她又联系不上，所以我要去一个她能找到我的地方。等了三个月没得着她的音信，我收拾了一些必需品，在大厅里找了辆孩子玩的推车，把东西装进去，靠两条腿上路了。我心里清楚，只要她没出事，就一定知道能在这里找到我。"

"当时城里有多糟糕？我们已经上船了。"

"我只能讲讲自己住的那个城市，并不像恐怖片里那样大家开始自相残杀，反倒是相互帮忙。过了两三个礼拜，一些很小的范围内恢复了电力。要说跟以前有什么不同，那就是我们从来没这么团结过。但我还是觉得空落落的。我谁也不需要，只要德布。"

"他们跟我们说到处都是骚乱和抢劫。有人强行闯入别墅，几十个人挤在一套房子里住。"

"能怪他们吗？你们那些乘客把燃气都改道了，全留给大船用，好好的房子也都扔下不要了。不过还是那句话，我只讲自己看到的情况：大家在建立新秩序，尽一切努力维持局面。"

加比沉默了一会儿，贝伊有点儿迷迷糊糊了，这时加比又抛出一个问题："德布拉有没有找到你？我猜没找到，可……"

"没有。好了，我要睡觉了。"

音乐秘闻:告诉大家发生了什么。

加比·罗宾斯:你知道发生了什么。你们这档节目早就停播了。真人秀啦,名人八卦啦,音乐产业啦,这些统统都没了。只有些回音还留在大船上,留在我们这些无法释怀的人的脑子里。

我醒来时贝伊已经不在睡袋里了。她坐在一块岩石上弹着吉他,是简单的指法练习。

"我还以为你不弹吉他呢。"我朝她喊道。

"我没这么说过。我只说自己唱歌难听,没提过弹不弹吉他。我们该上路了,越早进城越好。"

我站起来伸了个懒腰,睡袋褪到了脚下。太阳刚刚露头,低低的、红红的。现在我听到左右两边都有海浪拍击声,从茂密的灌木丛后面传来。我一阵猛咳,身体都要一折两半了。

"你干吗这么急?"咳嗽止住后,我问。

她恶狠狠地瞪了我一眼,再近点儿那目光能把我杀了。"因为我带的食物两个人吃不了几顿,而你一点儿都没带。因为我好多年没进城了,不知道他们到了晚上会不会朝不请自来的生人开枪。"

"噢,"这话无可辩驳,不过我还是强辩了几句,"咱捋一捋,你现在面临危险是因为我冒险逃走,而我之所以要逃是因为叫你吓唬的。"

"你冒的第一个险是从那该死的大船上逃下来。"

没错。我往睡袋上一坐,看了看自己的脚。水泡很吓人。我用马甲里的羽绒包裹大脚趾时,差点儿哭出来。

我站起身表示可以出发了。她走过来,把吉他交给我,抖了抖睡袋,卷起后绑在背包上。她又从身上什么地方摸出两根条状物,像是吃的,又不像能吃。她递给我一根,我接过来。

我闻了闻。"鱼干?"

她点点头。

"要是就我一个人,真会饿死在这儿。"

"不用谢。"

"谢谢你。真心的。我没想到走了这么远居然找不到一点儿吃的。"

"食物多的是,只是你不知道上哪儿去找。有工具的话就能捉鱼。或者再抓只螃蟹。有的虫子也能吃。在暖和些的季节可以采浆果和野菜,但你得懂门道。"

行走中,她不时拐到路边指给我看能吃的野菜,香蒲根啦,豆瓣菜啦;尝着都不算很生涩,只是嚼起来挺费时间,这也给了我们一个放慢步伐的理由。

"我猜你是在城里长大的吧?"她问。

"是的。在底特律长大,十六岁离家出走去了匹兹堡,别人都往纽约跑,我不愿随大流。组了一支很像样的乐队,有了点儿小名气。只要贝斯弹得好，大家就都愿意带上你。我们乐队发了一张专辑，开始做专辑巡演，然后跟嘎嘎小姐、延龄草①这些红人一起巡演。"

我意识到所答已经超出了所问，但她没有叫我闭嘴，我就继续往下说。"跟那些明星和新秀待在同一条船上，他们拼命博眼球的劲头会让你觉得很搞笑。他们办了一场又一场派对；他们自导自演事业溃败又东山再起的戏码；他们自己给自己拍纪录片，上传到船载娱乐系统；他们互相捧场，轮流当主角。

"一开始我以为他们把我当同道中人，后来才发现我在他们眼里不过是个马仔，他们都觉得自己的腕儿比我大。其他一些艺人也意识到了这一点，就主动下到工作甲板，去教有钱人家的孩子唱歌跳舞什么的。我们这些人都有一个初心，就是自己的音乐是有意义的，而我坚持得比大部分人更久一些。到现在我也没断了这个念头。"

又来了一阵猛咳，差点儿没让我把肺咳出来。

"所以你拿了我的吉他？"她等我止住了干呕问道。

"嗯。这儿的人肯定也要听音乐的，是吧？"

"但愿如此。"

我还有话要说，这时发现前方冒出了新鲜的东西，就没有

---

①"嘎嘎小姐"原文为"Gaga"，是一名美国歌手、词曲作家及演员；"延龄草"原文为"Trillium"，是由美国女歌手阿曼达·萨默维尔（Amanda Somerville）于2011年组建的金属乐队。

开口。那是两座高高耸立的白色桥塔，一座笔直，另一座却弯得厉害。"这桥怎么怪模怪样的。"

贝伊加快了步子。我一瘸一拐跟在后面。走近后我才发现，这座桥并不是特意设计成非对称的。这一头的桥塔还直立着，但桥面已经断裂，塌进了水里。粗重的钢索从另一头的桥塔披头散发地垂挂下来。我们走到断沿，低头看着底下露出水面的混凝土堆，又望了望两岸之间的鸿沟。贝伊坐了下来，两只脚在空中荡悠着。

我想尽量缓和一下气氛。"没想到我们是在一个岛上。"

"看来你地理学得不太好。"

"你觉得这桥什么时候塌的？"

"我他妈怎么知道？"她抢白道。

我留她一个人待在那儿，自己去四周转了转。回来时，发现她哭过，泪水已经干了。

"准是叫哪一场飓风给吹塌了。我好多年没来过这儿了。"她又恢复了那种干巴巴的冷淡口气，"再次证明，世上的一切迟早都要沉入大海。"

"她没有放弃找你。"我说。

"谁知道。"

"也是。"

我安静了一会儿，想读懂她的眼神。"嗯，我刚才转了一圈。

可以顺着堤岸爬下去,水流看上去不太急。游个一英里①,是不是就过去了?"

她抬眼瞧着我。"大冷天,穿着衣服,外加扛着把吉他,游上一英里,然后浑身湿透不算,还得继续赶路……你开什么玩笑。"

"我没开玩笑。只想帮着出出主意。"

"没法儿过去的。现在不行。等水温和气温都高一点儿倒是可以考虑。"

她说得多半没错,跟其他事一样,每次她说得都对。我挨着她坐下,望着那座变形的桥塔。我想象了一下底特律和匹兹堡眼下变成了什么样子,会不会到处都是歪塔断桥,还是发展起了更有人情味的新社区,就像贝伊待过又离开的那种。

"我有条救生艇,"我说,"没油了,但你家墙上挂着一把桨。等天气转暖,咱俩不走陆路,在艇上装满吃的,绕着海岸往这边划。"

"点子不错,要是到那时我还没干掉你的话。你实在啰唆。"

"可我弹得一手好吉他,"我说,"还抓到过一只螃蟹,说明并不是一点儿用都没有。"

"还有一点点用。"她说。

音乐秘闻:告诉大家发生了什么。

---

① 英美制长度单位,1英里约1.61公里。

加比·罗宾斯：在海上漂荡的那些日子，我几乎迷失了自己，幸亏有人挽救了我。我过上了一种截然不同的生活，一种普普通通、简简单单的生活。我又开始写歌了。我的新作品看上去挺受欢迎的。

贝伊费了点儿劲儿站起身，把背包往肩上一拎，等着加比拿起德布的吉他。在返回小屋的路上，加比弹着一些贝伊没听过的连复段。贝伊在脑子里填起了词，讲述万物终归大海，而有些东西又会渐渐浮出水面，脱胎换骨，重获新生。

The Low Hum of Her

她的轻声哼唱

她不再是已逝祖母的纪念品了，她是她自己。

祖母去世后，父亲帮我造了个"新祖母"。"她不是替代品。"父亲说，好像什么东西都可以替代一样。新祖母由黏土和金属制成，还有一路路电线贯穿其中，父亲说这是为了让它酷似真人。在它的中间，相当于我们五脏六腑的位置，安着一只黄铜鸟笼。它的面部活灵活现，不知道父亲采用了什么技术。父亲把真婆婆①的衣服穿到它身上，把婆婆的一条头巾裹在它铁灰色的头发上，又将婆婆的身份证件塞进了它的裙兜，然后要我叫它"婆婆"。

　　"这东西会做饭吗？"我问父亲，"会烤点心吗？会唱歌吗？"

　　"她都能做，"父亲答道，"这些恰恰都是她的拿手好戏。你只要教她，她就会。我上班时她还能照顾你，给你做伴。"

　　"我不会管这东西叫婆婆的。"

---

　　① 原文"Bubbe"，意第绪语（主要由犹太人使用，属于日耳曼语族）"祖母"的口语称谓，其发音略近"婆婆"，且汉语方言中以"婆婆"称"祖母"的亦不乏其例。

"你爱怎么叫就怎么叫。不过我在的时候，最好叫'新婆婆'或者'她'。我是专门给你做的，费了不少工夫呢。"

父亲在工作台上埋头苦干了好几个月才大功告成。一开始是白天教学，晚上熬夜干；后来他被大学停了职，就把白天的时间也投入了进去。有时我听到他偷偷在哭，他以为我睡着了。"她"，我重复这个字，眼睛盯着这部机器。

那天晚上，我切甜菜准备做汤，它要过来帮忙。

"站在角落里别动，看着就行。"我说，"你不知道怎么做。"

它听从了我的指令。我切起菜来笨手笨脚的，红红的菜汁溅得厨房里到处都是，而它一直静静地待在屋子一角。真奇怪啊，它长得那么像婆婆，却藏在婆婆不可能去的那个黑暗角落里。"事情多得做不完，"婆婆在的话会说，"等我死了就能歇一歇了。"而今婆婆真的与世长辞了，她的缺席成了我心中的痛。

假婆婆安静了一会儿，又开腔了："把你唱的歌教给我，塔蒂亚娜。你做饭的时候咱们可以一起唱。"

我"嘘"了一声示意它别说话，随后用只有自己能听见的声音唱着那些老歌，还模仿祖母的女高音颤声。这里没有"咱们"，我提醒自己。这个家有父亲，有我，除此之外就是婆婆离去后留下的空洞。任何机器都代替不了婆婆，哪怕外貌和嗓音再像也不行。它连我的小名——塔妮娅——都不会叫。也可能父亲关照过它，叫小名显得过于亲昵了。

婆婆病倒之前，我新开了一个笔记本专门记录食谱与歌谣。她讨厌笔记本，说我应该用手、用心去记，而不是依赖一个本子。她过世后，每天晚上我总要翻翻笔记本，选道菜练练手，希望能原样复制她的做法。每当发现记载有误，我都要加以修订，尽可能补上以前遗漏的种种细节。比如在"白面包"①那一页，我原先写着"揉面"。"要靠背部力量揉，"我想起婆婆第一次教我时说过，"没有后背帮忙，你的手会累坏的。"接着她就把全身压上去揉面，结果上半身沾满了面粉。"胸脯子都脏喽。"她一边夸张地悲叹，一边掸掉身上的面粉。

我在"揉面"之后注上"靠背部力量"。然而，我揉的面团始终不如婆婆的筋道。其他饭菜也都欠点儿火候。虽然父亲用餐时从不抱怨，可我盼着自己做的饭菜能跟婆婆做的一样好吃。我一遍又一遍地尝试提高厨艺，新婆婆一直待在屋子一角旁观。

一天下午，父亲匆匆忙忙提早赶了回来。"塔妮娅，我们得马上离开这个家了，但要做得像下午出门逛个街。我们只能带上婆婆装得下的东西。"我刚要纠正他应该说"新婆婆"，但他口气严峻，我就把话咽了回去。

新婆婆解开上衣纽扣，打开了鸟笼。我这才明白是干什么用的。父亲把家里仅有的一点儿黄金制品藏进了笼子里，有真婆婆的戒指和项链，外加安息日烛台。每一样都用头巾包好，防止碰出响声。父亲还放入了自己的祈祷书。我放进去的有

---

① 原文"challah"，指犹太教徒在安息日等节假日食用的白面包。

父母的结婚照、祖母跟我从未谋面的祖父的合影，还有那本歌谣与食谱的笔记。

我注意到父亲回头瞧了一眼，只一眼，我也跟着回头望了一下。我们的家看上去凄凄惨惨。屋檐垂落；窗台花箱光秃秃的，泥土都陷了下去。父亲忙得没时间修理屋檐，而我不知道应该在什么时候埋下春花的种子。花花草草一直是婆婆在打理。我对母亲和祖母的记忆跟这房子联系得太紧密，万一带不走了怎么办？我低声唱起婆婆教的一首歌，来提醒这部分记忆跟我们一块儿走。

我们离开了。树上的花依然多过叶子，昨夜的雨已经将一些花瓣打落在地。花瓣踩在脚底下软绵绵的，消除了我们走在卵石路上的脚步声。街道闻上去有紫丁香和雨水的味道，耳边传来从没听过的尖叫声和长筒靴踩踏声；我们三个溜达到河边，沿着堤岸前行，好像根本没什么急事似的。我们就这样撇下家一走了之，几乎两手空空，除了新婆婆胸笼里藏着的贵重物品。

夜幕降临，父亲有个朋友在城外接我们。他给了我们黑面包和奶酪，开车载着我们赶夜路。中间停过一次车，出示证件。一名士兵用手电筒往车里照，查看我们的证件；另一名端着来复枪守在旁边。他俩把车门和后备厢全都打开检查了一番。

"你上哪儿去，奶奶？"士兵问新婆婆。我屏住了呼吸。

"问我儿子，他都知道。"它说。这是真婆婆的标志性回答。

我还不知道这一位竟然也学会了。我的心怦怦直跳，连父亲对我们此行的解释都没有听见。手电光在我们几个的脸上又逗留了一会儿，终于灭了。

"没带行李。"一个士兵对另一个说。他们抬起门杆，放行了。

我们继续行驶。我希望父亲和我一起坐在后座，抚摸我的头发，打消我的不安。然而，是新婆婆在黑暗的车厢里握住了我的手，我破天荒没有把它的手甩开。我枕在它的大腿上，听着它轻声哼唱，权当那是催眠曲，不知不觉睡着了。

早上，父亲的朋友把我们留在一个陌生的城市。父亲买了一只小旅行箱、一只手提箱和一些衣服，还买了次日出发的汽船票。只买了两张。我坐在凹陷下去的旅馆单人床上，眼睁睁看着父亲把新婆婆拆散了。

"对不起，我不得不这么做。"父亲对它说。它耸了耸肩，发出活像真婆婆的叹息，充满痛苦和体谅。在它目光黯淡下来的一刹那，我不禁打了个哆嗦。

"你就不能也给这东……给她……买张票吗？"我问。

"接下来这段路我们要在人挨人的船舱里度过，塔妮娅，还要接受检查。假如别人压根儿没想到她和我们不属于一类，混过去会很容易，可是，体检这一关她过不了。"

他把新婆婆拆成几部分，将露出的电线仔细缠成一束一束的收入内部。他拿起新婆婆的脸部时，我移开了目光。躯干部分保持完整，像裁缝的假人，包括胸中的鸟笼及内藏的贵重物品都原封未动。大卸八块的新婆婆正好能装进父亲下午买的小旅行箱。

　　在码头上，我们俩领到了各自的号码，跟陌生人分成一组。我们沿着陡峭的阶梯下到下等舱，一路上像牛一样被人推来搡去。父亲得用两只手来提装着新婆婆的旅行箱；我一手抓着他的外套，一手拎着手提箱，在拥挤的人群中拼命跟在他后面。再往下两层，总算找到了家庭通铺舱，我们分到的是两张铁床铺外加中间一条窄道。

　　那晚，旅行箱被父亲搁在草垫子的脚跟那头，占了很大一块地方，父亲只好像婴儿般蜷着睡。我尽量不去想箱子里的那堆部件，它们组合在一起时，一度那么接近有血有肉的人。生命是脆弱的。我见过祖母的遗体，但她神采消失的那一瞬，我并没有在场。

　　船舱里散发着汗液、湿羊毛和病人的气味。而且太吵了！别人家的说话声嗡嗡嗡嗡响成一片。婴儿哭闹不休，不知什么地方还有个老奶奶一直在呻吟。蒸汽机也哐当哐当转个不停。一开始我翻来覆去睡不着，不过没多久我就学会了怎么把其他人的声音屏蔽掉，从大船本身发出的声音获得抚慰。由船腹深处传来的轮机声让我想到新婆婆的哼唱，接着又想到真婆婆的声音。我在脑子里把这些声音混成一团，分不清哪个是真实的，哪个是想象的；哪个是真人的，哪个又是仿真的。

　　我没有掰着指头过日子，只是心灰意冷地在这不堪的环境里挨一天算一天。这里不设用餐区，吃饭只能在地板上或床铺上解决。我们啃硬饼干，从汤里挑出虫子。和船上的伙食一比，我做的饭菜堪称皇家盛宴了，起码我从来没让发夹掉进炖菜里。一顿吃完，我就要排队去把我们俩的铁皮餐盘泡在海水池子里，然后再排一次队洗脸洗手。每当我抱怨挤得慌时，总会想起拆成一块块塞进箱子的新婆婆。

　　我们抵达了目的地，父亲说这是我们的新家。正如他之前警告过的，必须过一道体检关。他们检查我们的头发、脸、脖子和手，这几步新婆婆大概能蒙混过去；接着又检查我们的眼睛，新婆婆多半会在这一步被拦下。医生们手里拿着粉笔，不时在某人的外衣上做个记号。我尽量稳住呼吸，努力把自己想象成一部不会发怵的机器。希望父亲也是这么做的。体检关之后还有一道盘查关，幸好我们都通过了，随后就踏上了这个新地方，除了旅行箱与手提箱外别无他物。

　　父亲手里有大学老同事的地址，我们走了一个小时才来到他家。莱维坦先生拥抱了父亲，并没有嫌弃我们俩身上那股令人窒息的气味。他当天就帮我们找好了一间公寓。没准儿是我们那股味儿加快了他的行动。不过他还是耐心地问了我旅途上的情况，还给了我一块尝起来又酸又甜的糖果。

　　这间公寓比我们撇下的家小多了。这倒没什么关系，反正我们现在东西也不多。整栋大楼闻上去有一股柠檬加腌菜加烟卷的味道;阳光透过窗玻璃照进室内,比我们老家的要强烈些。白天每隔一段时间就会响起钟声。

父亲把新婆婆重新组装起来。电路接好之后,看到新婆婆经受住了这一番折腾,毫发无损地活了过来,我虽然嘴上没说,心里却大大地松了一口气。我听着父亲给新婆婆介绍眼下是什么状况。她耸耸肩,点点头。

父亲关照我别出家门,这不难办到,因为我们本来就没地方可去。现在父亲出门工作的时间比在老家还要长,他不在的时候,新婆婆是我唯一的伴儿。自打我们搬进新家,新婆婆没问过她那些老问题。父亲带回来的只有面包和鲱鱼,新婆婆也没理由帮忙做饭了。父亲给我买了一部收音机。我就光听广播不唱歌了,但电台里播的歌曲几乎没有一首熟悉的,我也听不懂播音员说的话。

大楼供电不稳定,电压忽强忽弱是家常便饭。平时断电都能很快恢复,有一天上午停了电,却迟迟没有再来电。收音机里的歌声给拦腰掐断了。我在房间里走来走去,从无聊变得害怕。时间一分一秒在流逝,屋子里越来越暗。

"万一出了什么事,爸爸回不来了怎么办?"我问新婆婆,"万一就剩我们俩了怎么办?"

"嘘!"她说。继那次乘车出逃以后,这还是我第一次让她搂在怀里。她的内部机件发出的嗖嗖声也使我宽下心来。她不受断电的影响。

　　过了一会儿，我才意识到她在唱歌。起先声音很轻，见我没有阻止，她就越唱越响。这是真婆婆爱唱的一首歌，我曾经低声唱过，不愿让她听到。唱到高音部分，她发出瓷器碎裂般的声音。

　　我希望她再唱一首，当我提出来时，她似乎很高兴。我和她一块儿唱起来。我们唱了一首又一首，唱完了老歌接着唱收音机里学来的新歌，就这样度过了白天。连什么时候来的电我都没有注意到。

　　父亲夜里很晚才回家，带来了鸡肉、洋葱和一袋荞麦片。

　　"把你的菜谱拿出来，塔妮娅。"他说，"我们吃顿大餐。"

　　我摇了摇头。

　　真婆婆说过应该用手去记，所以我演示给新婆婆看：做荞麦片的秘诀在于用鸡油搅拌。她弄得衣服上都是油，跟真婆婆一样。我教她说"胸脯子都脏喽"，再叹一口气，就像真婆婆通常的反应。

　　当时我是这么想的，如果我教会了她的手怎么做饭，如果我教会了她的嘴怎么唱婆婆的歌，哪怕父亲再也不回来了，这些也将始终保存在两个人的记忆里。真婆婆是我的老师，而新婆婆需要先从我这儿开始学。

　　"你可以叫我塔妮娅。"我对她说。她看上去挺开心的，不知是不是我的错觉。

　　"你怎么叫我呢？"她问。我想了想。"婆婆"已经不合适了，

"新婆婆"也不行，因为我曾用奚落的口气叫过这个称谓。

"你想让我怎么叫？"

她耸耸肩。"你来定。挑一个对你有意义的称呼。"

我给她起了个名字叫"沙亚"——生命①。她不再是已逝祖母的纪念品了，她是她自己。

我希望她永远陪在我身边。总有一天，我们俩会一起教我的儿孙们怎么做三角馄饨和荞麦碎粒意大利面②。总有一天，孩子们会对她胸中的鸟笼产生好奇，那里依然藏着我的食谱本和祖父母的相片。总有一天，我的头发会变得和她一样灰白，然后渐渐比她还要灰白。我会趴在桌子上揉面；看到衣服沾满面粉，我叹一口气，用那种夸张的悲哀语调说一声"胸脯子都脏喽"，逗得四周的孩子们一齐咯咯笑起来。家人都睡下后，我和她一道回忆往事，我听着她轻声哼唱，我们俩互相唱着催眠歌谣。

---

① "沙亚"原文"Chaya"，犹太女性常用名，源自希伯来文，意为"有生命的"。
② 原文分别为"kreplach"和"kasha varnishkes"，均为犹太传统食品。

Talking with Dead People

与死者对话

我们一个个都只是有待她来破解的谜团。

没错，是我想出了"惊悚屋"这个名字，灵感来源于"莉齐·博登拾起斧……"①，我也好像成了爱拿这种事乱开玩笑的人。没错，伊丽莎白·明特确实给过我一个业务合作的机会，但我拒绝了。当年我们俩是大学室友；现在，我宽慰自己的理由是我这个人根本不是做生意的料。要是我跟她一样看到了那个点子的潜力，要是我接受了她的提议，要是我没有单方面中止同她的合作，如今我也是百万富婆了。

那时她介绍自己叫伊莱莎②，并强调是"伊——莱——莎"这三个字，不能叫别的。她对莉齐·博登其人其事怀着一股爱

① 原文"Lizzie Borden took an ax"引用自一首童谣，这首童谣取材于1892年马萨诸塞州福尔里弗市（Fall River）一起震惊全美、至今仍为人时常说起的双命凶杀案。时年32岁的女子莉齐·博登涉嫌用斧头反复劈剁其生父安德鲁（Andrew）与继母阿比（Abby）致死而被捕，后经陪审团判定无罪并获释，但舆论普遍认为她嫌疑最大。莉齐·博登后来从案发住址第二街92号（92 Second Street）迁至不远处的梅普尔克罗夫特（Maplecroft），两地现均已成为观光景点。根据这桩案件改编的电影《持斧的女人》于2014年在美国上映。

② 伊莱莎与莉齐均可作伊丽莎白的昵称。

恨交加的怪异情感。她小时候家住南泽西①，大伙儿都叫她莉齐，谁也没有大惊小怪。就在她上高中之前，她家搬到了新泽西北部约一小时车程的蒂内克，正逢那部关于莉齐·博登的电影轰动一时。随后她就发现自己成了"博登敦人莉齐"②，人人都来问她"你父母还好吧？"。被开了四年玩笑，她巴不得在大学里重新开个头。

尽管如此，她却迷上了这个案子，或者说正因为如此，她才会对这个案子欲罢不能。我不理解她，但我已经习惯了跟有执念的人共处。她不止一回硬拉着我从罗切斯特③驱车至马萨诸塞的福尔里弗。还拉着我造访其他瘆人的地方，包括废弃的疗养院、凶案旧址、连环杀手故居。不知道有多少人会去这些地方朝圣。至少伊莱莎是抱着务实的目的去参观的，只不过当时我还蒙在鼓里。

我之所以跟着她到处转，是因为她出油钱，我还从没离家超过一百英里呢。再说，有人喜欢和我一起游玩，对我来说是一件新鲜事，不过现在回想起来，她可能也打着自己的小算盘。

一天，参观完某个凶案"景点"，由我开着我那辆老福特嘉年华④——她是我见过的唯一不开车的有钱人——往回赶。我

---

① 美国新泽西州南部地区。
② 博登敦为南泽西一市，该绰号将伊丽莎白·明特与莉齐·博登硬扯上了关系。
③ 美国纽约州一市。
④ 原文"Fiesta"，福特汽车公司于1976年推出的一款车型。

在手机里搜索能想到的最提神的歌,而她照例一言不发地坐在那里。然后,她照例冒出了一连串问题。

"嘿,格温妮,你觉得游泳池里为什么没有水?"

"都到十月份了?"

"不是说现在。我是指当时。他七月份被发现死在了排干的游泳池里。"

我使劲儿想了想。"水是在他死前放掉的还是死后放掉的,他们确认了吗?"

"他既不是淹死的也不是摔死的。之前他就死了。你开小差了吧?"

我的回答总是:"没错。"那时我脑袋里已经塞满了凶案与失踪者。在凶案旧址转悠的时候,我对那些未解之谜能不了解就不了解。我觉得整件事只有偷窥狂会感兴趣,恶俗至极;以我之见,别人家里关起门来发生的事不应该去窥探,更别提解谜了。因此我对那些破案线索并不怎么留意,而将注意力放在了建筑风格、室内设计、园艺、艺术品等方面。我仔细观察书架上的书籍、家具和餐具,琢磨着该怎么把这些东西做成微缩模型,加到我在父母地下室搭建的那些火车小镇中。

过了一会儿,她自己回答自己的问题了。

"我敢打赌,游泳池里之所以没有水,是因为有人说服了老海古德先生,应该趁家里人去度假的机会花大价钱把游泳池修一修。可能这个人跟他说,要修的东西有一大堆,得把游泳池排干，还要先付款。等到家里人回来，才发现他被骗了，还……"

"就这能把二十一世纪人气最旺的美国政治人物搞下台？被骗了个财？他们可是有钱人。那怎么解释老海古德的儿子死在了游泳池里？又怎么解释海古德参议员失踪了三个礼拜？"尽管我参观时心不在焉，但这些情况还是了解的。

"如果你自己长眼睛不看，别指望我会代劳，格温[1]。"

这时候我会切换到自己能跟唱的一首歌，不多久她就会向我道歉并换个话题，好让我闭嘴别唱。这些自驾旅行以及返程中的自问自答她都写进了回忆录，不过把我的那部分能省则省了。增加了她自己的内心戏，删减了对我的讯问。

我在那本书里基本只有一个场景。据她描述，我们行驶在麻省的收费公路上，当时是从福尔里弗回校，六小时车程才刚开了一小时，她转过脸来问我："要是我们能向他们提问呢？"

真实情况是，我问："向谁提问？"她说："他们。你懂的。"我说："我不知道你在说什么。"随后就是一轮愈演愈烈的嘴仗。在《与死者对话》一书中，这番对话经过她的提炼，意思明确多了。

在她的笔下，她问："要是我们能向他们提问呢？"

那个虚构的我一下子就抓住了要领，答道："那就绝了。"

她的意思当然是："要是我们给他们配上语音呢？"这就是她的点子，向凶手、恶棍或蒙冤者提问。

---

[1] 格温妮的昵称。

"跟降神会似的？"这是我领会了她的意思后说的，在书里自然要比实际发生的提前许多。

"有这意思，不过比这还要棒。你可以去福尔里弗亲口向莉齐·博登提问，然后亲耳听到她的回答。"

我顺着她说："不如管这个叫'惊悚屋'，怎么样？"

"这是你出过的最妙的点子。"透过文字，我似乎听见她在咯咯笑。途中余下的时间，我们俩想了一个又一个名字，都盖不过"惊悚屋"。

这个名字还帮整个项目定了型。据我所知，她原本计划制作凶手们的电动半身像，她自己觉得很酷；而我认为，这好比把总统殿堂①里的所有脑袋都换上了奥兹国女巫②的，诡异得令人毛骨悚然。

她本来还不一定放弃这个主意，只是我们都不知道有谁能做会动的半身像。伊莱莎一贯善于就地取材，而就地能取的这个材就是我了。

做模型向来是我的拿手好戏。一开始是用西兰花做微型树木，把田园沙拉酱染成蓝色的做河流；之后就在我父母的地下室里搭建一座座火车小镇，那时我弟弟特里斯坦还没走失；

① 原文为"Hall of Presidents"，是美国迪士尼乐园的一个展馆，展示了美国历史上所有总统的自动人偶。

② 原文为"Oz witch"，指《绿野仙踪》系列中的邪恶女巫形象。1985年电影《重返奥兹国》中有位名叫蒙比（Mombi）的女巫，她拥有可以更换的头颅，给人以恐怖和诡异的感觉。

接下来选修了高中里所有手工和工程类课程。做谋杀屋并没有多大区别。说实话，我目前从事的建筑模型制作这一行，其原理仍旧大同小异。人们会问："为什么做房子？为什么不做人物？"回答是：要么做面目不自然的假人，要么做逼真的房子，我们只能二选一。

我的第一座"惊悚屋"是在校园剧场的布景室里完成的，当年我在那儿勤工俭学。那份活儿不错，我本来就爱做手工，也喜欢弹性工作，即使这意味着我永远挣不到大钱。我就是这命。

不用说，那件样板模型正是博登之家。不是莉齐·博登后来搬去的梅普尔克罗夫特，而是第二街92号。那栋房子现在已经改造成带早餐的旅馆了，每次去参观前伊莱莎都会为我们俩预订房间，还要早早锁定莉齐继母被害的那间屋子。我在走廊里转悠时，对房子本身的关注总是多过凶案；在她按计划向我交代了任务之后，我就更加留意建筑方面的种种细节了，比如楼梯的宽度、窗户朝向，以及一天中不断变化的日光。楼层平面图和照片都很容易在网上找到，但模型制作主要还是靠我自己对房间与走廊的细致观察。

"天哪，格温！"伊莱莎看见我完成了她派的活儿，惊呼了一声。

西墙装有铰链，可以打开。屋子一间不缺，比例精准。莉齐之父遇害时所躺的沙发，还有镜子、栏杆等都做成了微缩复制品。门窗能开能关。不算约四英寸①高的底座，模型整体高一英尺②。博登家还没通电，所以我在桌上和墙上安了仿造的迷你煤气灯。

"按你要求做的，没错吧？"

"没错没错。你花了多长时间？"

我在心里算了算前后做了几天，一共用了多少小时，随后耸了耸肩。我做模型的时候，她一直在搞编程，做配套的电子部件。我用的材料也都是她给买的，她应该知道我花了多长时间。

伊莱莎把模型转来转去，透过窗户往里看。"她居然做了全套家具。"伊莱莎低声对自己说，好像我听不见似的，"厉害！"

按她的要求，我把底座做成空心的。第二天她翘课，把电子部件装了进去。我吃过晚饭回到宿舍，见她正躺在床上看书。

"打开它。"伊莱莎翻过身来对我说。

她的书桌总是乱糟糟的，跟我的书桌形成鲜明对照——模型屋摆在中央，工具四散在周围。我发现有一扇百叶窗没了，只觉一阵揪心。我沿着底座摸了摸，找到了开关。什么动静也没有。

"然后呢？"我问。

"问她一个问题。"

---

① 英美制长度单位，1英寸约为2.54厘米。
② 英美制长度单位，1英尺约为30.48厘米。

我想不出要问什么。过了一会儿，伊莱莎咕哝了一声，替我问道："阿比，你遭到袭击时面朝哪个方向？"

我朝模型屋望进去，看看里头是不是多了几个人。"等等。怎么问阿比了？我以为你要问的是莉齐，嗯？"

"咱俩放弃了半身像那个点子，改做房子的时候，我想到可以把所有当事人都加进去。"

她把刚才那个问题重复了一遍。扬声器传出一个女性的声音。我听出来是伊莱莎的朋友安吉的嗓音。"我面朝凶手。"

"阿比，第一下砍在哪个地方？"

"在客房砍的。"

我咯咯直笑，伊莱莎用斧子般锐利的目光瞪了我一眼。出了点儿小毛病。

"阿比，"她重新组织语言，"第一下砍在你身体上的哪个地方？"

"砍在我脑袋侧面。"

伊莱莎露出了成功的微笑，继续问道："安德鲁，在你遇害的那天早上，你出门去了哪里？"

一个男性的声音响起，这回我听不出是谁。大概是某个教授？嗓音听上去比我们的朋友要老一些。"去散步，我早上的老习惯。"

"是谁袭击了你？"我问。没有回答。

"开头要加个名字的。"伊莱莎说。

我突然感到有点儿害羞，太正式了。"呃，博登先生，是谁袭击了你？"

"当时我睡着了。"

我把脑袋一歪，瞄着伊莱莎。"这个问题要是问博登太太会怎么样？或者直接问莉齐呢？"

"你试试。"

"莉齐·博登，你被控杀害的那两个人是不是你杀的？"

莉齐·博登是伊莱莎自己配的音，她模仿的马萨诸塞口音那叫一个别扭。"我已被宣判无罪。"

同一个声音从对面那张床上传来："酷吧？"

有什么东西在拍打我这张床后面的窗户，是一只蜜蜂困在了纱窗与玻璃之间。我走过去打算放了它。蜜蜂又撞了几次玻璃，才嗡嗡地沿着大楼外墙飞走了。我重重地坐到床上。

"我还是没明白。"我说，"模型知道的事不比人多。你怎么编的程它就怎么说话。如果你不知道凶手是谁，它自然也不知道。"

伊莱莎叹了口气。"这是个样机。只能回答程序编好的问题。但是，假如我向这部人工智能机器提供足够多的信息，把关于受害人和嫌疑人的所有已知情况都输入进去，我敢肯定，到时候它就可以回答连我都答不出的问题。它能在输入的数据中建立起我没有发现的联系。应该能行。就算不行，大家也还是会掏钱买的。"

"为什么呢？"

"人们喜欢未解之谜。"这句话她老挂在嘴边，还在回忆录里做了深入阐释。"他们也喜欢谋杀屋。我——咱俩——就做这种模型，卖给谋杀屋博物馆。这一件就达到了馆藏级。以后咱俩再做小一些、便宜一些的，不带家具，也不带活动的小百叶窗，我焊接的时候百叶窗会掉。"

我强忍着心里的一阵刺痛。只要操作得当，我的模型不会掉东西。我弟弟特里斯坦失踪前，没少破坏我做的东西，那同样不能怪我的手艺有问题。"咱俩？"

"没错，咱俩。"

我站在那儿，拨弄着桌子上伊莱莎那堆乱七八糟的东西，总算找到了掉落的百叶窗。我又从模型材料里找了一枚能将窗子安回原位的微型销子。"前两个声音配得不错，你配的莉齐听上去太假。"

两周后，她升级了底座部件，扩大了模型屋的应答范围。她还换掉了自己的配音，新配的声音已经比较接近我们在福尔里弗听到的口音了。春假期间，我回了趟家。她乘公交车，把模型屋搁在大腿上，去了马萨诸塞。她把模型屋卖给了城里的百货商店，挣了一千美元。

我回校第一天，她把钱扔到我床上。客户是网上转账的，不过她从银行取了现金，都是二十美元一张的。

"格温妮，我要知道咱俩是不是这个项目的合伙人。"

"咱俩现在还不算吗？"

"咱俩可以成为合伙人。我需要你做模型，合作方式有两种。一种是合伙人制，我们一起投资开发业务，一起做决策，样样对半分；另一种是我付钱委托你做模型，但生意是我一个人的。"

"你付我多少钱？做一个模型。"

"第一件属于艺术级的。这种咱们需要一批，要做哪些谋杀屋我已经列好清单了；还要做一些迷你版的，去掉装饰，去掉家具，去掉活动百叶窗。大模型每件六百块，材料另外算。小模型，呃，每件五十块。你做一件我付一件，能不能卖出去跟你没关系。

"那沓钱一共九百块，因为是第一件，你做得很辛苦。要是第一件我没卖出去，后面的事也别想了。如果你选择按件计酬，就收下这九百块。否则的话，我会把钱拿回来再投资，咱俩就是五五开的合伙人了。今后收益共享，风险共担。"

我看着床上那沓钞票。我有生以来还没见过这么多钱，这一点她心里有数。我父母不是有钱人，自从警方停止寻找特里斯坦后，他们把每一分钱都花在了自费调查上。有了九百美元，我可以给车子换轮胎和排气消声器。像这样再多挣点儿，我就能自己负担下学期的费用，不必向本就拮据的父母伸手要钱了。跟她合伙也是一条路。可那些腔调细声细气的迷你谋杀屋要是没人愿意买，就都砸在自己手里了。选择打工，不必承担责任；选择入股，只怕后悔没有落袋为安。

"我替你打工。"我说。

她伸手进包，抽出一份合同。"那咱们就正规一些。"

我永远不知道，假如我选择入股，她会不会拿出另一份合同来。

"人们喜欢破解谜团，"她在书里写道，"他们会因此觉得自己很聪明。"

关于人们喜欢什么、不喜欢什么，她有很多说道，也许她把别人都当成了自己的延伸。当然这一点她书里没写。那是我的看法。

我们把宿舍变成了生产车间。订单越接越多，她在一座仓库里租了块地方，我们把东西全部搬了过去。那里夏天像桑拿房，冬天像冰窖，但没人抱怨。她雇了其他朋友各司其职，包括一组配音的、一组负责电子器件的。我做好的模型由莫·巴拉油漆。萨米亚·吉尔曼为我们建了网站，还开通了社交媒体账号。

伊莱莎的判断是对的，不管她的理由是否正确。人们的确喜欢谋杀屋。还没售出几套，就有买家利用模型破解了2021年的海古德谋杀案。此案重新开庭审理。经努力，买家提出的假设通过现有证据得到了证实，海古德一家终于洗脱了罪名。我们甚至还收到了海古德参议员本人的感谢信。

此后，订单源源而来，让我们应接不暇。队排得越长，人们的购买欲反而越旺盛。我们提供一系列能批量组装的模型屋，还提供售价较高的定制款。林白小鹰和选美小皇后拉姆齐[1]都在我们的产品系列之中。我已经攒够了下个学期的学费，除了伊莱莎就数我挣得最多了。

有时候，我会想自己没有入股算不算失策。直到今天我还是拿不准。我应该会喜欢伊莱莎后来为法医学院和联邦调查局做的模型屋，这批用于案例研究的刑侦教具类似马里兰州的"果壳研究模型"[2]，新增了模拟审讯的语音互动和人工智能技术。我应该也会赞成伊莱莎为那些真实谋杀屋的业主开发人工智能软件，这类软件兼容导览设备或智能手机，可以作为收费项目提供给参观者。

然而，伊莱莎还接下了一些我无法认同的业务，即便我们俩没有散伙，十有八九也会吵翻天。比如，有些模型屋出现在靠炒作博眼球的电视节目中，对多年前已宣判无罪的当事人造

①"林白小鹰"是美国飞行英雄林白（Charles Lindbergh）之子，1932年在家中遭绑架并遇害，仅二十个月大；"选美小皇后拉姆齐"是美国著名童星琼贝妮特·拉姆齐（JonBenét Ramsey），1996年在家中遇害，年仅六岁。两案均疑点重重，至今争议不绝。

②原文"Nutshell Studies"，全称"Nutshell Studies of Unexplained Death"（死亡谜团果壳研究模型），由法医学先驱弗朗西丝·格莱斯纳·李（Frances Glessner Lee，1878—1962）制作的一套谋杀现场微缩模型教具，现收藏于马里兰州法医办公室。

成了精神刺激甚至骚扰;还有些模型屋取材于口述材料和正在侦办的案件,其可信度并未经过时间的检验。不过在当时,我安于打工的理由比较单纯。看到伊莱莎花费大量时间去应付非技术性事务,我乐得安心做模型,不必操心生意上的事。

假如她没干那件终结友谊的事,我们俩的合作兴许会一直这样持续下去。这桩八卦她也没有写进《与死者对话》里……书中,我们搬到冰冷的仓库之后,紧接着跳到了她大四前辍学的经历。

她没提自己赠给我二十岁生日礼物那件事。我们俩的生日挺接近的,在我们共处一室的三年里,每年十二月冬考临近之际都要合办一个热闹而亲密的生日派对。宿舍里挤满了我们的朋友和业务伙伴,当然基本上是同一拨人。那天她喝杰尼淡啤①,我喝的是苹果汁。我之所以连喝什么都记得,主要是因为那晚派对后我直犯恶心,直到今天我都没碰过苹果汁。

长话短说,几杯下肚,她站到了我书桌上,提请大家注意下面的环节。有人——大概是莫·巴拉,这部分我记不太清了,反正是有人——递给她一只帆布购物袋。有一根接线垂在了袋子外面,她先把线插上,再递给了我。这个动作我也记得很清楚,因为凭着这一细节,我已经大致猜出了那是一件什么样

①原文"Genny Light",美国杰纳西酿造公司(Genesee Brewing Company)推出的一款啤酒。

的礼物，虽然还不知其详。

我从购物袋里取出礼物。这是一座缝纫机大小的建筑模型，胶合板底座长两英尺、宽一英尺，比我做的高端模型还要大得多。细部做工粗糙，我花了一分钟才认出这是我自己小时候的家，随即明白了伊莱莎的意图。

我用颤抖但不含糊的嗓音向模型发问："你叫什么名字？"

里面传出一个声音——不是我的，他们要让我惊喜就不能找我本人录音——回答道："格温。"我听不出是谁。多半是某个替我们兼职配音的演艺学校学生。

我瞧着对面的伊莱莎。她了解我的私生活，把这些隐私统统编进了一个人工智能盒子，还指望给我一个惊喜，我搞不懂她到底是怎么想的。我估计要是有人送她这么个玩意儿，不管问啥都能听到自己的回答，她是不会介意的，所以她无法理解我怎么会不喜欢。我瞪着她，就在这一刻，我觉得她已经意识到可能犯了个错误。我继续死盯着她，直到她脸上的笑容化为乌有。

但太晚了。大家都在争先恐后向冒牌的我提问。我去年有没有跟卡兹·门德尔松上床？跟萨米亚呢？工程伦理学我是不是真的挂了？回答全对，令我汗毛直立。没有。有。没有——那门课我获准延期至夏季修完，因为我忙于做谋杀屋耽误了学业，教授建议我交一篇关于谋杀屋制作所涉伦理问题的论文，我交上了。伊莱莎同我朝夕相处两年半，这点儿事她门儿清。

那声音，尽管不是我的，却带着我说话的腔调和抑扬顿挫。

问题越提越离谱了。我等着那声音出错，好证明那不是我；可是，我家住哪儿、父母叫什么、高中最喜欢的老师叫什么，它全都知道。我想象伊莱莎偷偷摸摸联系我的家人和网友，问他们愿不愿意帮忙给我来个生日惊喜。我打赌，就算有人提醒她我对惊喜不感冒，她的反应多半就是把这条信息一并输入人工智能完事。

"你有几个兄弟姐妹？"有人问，我记得自己顿时屏住了呼吸。他们只是随便问问的，我对自己说。

"没有。"人工智能顿了顿，又说，"已经没有了。"

我从床底下抓起背包，确认钥匙、钱包、电脑都在，径直出了门。我本可以留下来，把其他人都轰走，但我没有，而是任由他们继续盘问"我"。当时我一心只想逃走，决不能听到下面任何一个问题，更不能听到任何回答。

我想找个地方蹭一宿，可熟人不是在派对上就是已经离校了。我只好朝自己的车子走去，这时下起了冻雨，我却不觉得特别冷。我从后备厢拿了一条毯子，那是父亲教我备着应急用的。我把四肢都蜷缩进衣服里，在车上睡下了。半夜难受得醒过来一次，去后轮边上呕吐。地面结起了冰，我滑了一跤，差点儿摔在自己的秽物里。

考试这几天我借住在同学那里，寒假期间我向校方申请换宿舍。学校安排我跟另一名大三生一间屋子，她原来的室友整个春季都在罗马留学。

我清楚自己这一撂挑子,公司的模型制作就要陷入困境了,可我当时不在乎。我已经厌倦了谋杀屋。厌倦了那些无所不知的人工智能语音。在我那篇关于伦理的论文中,我竟然还替我们干的事辩护呢。"在有些案件中,我们让永久沉默的人发出了声音。"我写道,"人工智能可以为某件案子的每一个当事人代言。它不会臆测。如果不知道答案,它就说'我不知道'或'我不记得'。有时,它会完成当事人应做而未做的直觉性跳跃思维。其推理能否得到证实固然还有待观察,但人工智能已为伸张正义开辟了一条可能的途径,值得期许。即使道德或伦理方面尚存疑虑,也难以掩盖其巨大价值。"

圣诞节那天,趁伊莱莎肯定不在学校,我驱车两小时来到罗切斯特,打算把留在原宿舍的东西打包带走。生日派对前,我们已经完成全部圣诞节订单的交付——没错,人们把谋杀屋当圣诞礼物送来送去——每名员工都获得了整整两周的假期奖励。我确定伊莱莎跟家人去巴巴多斯过节了。

宿舍里看上去跟我摔门而去那一刻几乎一样,除了没有人之外。到处都是红色塑料杯和啤酒瓶,空气中一股发酵味,说明杯子瓶子翻倒过,但洒出来的酒水没人擦。

给我的那件所谓礼物依然搁在书桌上,连位置都没变。线还插着。我不该冲它提问的,但现在整栋楼就我一个人,我克制不住。

"你弟弟发生了什么事,格温?"

"我不知道。""惊悚屋"答。

"可那天他不是一直在你眼皮底下吗?"

"是的。"

"当时是什么情况呢?"

"他在院子里玩,我在手机上打游戏。然后我上楼了,他就出去了。"这是我在警署留下的笔录,一字不差。

"你还知道别的情况吗?比如听见什么动静?"

"我跟警察说过'没别的了'。"

"请再回答一遍。"我说。

"我跟警察说过,没别的了!"

不清楚是不是我的错觉,第二遍的抑扬顿挫与第一遍不同。挺可怕的,稍微调整一下语调就能改变我的意思。不,是它的意思。是什么代码把这两句话区分开来的?我还有一个问题。

"你在打什么电子游戏?"

机器默然。这条信息从未见诸文字记录。

"我不记得了。"最后它答道。

听到这句"我不记得了",我才忍住没把它砸个稀巴烂,不过就算砸了应该也没错。那天我在玩《业力勇士》。我当时已经打到了自己的最高级别。准确地说,到今天为止都是最高级别，因为我后来再也没玩过。这部机器不是我。伊莱莎没有再造一个我。只是一个近似体而已。

机器不知道特里斯坦求我教他玩《业力勇士》。机器知道特里斯坦穿着霸王龙T恤、右膝有破洞的牛仔裤、有点儿挤脚的运动鞋——那天上午他抱怨鞋小了——因为我如实向警方汇报过他的衣着。前一年他头顶撞在咖啡桌角缝过八针，那儿长出了一小撮白发，这台机器也知道，因为警方曾公布在"明显特征"栏内。

机器不知道特里斯坦笑的时候会发出哼哼声。机器不知道他跑起来像个小醉鬼，斜着身子摇来晃去的。没人告诉机器他对蜜蜂有一种偏执的迷恋，他经常轻轻捉住一只蜜蜂，有时一不小心在屋子里松开了手，害得我们个个都被蜇过无数次。机器不知道，当时我正埋头于《业力勇士》抢高分，张口就叫他滚远点儿。我的原话就是"滚远点儿"。从此以后我再也没见过他。

我把人工智能格温的接线拔掉，抱起收拾好的一箱东西，准备最后一次沿这条路走出校园。在走廊里，我突然改变主意，又回去了。书桌最上边一格抽屉里有一把螺丝刀——我把模型屋上部翻过来，拧开底座上的螺丝，拆下芯片，塞进口袋。来到一楼厨房，把芯片放进微波炉。我头也不回就走了，任由微波炉里噼里啪啦冒火星。

那场派对之后，我再也没有跟伊莱莎说过话。她给我打过几次电话，我都没接，于是她放弃了努力。我从萨米亚及其他还留在惊悚屋公司的人口中了解到，伊莱莎想不通怎么就得罪我了，这证明我的决定是正确的。在伊莱莎眼里，莉齐·博登啦，海古德丑闻啦，特里斯坦失踪啦，都没什么两样。我们一个个都只是有待她来破解的谜团。

The Sewell Home for the Temporally Displaced

休厄尔时间迷失者之家

无论她身处何时，那儿一定很美。

朱迪说:"下雪了。"

我望向窗外。天空呈脏灰色,一如地上的积雪,那是上周的一场暴风雪留下的。我站起来,凑近窗户,想找一片深色背景看看是不是真的下雪了。我的膝头感受到了热乎乎的暖气。

"你说的不是现在吧。"这不算一个问句,不过她还是顺着我的意思摇了摇头。她的目光穿透了我,穿过另一扇窗,正望着彼时的一场雪。她面露微笑。无论她身处何时,那儿一定很美。

"说来听听。"我说。

"大片大片的雪花,毛茸茸的。落在手套上不会化的那种。每一片都大得能看清形状。"

"你知道那是什么时候吗?"

她用力伸了伸脖子,想看看窗外还有什么。"大概是一八九几年?街对面的房子还没造。我想瞧瞧下面的街道,玛格丽特。"

朱迪本不该下床的，但我帮她穿上黄色拖鞋，搀她站起身。我使劲稳住自己，好让她靠在我身上。我们俩拖着步子走向窗口。她朝下望去。

"前门停着一辆四轮马车。那是匹黑马，准是狠命赶了一阵路，因为雪片落在别的地方都能积起来，一落在马身上就化了。它还直冒白汽。"

我什么都没说。我看不见，但可以想象。

"有人走出大楼了。是个男人，他扶着一位女士跨出马车。"朱迪说，"女士的衣服不是那个时代的，也不适合那个季节。她穿着牛仔裤和T恤衫。"

"'蒸馏器'[①]的T恤。"我说。

"没错！你也能看见她？"

"看不见。"我说，"那人就是我，是我第一次来这儿。那回我没待多长时间。"

我听见门吱呀一声开了。是齐亚，我最不喜欢的护士。她把我们当小孩子对待。"朱迪，咱怎么起来啦？万一发作起来咱会受伤的。"

她又冲我说："还有你，玛格丽特。咱应该更懂事啊，你怎么反倒撺掇她这么干。"

"你的称呼把我搞糊涂了。"我对她说。

她没理会我。"好啦，既然起都起来了，咱下楼吃午饭去。"

---

① 原文"Distillers"，一支成立于1998年的美国朋克摇滚乐队。

齐亚把朱迪扶上轮椅。我跟着她俩去楼下餐厅，慢慢地，稳稳地。齐亚把朱迪推到最近的空位，那张桌子只剩这一个座儿。我只好坐到房间另一头去了。我不愿离朱迪那么远。我本可以闹一闹要求换位的，但我劝自己，我们俩能够忍受一顿饭的分离。再说我还能时不时地看她一眼。

朱迪并没有完全回到当下。她一口也没吃。卡恩先生、迈克尔·利姆和格蕾丝·德维利耶在她周围聊天。卡恩先生让勺子飘浮起来，演示他的第一架时光机在物理学上的精妙之处，他老爱这么干。

"又是肉卷。"坐在我左边的埃米莉·阿诺德嘟囔道，"人造蛋白质还没发明出来呀，我都等不及了！"

"肉卷够好吃的了，埃米莉。在眼下这段时期，一间工业厨房能做出这样的食物，真的算不错了。"我们都吃过更差的。

我们吃着肉卷。餐厅另一头有人严重发作了，医护人员要求我们撤离，连果冻都没来得及上。我看不清那人是谁。她把黄油刀当短剑挥舞，双腿叉开稳住下盘，仿佛站在左摇右晃的甲板上。这样发作是最理想的，她完全沉浸在当时的情境之中。我们都盼着有这种运气。有趣的是，医护人员如临大敌，好像这种发作会传染似的。

我在朱迪的房间等她回来。齐亚推她进来，扶她上床。她，我的朱迪，轻如小鸟。齐亚一见我就皱了皱眉。我想，假如我们俩还有家人的话，齐亚准会更勤快地把我赶出这间屋子，以免遭到投诉。他们允许迈克尔和格蕾丝一起吃饭，但不准串门。格蕾丝的孩子们认为，既然她同时生活在这么多的时空里，就不应该再跟谁发展关系了。会乱套的，他们说。但格蕾丝没闹清孩子们是指谁乱套，是他们，还是她自己。

"饭吃得怎么样？" 我问朱迪。

"我不记得了。" 她回答，"但我看见你第一次进来时的场面了。你说，'这地方怎么会是真的？' 年轻时的卡恩先生说，'因为总有一天我们大家会把它建起来的。'"

"然后我问，'我什么时候开始呢？' 他回答，'你已经开始了。'"

接下来我也能看见了。那时的餐厅比较庄重。我进去的时候，每个人都盯着我，大部分的笑容都含有心照不宣的意味。他们明白时间穿梭是一种冒险。他们以前来过那儿，也一直待在那儿，而且还会再来。

此刻，朱迪握住我的手。我俯身吻她。

"下雪了。" 我说，"我盼着跟你见面呢。"

In Joy, Knowing the Abyss Behind

欣欣然背向深渊[①]

没有巧合，就没有生活。

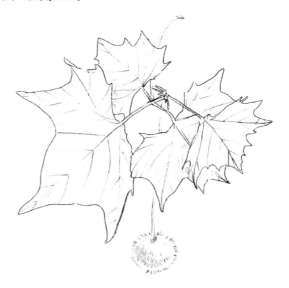

①语出罗伯特·菲茨杰拉德（Robert Fitzgerald）英译本的《荷马史诗·奥德赛》。奥德修斯于特洛伊战争后在海上漂泊十年，历经九死一生方返归故土，继而扫灭了骚扰其妻珀涅罗珀的众多求婚者，该诗行即出自夫妻二人终得团聚的场景。同一卷中另有情节叙述珀涅罗珀以围树建屋、凭树造床的秘密试探乔装的奥德修斯，与本篇亦有暗合之处。

"别走开。"

这话他说第一遍的时候，仿佛在下命令。那口气完全不像乔治，吓得米莉[1]差点儿没拿住梳子。这里是他俩的卧室，是已经生活了六十六年的家。法式落地窗外，新雪覆盖了旧雪。乔治那座纵横蔓生的树屋透出灯光，在皑皑白雪中特别醒目。乔治坐在电话桌旁的椅子上，袜子换到一半，一条腿跷在另一条上。剩下的一只新袜子掉落在地，他咳嗽了一声。米莉朝梳妆台镜子里瞥了一眼，发现他正盯着自己。

"别走开。"他又说。

米莉转身面对他。

他说第三遍时变成了问句，中间停顿处隐藏着一丝困惑。"别走开，好吗？"

他似乎挣扎着要说下一句，也是他的最后一句话："对不起。"

"你在说什么，老头子？"米莉问，然而乔治已经神志不清

---

① 米莉是后文米莉森特的昵称。

了。他张开嘴像是还要说什么，却一个字也没蹦出来。

家里人有个头疼脑热的，米莉一向表现镇定，但这一回，她脑海中猛地闪过"终于来了"四个字，顿时变得一片空白。她深吸几口气，努力回忆正确的应对步骤。米莉走到乔治坐着的椅子跟前，把手按在他胸脯上，能感受到一起一伏。还有救。米莉自认没力气把乔治放平在地板上，更别提胸部按压了。她俯身把那只干净袜子套到乔治的光脚上，随后隔着乔治摘下听筒，拨了急救号码。这几步次序是不是该颠倒一下？也许吧。"终于来了。"

"我马上回来。"米莉说完走出卧室，打开了前门锁。返回时，乔治仍然坐在老地方，只是往右瘫下去了一点儿。他左眼透着恐慌，右眼却出奇平静。米莉把梳妆台前的椅子拖过去，面对乔治坐下。在他身后，依然大雪纷飞。

"不知道那棵可怜的老梧桐还经不经得起这么大的暴风雪啊，"米莉说着握住了丈夫的手，两眼望着窗外的树屋，"我觉得这次可不是闹着玩儿的。"

他们初逢的那天也飘着雪。那是1944年12月，在芝加哥的马歇尔·菲尔德百货商场①。当时两人前后脚走出那幢面向州街的大楼，乔治帮米莉开的门。

"女士优先。"身着军大衣的小伙子说，同时用另一只拿着

① 位于芝加哥州街上的地标建筑，2005年被梅西百货收购。

厚本子的手做了个"请"的姿势。小伙子比她还矮几英寸,而她并不算高个子。要不是那身军装,她会以为眼前是个小男孩。

"谢谢。"她偏过头冲小伙子莞尔一笑。她没留意厅前有一块冰,左右脚先后打滑。小伙子在她摔倒前及时拉住了她,自己却又失去了重心。结果小伙子先倒在地上,用身体充当了她的缓冲垫,笔记本内页飘落一地。两个人手忙脚乱地爬起来,面红耳赤,气喘吁吁。

"再次感谢。"她说。

小伙子掸去背上沾的雪,弯腰抓住几张散落在人行道上的纸页。她也低头去揭一张粘在自己腿上的纸。

小伙子指着那页纸说:"它喜欢你。你应该留下它。"

她从尼龙袜上剥下那张纸,仔细瞧着。虽然墨水已经洇了开来,仍能看出这是一幅精细的素描,画的是图书馆①的大楼梯与蒂芙尼圆顶。濡湿的纸张在她手里裂成了两半。

"画撕坏啦!"

"没关系,还有呢。"小伙子把手里的纸页递了过去。她认出了菲尔德博物馆、白金汉喷泉,还有他俩身后的那栋商场,张张墨水都化开了。

她用手捂住嘴。"你的画都毁了,大衣也破了。"

小伙子耸耸肩,又摸了摸肘部的撕口。"没事,我画着玩儿

---

① 图书馆(现为芝加哥文化中心)及下文的菲尔德博物馆、白金汉喷泉均为芝加哥地标。

的,练练手。我是建筑师。乔治·戈登。这个名字你不用记,总有一天人人都会知道的。"

"我叫米莉森特·伯格。很高兴认识你。把你的画都弄坏了,就算是画着玩儿的,我也很抱歉。我该怎么补偿你呢?"

乔治挠了挠头故作沉思状。"本来想请你吃午饭,可我已经吃过了。要不一起喝杯咖啡吧,我想,你可以让我再给你画一张。"

米莉瞟了一眼突出于大楼外墙的那口钟,摇摇头说:"我约了朋友,恐怕已经晚了。"

"那换个时间?"乔治没有放弃,还故意揉着胳膊肘。要是换一个人,米莉也许会觉得无礼,但眼前这个人有什么特质吸引着她。看来大事不妙了。

"抱歉。我是临时来芝加哥的,待到礼拜二。我在巴尔的摩上大学。"米莉回答。

乔治微微一笑,他的脸庞忽然显得那么不同寻常。"你要摆脱这事可不太容易哦。我的部队就驻扎在马里兰。米德堡①。"

没有巧合,就没有生活。

急救人员扯下了乔治睡衣上的两粒纽扣。米莉在等人时已经换好了衣服,她把扣子放进开襟羊毛衫的口袋里。急救医护人员检查了乔治的脉搏及其他生命体征。他们相互商量着

---

① 米德堡建有军事基地,与巴尔的摩市同属马里兰州,两地相距不远。

什么，都没有搭理米莉。他们忙碌的时候，米莉只能在后面转来转去。

"他会好吗？"米莉问。没人回答，过了一会儿她怀疑是不是自己声音太轻了。她瞥了一眼镜子。里面那个老太婆多年前霸占了她的镜像，正回瞪着她。她俩相互点头打了个招呼。

终于有个护理员对米莉开口了，说的却是希望她不要跟着乔治上救护车。

"地方不够大。"那个姑娘说。

米莉心想，护理员其实是希望她别再添乱。幸亏雷蒙德和他的好友马克过来了，米莉才没跟护理员争起来。

"别着急，外婆。"雷①说，"咱们可以开车跟在后面。"

马克扶米莉坐进他们那辆丰田车的副驾驶座。他俩是好孩子，平时会送她去美容院，带她和乔治出去吃饭、看戏、听音乐。米莉时常庆幸雷是儿孙辈里住在附近的一个。她有什么事总爱和雷聊聊，相信雷一定会认真倾听的。

马克把车停在急诊区，让米莉和雷下车。填完保险文件后，两人坐在等候室里，直到一名身着手术服、双眼透着疲倦的女医生走过来。是缺血性中风，医生说，病灶在乔治的左脑。病情已经稳定了。如果愿意的话，她可以去看望他。米莉不知如何回答。难道有人拒绝过吗？非常感谢，我已经等了一整天了，可我考虑了一下，其实我不想去看他。难不成会有人这样

---

① 雷蒙德的昵称。

回答吗？一动不动地坐了这么长时间，米莉费了很大劲儿才站起来。雷蒙德伸出手臂，米莉挽着他从走廊一路走到重症监护室。

乔治右脸瘫了，外眼角耷拉着。右手软绵绵地搭在髋部，左手却忙着在白床单上划来划去。

"他醒了，但对人还没有明确的反应。"医生说。这个医生叫什么？噢，德索托，跟一本童书里的老鼠牙医同名，她给孙辈们念过。这下能记住了。"中风发生在左脑，所以我们正在观察右半身的轻度偏瘫状况，也可能是重度偏瘫。也许要经过康复治疗才能重新开口讲话，时间应该会比较长。现在，我们想看看他见了你会不会有什么反应。"

米莉颤颤巍巍地走上前去。躺在病床上的那个人还是乔治的模样，但已经没了乔治的魂儿。

"哈啰，老头子。"米莉耳语般轻呼，接着略略提高音量，"嗨，乔治。是我，米莉。"她感觉不太自然，正式得像自我介绍。她不想碰乔治那只僵手，而是去握动个不停的左手。

乔治一把甩开了她的手，力气大得出乎意料，随后继续在床单上划动。米莉强忍住快要涌出的眼泪。乔治不是故意的，也不可能是故意的，但她还是觉得伤心。

"说实话，这算是一个积极信号，戈登太太。这是他第一次对外来刺激有反应。"

雷伸出一只手搂住米莉的肩膀。"他多半没认出你来，外婆。并不是排斥你。"

米莉望着医生，说:"戈登博士。"

"不，我是德索托医师①。"年轻女医生瞟了雷一眼。

"我是说你可以叫我戈登博士。"米莉说，"就是提一下，没别的意思。"

米莉在床边的椅子上坐下，抬头看着医生和外孙。他们什么都知道，却又什么都不知道。

"他在画图。"米莉说，"这就是他画画的动作。他要画什么东西。他是左撇子。"

恋爱的头几个月，米莉有一次问乔治要设计稿看。

"就是些房子，"乔治说，"没什么特别的。"

米莉不相信乔治会做什么不特别的事。在米莉眼里，乔治做的事无一不是既聪明又有趣，既体贴又浪漫。乔治打电话给米莉的父亲，说想跟米莉约会，希望得到他的准许;乔治赠给米莉一幅画，描绘的是她校园里雄伟的主楼，取代那幅撕坏的蒂芙尼圆顶;乔治向米莉献上手工制作的纸玫瑰，因为冬天还没过去。米莉的朋友都在嘀嘀咕咕传她找了个比她年长的男人，一个职业建筑师，二十四岁，大她四岁。她们的约会对象都是霍普金斯大学的男生，有钱而无趣。

"带一些你画的设计图给我看看嘛。"某晚，在监管严密的

---

① 英文"博士"和"医师"均为"doctor"，故有此误会。

女生宿舍会客区，米莉央求乔治，"我知道你给部队画的图都要保密，可你在学校里不是也画过吗？我就是想看看你的作品。"

"不骗你，你会觉得没意思的。"话虽这样说，乔治还是显得挺开心的。下次来，他的腋下夹着一只皮革公文包。他把一张张图纸摊在会客区的桌子上。

"这是摩天大楼吗？"米莉沿着画中的轮廓移动手指。

乔治露出他特有的魅力笑容，内中藏着一丝腼腆。"是的——但没有建造，总之没用上。暂时还没有。"

"能看出来它很美。瞧瞧这大门，这装饰风格，比克莱斯勒大厦还要漂亮！"

乔治倾身欲吻米莉，只听女舍监刺耳地咳了一声，没有吻成。"说起这个，我正是受到克莱斯勒大厦的影响才干上这一行的。"乔治说着把图纸稍稍挪开一些，坐到桌角上，面对着米莉，脸上洋溢着热情，"克莱斯勒大厦，再加上帝国大厦。当年我家住在纽约，我经常翘课去工地，看着这两座大厦一层层造起来。也就九岁、十岁的样子吧，那时候我就知道将来要干什么了，要做能吸引人来看的东西。"

乔治把公文包里的其他图纸指给米莉看：高楼、豪宅，还有一座体育场。米莉为乔治的想象力所震撼。

"这些设计什么时候能建起来？"

"等我退伍以后。"

"我敢说他们不会让你设计这么美的建筑。无非是些营房和基地。"

"也有一些有意思的项目。虚拟的东西，跟工程师合作的。"

"虚拟的？"

"编的。就像是通俗小说里幻想出来的。十英尺高的士兵住的营房啦，嵌在半山腰的监狱啦，水下哨所啦。我知道都是些荒唐玩意儿，很幼稚，不过想象一下也挺有趣的。工程师告诉我可以怎么样，不可以怎么样。我就按要求绘制，草图画完他们会拿走，或者跟我说哪个地方要改。米尔[1]，我觉得我的摩天大楼代表着未来，可他们给我看了各式各样的未来，都是我想都没法儿想的未来。"

一个月后乔治向米莉求婚，米莉答应了。米莉喜欢这种甜蜜的感觉，也爱这位有梦想的建筑师。米莉希望成为乔治所构想的未来的一部分。

护士拿着一张牛皮纸进了乔治的病房，德索托医生往乔治手里塞了一支粗记号笔。米莉坐在床边的椅子上。他们的儿子查利——现在当面只能叫他查尔斯[2]了——又搬进来一把椅子，坐在米莉身旁。简已经订好了晚班飞机。病房里人越来越多，米莉不知道该请谁出去。她打算还是自己走开，借口上厕所或去自动售货机那儿买东西，就不回来了。不行，她脱不开

---

① 米莉森特的另一个昵称。

② 查利是查尔斯的昵称。

身。查利总是不离左右，把她当小孩儿照顾，一会儿帮她倒杯茶，一会儿在她椅子上垫个枕头，一会儿又拿来一瓶能把皮肤弄得像纸一样干燥脆弱的抗菌清毒液。

记号笔的异味盖过了病房的气味。为什么只有怪味才能刺激嗅觉？查利买了两大束花，可米莉根本没闻着香味。当然，眼下是冬天，这花不是在超市就是在医院礼品店买的，多半本身就不香。米莉想起以前乔治在万物凋敝时节为她做的纸花。

乔治那只好眼睁开了，似乎并未聚焦在什么东西上，不过他又开始画起来，下笔迅速而有力。

"记号笔的墨水要透过纸背了！"查利从椅子上半抬起身子说。

"别管它。"米莉说，"白床单本来就乏味。"

"那就等着医院找你赔钱吧。"儿子压低嗓门儿嘟囔了一句。这种故意说给别人听的自言自语是查利的老伎俩，打五岁起他就能熟练运用了。米莉还是跟往常一样，没理他。

这么多年来米莉看过乔治无数份设计稿，现在一下子就发现眼前这张图不同寻常。乔治这次是从中央画起的，而没有像以往那样由外而内作图。他握笔的手做着类似方才空划的动作，笔端显现出一面面弧形墙。从他反复涂抹的画法可以看出，这墙很厚。在乔治的从业生涯中，米莉从没见他画过这种式样的建筑物。

乔治画了一个小时。德索托医生说了声"待会儿回来"，走开了。

"要让他停下来吗?"过了一会儿查利问,"别累坏了。"

"他快画完了,我觉得。"米莉答。乔治的手慢了下来,在做细部润色。记号笔线条太粗,很难表现他细腻的笔触。他想画什么呢?

不止一个人有此疑问。米莉抬头看见德索托医生回来了。医生从乔治已开始发颤的手中轻轻抽走记号笔,然后把画举高。

"他画的是什么?"医生问。米莉聚起目光瞧过去,但距离有点儿远,看不清。医生又拿近了些。

还是查利大声说道:"我觉得是某种监狱。"

米莉凑近图画定睛细看,意识到查利说得没错。画里有一层套一层的圆形围墙,还有暗示通往地下深处的斜坡。整个建筑只有内墙与其环绕的中央监视塔开有门窗。这是一个任谁进去都插翅难逃的地方。

很久以前有那么几年,乔治同其他初级建筑师竞争合伙人席位,经常不在家,要么下班后出去喝一杯,要么就是熬夜加班。他会带米莉出席晚宴和奠基典礼。米莉喜欢同乔治的新客户及他们的妻子见面,喜欢看乔治推介自己的建筑构想,句句话都能说到客户心坎儿上。

"等我当上了合伙人,就给咱家造一栋梦之屋。"乔治说。

那段时间他们从市里搬到了县①里。初为人父，他在干事业与当爸爸之间尽力保持平衡，不过父亲这一角色显然在他心里分量更重。查利还在襁褓中时，乔治就启动树屋工程了，时常左手打草稿，右手抱着酣睡的小宝宝。米莉半夜醒来，总是在乔治的工作间里找到父子二人。"我们俩睡不着，所以就想，要不一起干点活儿吧。"乔治会这么说。头几年，屋子里堆满了草图和揉皱的废纸，一个个方案刚开了个头就被推翻，又有一个个新方案不断诞生。

"他俩太小了，还不到要树屋的时候。"米莉在简出生后曾说，"你怎么知道他们喜欢树屋呢？"

"看看那棵树。"乔治指着院子里那株高大的梧桐树说。在十月柔和的阳光下，树叶闪着金色和橙色。"他俩怎么会不喜欢呢？"

简一岁、查利三岁那年，乔治开始动工建造树屋了，利用周末和夏日傍晚的闲暇时间干活儿。米莉没搭手，她在花园里播种、除草、浇水、施肥。她不久前发现了园艺的乐趣，没几天就投入了巨大的热情。比园圃之乐更重要的是，她能与乔治待在一起，虽然两个人各忙各的。她随着敲锤子和拉锯子的节奏掘土。空气中弥漫着浓酽的玫瑰与牡丹花香，还掺杂着一缕若隐若现的锯末味儿。她喜欢听乔治给查利解释手头的工作；喜欢乔治调动查利积极性的方式：自己先把钉子敲进去一点儿立

---

① 指环绕巴尔的摩市的巴尔的摩县。

住，再让男孩敲到底。"你是一个了不起的建筑师，孩子。瞧瞧你这手艺。"假如时光能封存，米莉会选择这样一个瞬间。

孩子们渐渐长大，乔治开始允许他们在设计中加入自己喜欢的元素。

"我想要一只长颈鹿。"四岁的查利说。乔治拆了一架普通的梯子，又做了一头木制长颈鹿，把楼梯嵌入长长的脖子。简要一座长发公主的高塔，乔治就搭了一个平台，通往平台的绳梯酷似粗粗的亚麻色发辫。树屋建成后很长时间，只要孩子们提出新的元素，乔治就会想方设法把这些元素加到树屋里。

"总有一天他俩会难住你的。"米莉说。

"现在还难不住。"她丈夫回答。乔治说得没错，孩子们从来都难不倒他。米莉原以为这会是一间类似《小捣蛋》①里的那种简易"堡垒"，结果树屋越建越大，醒目地耸立在她养护的花圃之上。此后多年，乔治陆续在树屋上加装了一层海盗船甲板、一个"长袜子皮皮"②主题的侧翼、一间"海角乐园"③式附属屋，以及迷宫般的走廊与密室，还在高高的枝丫间搭了一座桅杆瞭望台。乔治围绕树屋接上了几千只灯泡，入夜时分定时点亮，

---

① 原文"Our Gang"，一部 1922 年首播的美国系列喜剧短片，后文"堡垒"指剧中男孩集会的小木屋，此后有另行拍摄的续集将小木屋改为树屋。

② 原文"Pippi Longstocking"，瑞典女作家阿斯特丽德·林格伦（Astrid Lindgren）创作的一系列冒险童话故事的主角。

③ 原文"Swiss Family Robinson"，迪士尼公司 1960 年推出的一部喜剧电影，讲述一个瑞士家庭遭遇海难流落荒岛的冒险经历，片中的树屋已成为迪士尼乐园的经典项目。

宛如萤火虫翩然飞舞，四季不断。

乔治的想象力没有受梧桐树的限制。树屋突出的部位会超出树梢好几码①远，仿佛向外扩张的藤蔓。梧桐树仅仅起着引导建筑走向的作用。米莉觉得这棵树就算被闪电击中也不会栽倒，因为乔治造的支撑结构能将它稳稳扶住。加装的部分有些比较讲究设计美感，有些则在特定的季节更为赏心悦目，其实乔治不太在乎树屋美不美观；在修建树屋的过程中，大部分时间要跟自家和别家的孩子泡在一起，似乎这才是乔治最大的乐事。孩子们提出的要求他只拒绝过一次，那就是造一架火箭。"宇宙飞船不能用木头做，"他的语气让米莉感觉他有点儿小题大做了，"胡来可不行。"

简从西雅图赶过来了，带着飞行后的过度兴奋与疲惫，风风火火地冲进病房，挨个儿拥抱了大家。米莉总是觉得奇怪，自己和乔治都喜欢安静，怎么会生出两个这么外向的孩子来呢。六个孙辈有五个爱闹腾，只有雷蒙德除外。也许沉默寡言是一种隐性基因吧。

查利和简争了十分钟谁陪夜谁送米莉回家。米莉不太清楚送自己算是奖励还是惩罚。最后，简说她刚到，希望能和爸爸单独待一段时间；查利说他和米莉在家里能睡得好一些。这样就谈妥了。米莉考虑要不要加入争论，表明自己也想留在医院，

---

① 英美制长度单位，1码约为0.91米。

以此强调她对这件事有发言权。不过说心里话，她想走。在医院待得太久对谁都不好，连探视人也不例外。

米莉拿过乔治的草图，在大腿上将图纸叠好，准备坐车回家。查利车开得不错，就是太快了。这辆租来的车真够怪的，到处都是发光的按钮和仪表，就像飞机驾驶舱。

"咱们得安排一下了。"乔治说——哦，不对，说话的是查利。多奇怪啊，儿子都到这把年纪了，比丈夫在她脑海中的模样还要老。米莉知道身边是查利，刚才只是脑子瞬间短路而已。乔治开车从来双眼不离路面，而查利现在直盯着米莉，等她答复。查利想听什么答复？米莉忍着没说曾孙辈的那个字眼"切——"。

"看着点儿路，查尔斯。"米莉指了指挡风玻璃。查利转头望向路面，但仍时不时瞥她一眼。

"这么些年你们俩一直独立生活，很厉害了。可爸爸如果需要做复健的话，你就不能照顾他了。"

"我知道。"米莉说。

"把你一个人留在那栋大房子里，我怕不合适。"

"雷蒙德会来看我的。"

"他是个好孩子。幸好他住得离你这么近。可是不能指望他负起全部责任来。"

"我不会有事的。"米莉说。

"你得考虑……"

"我会考虑的。"

"你都八十八岁啦。这么多年来你们俩一直靠自己过，已经是一个小小的奇迹了。"

"我会考虑的。"米莉又说了一遍，结束了这番对话。

剩下的路两个人都默然无语。前一天下的雪已变得硬实。查利没关发动机，把米莉留在车里，自己去步道上铲雪除冰。即使隔着一段距离，米莉也能瞧出查利吃力的模样。看到儿子变老真是一件怪事。他会觉得自己老了吗？如果他都老了，那么自己又得老成什么样儿了？查利涨红着脸，汗涔涔地过来，挽着米莉登上撒过除冰盐的台阶。

晚些时候，米莉独自待在卧室里。她把手伸进羊毛衫口袋，摸出了乔治睡衣上的两粒纽扣。米莉想，乔治现在穿着病号服，不知道他那套睡衣裤放哪儿了。缝扣子是小事一桩，只要他们能把睡衣还回来。乔治老是掉扣子，不是发福的肚子崩掉了裤扣，就是衬衫钩在制图桌边上扯下了衣扣。当然，这回不是他的错。

米莉按部就班地刷牙、换睡袍、梳头。自己准是一团糟，不用照镜子都知道。她望向室外那座通亮的树屋。要是乔治不在，没人换灯泡了怎么办？她无法想象树屋变得黑灯瞎火，哪怕只停电一晚都不敢想。

也许查利说得对，他们应该考虑搬到比较容易自理的地方去住。万一乔治过世，与其留在这个浸透着回忆的家，还不如搬走。在她印象中，自己没有一个晚上是一个人在那张床上度过的。不，不对。她怎么忘了？1951年有整整一个月是那样熬过来的，也就是从那一年起，一切都变了。

乔治唯有那次没带米莉出远门，是在1951年的秋天。之前他收到部队寄来的一封信，要他飞往新墨西哥。

"你不用去。"米莉说，"你已经退伍了。在那封信里，他们连叫你去干什么都没提，只说什么'项目维护'。"

"我会搞清楚的。也许是某个理论设计真的完成建设了。搞不好我这回就要降落在乔治·戈登机场喽。"乔治一下子把简抱起，荡到空中，"他们可能要给你老爸发勋章啦！表彰我英勇不屈，无惧官僚主义！"逗得简咯咯直笑。

乔治离开了两周，接着是第三周，第四周。终于，在简三岁生日的那天下午，米莉带着孩子去友谊机场①接乔治了。在把两个孩子塞进帕卡德②之前，米莉一直都在等电话铃响，接起电话后就会听到乔治用疲惫的声音说，行程又推迟了，让她再坚持一个礼拜。米莉狠命搅拌着为简做生日蛋糕的面糊，搅得面糊都从碗沿洒出来了。她心里反复默念：千万别响铃。

幸好这次铃没响。米莉驱车到机场时，乔治已经下飞机了，衣服皱皱巴巴，肩膀耷拉着，整个人憔悴不堪，一如电话里的声音。米莉本打算向乔治抱怨他不在的日子自己的压力有多大，

---

① 位于马里兰州巴尔的摩，现名巴尔的摩－华盛顿瑟古德·马歇尔国际机场。
② 当时的一个豪华汽车品牌。

真见面了却没说出口，而是吻了吻他胡子拉碴的面颊。两个孩子从后座扑向乔治，紧紧抱住他，甚至像是要勒住乔治的脖子一样。

"坐下，你们两个。"乔治一边说，一边拍打孩子们的手叫他们松开。

"你给我们带礼物了吗？"查利伸手越过靠背，去够乔治夹在两膝间的图纸筒。

"别碰那个！对不起，孩子，没有礼物。"

米莉注意到简正在酝酿一场哭鼻子，赶紧岔开话题。"今天晚饭我准备了大餐。都是简最爱吃的，你吃牛排。"

"简最爱吃的？"

"对啊，都是她自己挑的，生日晚餐嘛，当然得这么办，大姑娘都是这样。"

乔治抓了抓两天没刮的胡子。

"贾妮①的生日晚餐，当然。"他重复道，"贾妮，你想明天自己挑礼物吗？大姑娘都是这样的。"

危机解除了。后座上的查利把他认为简会喜欢的玩具一件件报出来，其实都是他自己想玩的。米莉瞥了一眼乔治，见他正捏着鼻梁。米莉想找个机会问问他到底出了什么岔子，可一到家，他就钻进了自己的工作间。接下来米莉忙着做晚餐。吃饭的时候，乔治因为孩子们太闹凶了他们两次；第三次失态

---

① 简的昵称。

后，他说了声"抱歉"离开了餐桌，连简的生日歌都没唱。

当天夜里，米莉翻身时发现乔治没在床上。她找遍了工作间、厨房、孩子的房间、储物间，都没人，后来发现通往后院的门没闩。空气和草叶夹着霜寒。米莉披着法兰绒睡袍，后悔没穿上鞋子。隔着草坪，从头顶上的树屋里传来乔治的呜咽声。

米莉爬上长颈鹿脖子楼梯，穿过海盗船木桥。几级台阶沾着秋天的第一批落叶，有点儿滑。乔治在高高的桅杆瞭望台上，哭得像个孩子。白天发怪脾气，现在又偷偷抹眼泪，米莉已经不知道哪一样更可怕了。也许乔治宁愿她原路返回，悄悄上床，假装什么也没听到。

米莉刚刚迈出往下退的第一步，就咔嚓一声踩着了一片树叶。

"别走开。"乔治说。

米莉停下脚步。"乔治，你怎么了？"

"别走开，好吗？"乔治说，"我也不知道怎么回事。我身不由己。"

米莉希望乔治往下说。而只要自己说错一个字，迈错一步，乔治立刻就会闭嘴。米莉一动不动站着，想从乔治粗重的呼吸声判断他离自己有多远。

"他们说那些场景是假设的。"

米莉等待下文。

"没想到都是真的，米尔。那些生灵没有自卫能力，对人也无害。他们的船毁了，在那里待了四年，军方要我设计一个改良型的新空间，确保他们'无限期'地滞留下去。我本来应该推掉，直接坐飞机回家的。可中尉说，'这是为了国家安全。'还叫我想想你，想想查利和简。我不得不听他的，你明白吗？"

米莉不明白，等着听乔治解释。她在心里问："他们"是谁？为什么会滞留？为什么不回去？他们从哪里来？乔治为什么叫他们"生灵"？我该不该弄清楚这些？米莉决定不问，乔治愿意的话自然会说的。时间一分一秒地流逝。米莉打着哆嗦，继续沿着用螺栓固定于树干的木台阶，往上登了四级。最后，她笨拙地摇晃了一下，跨上了瞭望台。只见乔治身穿条纹睡衣，坐在角落里，像小孩似的把膝盖蜷在胸口。

米莉想走去抱住乔治，就像乔治经常抱住自己那样，然后劝乔治忘掉这些事。不过米莉没有这样做，只是吻了吻乔治的头顶，接着把身子探出了栏杆。米莉从来没爬到过树屋的顶层。从这个稳稳的高点，她能看到陷入梦乡中的花园那优雅的曲线。再放眼望去，几片房顶之后是点缀着灯火的街区，更远处铺展着幽暗的农田。她不知道现在几点了，不过天际线上已晨光熹微。即便站得这么高，她还是相信乔治的手艺。这处平台牢得很，栏杆也结实。

米莉在乔治身旁坐下。"你是好人，也是好丈夫、好父亲，"米莉说，"不管你做了什么，我都相信你有你的道理。"

过了一会儿，乔治搂住了米莉。米莉意识到，乔治已经将那个只吐露了一点点的秘密埋藏在心里了。谁会想到那私密一刻竟成了过去与未来的分水岭呢？也许自己应该多问几句，逼他多说点儿，再多给他一些安慰。他在那一夜提到的秘密直到六十年后的今天才又浮出了水面，怎么会等这么久？当时，她不明白乔治在说什么，也没有刨根问底，而是让乔治一个人去承受。

米莉一醒来就拨雷蒙德的电话。马克接的，听上去还没睡醒，米莉这才意识到自己忘了今天是星期几。如果是周末，这个电话就打得太早了。马克把听筒交给雷。

"在医院待了一天，我把日子搞糊涂了。"米莉带着歉意说。

"没关系，外婆。什么事？"

米莉深吸一口气。"我想问你能不能帮我个忙，要是你打算去……呃，其实跟这个没关系。不管你今天去不去医院，能不能到我这儿来一趟，帮我找点儿东西？"

"没问题。找什么？在哪儿找？"

"具体是什么我不太确定，在哪儿找我也是猜的。也许没有这么个东西。我只是好奇，但那里我上不去。"

"上不去？"雷问。

"树屋最顶上。"

查利醒后，米莉执意要他自己先去医院。"雷蒙德已经过来了，"米莉说，"他会送我去。"

"干吗非要他过来？"查利拿了一只马克杯给米莉倒了咖啡，又在碗橱里翻找一通，找到一只旅行杯给自己。然后从冰箱里取出牛奶，闻了闻，分别在米莉和自己的杯子里加了一点儿。

"他来帮我找些文件，我想不起搁哪儿了。"米莉抢在查利自告奋勇前赶紧补上一句，"以前是我叫他好好收起来的，所以还是得靠他来回忆。"

查利啪的一声合上杯盖，露出同情的笑容。"他那忘性随我这个舅舅吧？你还记得我收藏起来的那些东西吗？从此以后就再也找不着了。到现在我还盼着你来电话，说我的布鲁克斯·罗宾森①新秀卡找到了。"

米莉跟查利吻别，把他推到了门外。说到忘性，不该把无辜的雷蒙德同查利相提并论。论丢东西谁也比不过查利。

雷来了，米莉向他描述要找什么，准确地说，米莉并不知道具体是什么，但雷一看见就会知道那是米莉要找的东西。米莉让雷戴上一顶乔治的帽子和一副手套，叫他出门上树屋去。

雷一出去，米莉也在房间里找起来。她穿过走廊，推开工作间的门。屋里的空气寒冷而污浊。再过几周米莉会坐在制图桌前设计春日花园，而在冬天，她和乔治都不太用这间屋子。这里和隔壁卧室一样，都有朝向后院的窗户。她瞧了瞧走在雪

---

① 布鲁克斯·罗宾森（Brooks Robinson，1937—2023），美国职业棒球运动员，曾是美国职业棒球大联盟巴尔的摩金莺队的明星三垒手，荣获16次金手套奖，有"人类吸尘器"的美称。

地里的雷蒙德，便四下打量起了这间屋子。她要找的东西能将乔治多年来的行为解释清楚，可乔治会不会把它藏在这儿呢？米莉拿不准，但值得一试。

米莉从文件柜找起——不是自己存放家庭账单、合同、保修卡、收据之类的那个柜子，而是乔治给自己打的木面柜。抽屉顺畅地滑开了。里面的图纸整整齐齐贴着标签，按字母顺序排列。能找到什么呢？在"S"里找"秘密"，还是在"P"里找"监狱"？[①]怎么可能！

电话铃响了，一声，两声。为什么有人就是不爱在工作间里安电话呢？三声，四声。卧室比厨房近，但那张电话桌旁的椅子乔治曾经坐过，米莉还没准备好去坐。五声，六声，七声。铃声停了，接着又响起来。米莉不太敢接这个电话，这么急着找自己怕不是什么好事。

米莉摘下听筒。

"他又中风了，妈。医生不确定他还能不能醒过来。"简在哭。米莉尽量安慰简，又觉得这么做很可笑。该怎么解释，从地上拾起睡衣扣子的那一刻，她就已经开始哀悼乔治了？

"坚持一下，贾妮，"米莉说，"我们尽快赶到。我得先等雷蒙德回屋里。"

她挂断电话，倚在门框上。从厨房门口能望到储物间里面。乔治儿时用过的桌子就摆在楼梯旁的黑暗角落里。1969年他

---

① "S"和"P"分别为"secret"（秘密）和"prison"（监狱）的首字母。

母亲去世后，他把这张桌子搬了过来。有意思，有些东西就这样沦为了背景，谁也不会去留意。这么多年来，米莉都对这张桌子熟视无睹。

桌板掀起时伴随着铰链吱吱嘎嘎的声音，里面堆满了孩子们藏起来的宝贝：某个迪士尼或是别的什么电影里的公主娃娃、一辆金属小车、一本漫画书、几枚外国钱币、火箭炮泡泡糖附赠的几张幽默漫画包装纸。在三代人遗失的玩具底下，米莉有了新发现——一张三夹板。她费了不少劲儿才撬开这层伪装的桌底。

她在暗格里找到了一个小号皮面笔记本，就是乔治和她初逢那天带着的那种本子。乔治在封面内侧签了名，还标了年份：1931年。每一页都画满了图案。城堡、摩天大楼、城市规划图，无一不是乔治特有的想象力与专业技法的结晶。被他雪藏起来的创意都装订在了这个素描本里。

回首往昔，米莉可以将乔治那趟独自出行和梧桐树上的哭诉当作一个转折点。那天日出后，两人从树屋下来，给孩子们穿好衣服，开车到市区办了点儿事，在赫茨勒①吃了一顿早午饭，再给简买了一份迟来的生日礼物。生活似乎回到正轨了。在享用奶酪吐司配虾仁色拉时，米莉暂时忘记了乔治的苦恼。

①始创于1858年的巴尔的摩著名百货公司，20世纪80年代走向没落，于1990年倒闭。后文奶酪吐司配虾仁色拉是该百货公司所开饭店供应的一道名菜。

后来，两个人有过严肃的谈话，还吵过嘴。现在回过头去看，可以轻巧地说乔治在那一夜之后就变了个人。然而现实是，当米莉注意到乔治的变化时，已经覆水难收了。原先的那位建筑师早已消失不见了。

取而代之的那一位看上去并没有多大不同，却少了一份孩子气。只有忙树屋的事情时，才能在乔治身上发现那个爱画摩天大楼的男孩的影子——跟查利和简一起计划着什么的时候，他依然热情不减。另外，他再也不把上班时画的设计图带回家了。

"工作是工作，生活是生活。"他说。

令米莉困惑的是，乔治能投入巨大的精力给孩子们造东西，而在事业上，却一丁点儿努力也不肯付出。米莉发现他总是轮不上晋升，事务所换过不少家，可顶多就是个初级合伙人。

"他们要我加班。"这是乔治屡屡辞职的一个借口，要么就是，"他们要我出差。"

"出差就出差嘛！孩子都大了，我一个人应付几天没问题的。"

乔治只是摇摇头。他好像识破了每一种自我提升的伎俩，并故意反其道而行之，好跟自己对着干。米莉没有抱怨。手头紧的时候，比如简需要矫正牙齿，或者一场风暴掀翻了车库屋顶，米莉就出去找工作。她克制着不去怨恨生活上的变化。建筑师的创造原动力在乔治身上似乎荡然无存了。他先是设计毫无特色的郊区住宅，后来又开始接一些路边购物中心和办公园区项目，把高楼、豪宅和博物馆都让给了更有进取心的同行。

"给我看看你的设计，"米莉央求乔治，"就是你愿意接的那些项目。"

"就是些房子。"乔治耸耸肩说。这回是真心话。

"一个新的住宅区？"米莉尽量显得兴奋。

"是的。一整片居民区，但只有三种房型。"

"都是你设计的？"

"不是，我只负责四居室，还得跟一个同事合作，设计风格要保持统一。"

"你很有天赋，这你自己知道。"米莉会见缝插针地夸乔治，同时又不让这些话听上去像陈词滥调，"我希望你有机会设计你过去常聊的那些项目。"

乔治哈哈一笑，转身离开制图桌。"你这么说我很开心，可这不是艺术。这只是一份工作。他们叫我怎么干我就怎么干。"

事务所合伙人的妻子们碰头时会交流丈夫最近如何打拼事业，米莉这时候总是笑笑，不发一言。既然乔治不想当艺术家，那不当也罢，但让米莉费解的是，他一方面对自己的设计制图水平颇感骄傲，另一方面又完全不把这种能力当一回事。米莉绞尽脑汁也想不通他到底把什么给丢了。乔治每晚都帮着洗碗，给孩子们读故事，教他们"量两次，锯一次"①的道理，对

---

① 木工谚语，意为仔细测量后再行锯切，以免返工，省时省料，可引申为"三思而后行"。

这样一个男人米莉又能发什么牢骚呢？米莉想方设法给过乔治鼓励，可乔治全都当成了耳旁风。

"你干吗不再读个学位？"孩子们都上高中后，乔治有一天问米莉，"你不是一直想多了解点儿植物嘛。"

米莉真的去进修了，同时也暗自希望这能激励到乔治。米莉先后拿到了植物学硕士和博士学位，此后终于发现，她不可能激起乔治的斗志了。乔治把工作间和制图桌让给米莉设计花园用。每当有人以为这家的"戈登博士"是乔治时，乔治会立刻出言纠正，还要夸赞米莉取得的成绩，对自己却从来只字不提。而当米莉想夸夸乔治的事业时，乔治总是自我贬低。米莉有时会想，乔治不管变成什么样都要比现在强，同时又憎恨自己有这种念头。米莉依然不离不弃地爱着乔治这个人。乔治是一根拒绝点燃的火柴，假如硬要逼他燃烧，米莉觉得未免太自私。

随着时间的流逝，乔治有没有上进心变得不重要了。米莉的事业蒸蒸日上，而且她已经学会了体谅，不再给乔治施加压力。孩子们都长大了，离开家，回来，又离开，也都有了自己的孩子。退休后，米莉发现乔治竟然是个十分惬意的伴侣。米莉喜欢旁观乔治与孙辈、曾孙辈融洽地相处。当乔治开始为新一代设计树屋的扩建项目时，米莉打心眼儿里高兴。

以一个人二十几岁时的样子为标准来评判这个人，公平吗？米莉说不准。陪你慢慢变老的这一个早已不是当初娶你的那一个了。米莉相信自己在乔治眼里也是如此。她后悔过了这么久才悟出这个道理，才停止向乔治施压，不过，也许大家都是这么过来的。

雷蒙德开车把米莉送到医院，又原路返回了。"我有点儿眉目了。"他说完吻了吻米莉的额头，匆匆离去。米莉坐在乔治床边的直背椅上看重播的电视节目。简和查利轮流过来陪她，有时会溜到走廊里说悄悄话。米莉依稀听见查利提到"退休社区"，起码两次。

米莉盯着电视想分散注意力。屏幕里好像每个男人都是建筑师。就拿《脱线家族》①来说，主角就是一个手捧蓝图、梦想平地起高楼的小伙子。每一部情景喜剧、每一部电影似乎都不例外。为什么会这样？大概建筑师兼具艺术与阳刚气质吧，米莉猜。敏感，而又不柔弱。对于既有创造力又想养家的男人，建筑师是一门理想职业，除非此人突然丧失兴趣，决定不再为之付出努力。不过这种事很难在电视里看到。

入夜许久雷蒙德才回来，脸上挂着任务完成时的那种兴奋。他三言两语说服了妈妈和舅舅趁自助餐厅没打烊去吃点儿东西。

"我想我找到你要的东西了，外婆。"不可思议，雷蒙德笑起

---

① 原文"*The Brady Bunch*"，一部1969年首播的美国情景喜剧，男主角布雷迪是一名建筑师。

来真像年轻时的乔治啊。幸运的是，雷蒙德个子更高，一头不太顺眼的偏分发型也跟那时的乔治不一样，但两个人都有一股潇洒自信的劲头，米莉对此一向颇为欣赏。米莉回以一笑。她原本没指望真的找到什么，只是想碰碰运气。

"树屋里到处都有暗格，不过大部分塞着玩具、棒球卡什么的。是这样，记得有一次约瑟夫表哥追着我要史蒂夫·奥斯汀[①]可动人偶。我不知道藏哪儿他才找不着。快爬到顶的时候，我想起支撑瞭望台的金属柱子是空心的，用工具撬开就能藏东西。我正好随身带着把小折刀。撬开第一根，发现里边已经塞了东西，就又撬了一根，把'史蒂夫·奥斯汀'藏了进去，等约瑟夫回家后才拿出来。我从来没想过要去瞧瞧藏在第一根柱子里的东西，直到今天才想起这件事来。"

雷蒙德夸张地一抡胳膊，亮出藏在背后的一个图纸筒。"我打开过，的确有东西——就在里面——我还没看是什么。"

米莉克制着不让声音发颤，并希望其他人暂时别回来。"打开看看？"

雷倒出筒里的图纸卷，铺展在乔治的腿上。

"乔治，我们在看你藏起来的设计图。"米莉觉得要跟乔治说明一下才过意得去。

图上绘制的也是监狱，与乔治画在牛皮纸上的是同一座。

[①] 史蒂夫·奥斯汀（Steve Austin，1964— ），美国得州摔角选手、演员，绰号"冷石"。

区别在于这是正式的绘图纸，细节也更丰富，但看上去还未完稿。乔治不能违规把原版图纸带回家，这一幅准是后来重画的。米莉上上下下仔细观察这幅图，试图理解这个恐怖空间的种种细节。她看过无数张乔治的设计图，能在脑子里自动将二维的线条转换为三维的建筑。

"和那幅一样。"米莉说着，忽然看到一处瑕疵，是在乔治昨天草就的那张图上没发现的。米莉凑近了细看，没错。在这座不该存在视线死角的监狱里，有一处小小的盲点。据米莉所知，乔治在设计上从没犯过错。乔治在原始图纸上也是这样画的吗？工程或建筑人员会注意到这个问题吗？米莉没法儿知道所建造的实物是否与这张图一致，或者说乔治凭记忆重画时是不是修改了细节。米莉只能琢磨说些什么安慰话来卸除乔治的精神负担。

米莉俯首吻了吻乔治满是胡茬儿的面颊，在他耳边低语道："也许你做到了，老头子。也许你给了他们一个机会。"

简在开车回家途中，向母亲汇报自己的工作情况和儿孙们的胡闹行为。米莉听着听着就走神了，不过觉得没听见更好。到家后，简直奔厨房。

"来杯茶？"简已经提起了水壶。

"那最好了。"米莉同意，随后朝卧室走去。

米莉摸黑穿过卧室，打开法式落地窗，让冬日的寒气灌进屋里。这片风景她百看不厌，一年四季都欣赏不够。今晚，满月的银辉映亮了雪地,衬得雷蒙德的足印分外醒目。光秃秃的梧桐枝在光照下宛如一根根苍白的细长手指,高举在树屋的空平台上方做着祈祷。

米莉出门来到后院。积雪几乎没至膝盖。她朝梧桐树走了两步。双眼受了冷风,泪汪汪的。

米莉希望能回到1951年的那一夜,问问乔治做了什么,怎样才能帮他分忧。后悔已经太晚了。米莉哀伤了片刻。为丈夫,为两人相伴的岁月,也为他俩分享过、隐瞒过的那些事。历历往事与寒气一道围裹着她,她的呼吸一驱走寒气,往事就拥挤过来,这种感觉一直持续到她再次注目树屋为止。躺在医院里的那具躯壳所缺失的一切——乔治的魂儿——都留在了这儿。

"哎!"她一声轻呼,仿佛蓦然回到了当下。

"我不会搬走的。"她对着梧桐树说。自己有雷蒙德帮忙照顾,也许吧,不行就雇个人。她返身回屋后还能看见树灯在跃动。她闭上眼睛,树灯依然在黑暗中舞动不止。

米莉想起乔治过去常常许诺要造一栋梦之屋,当时他俩没打算在这儿长住,只想过渡一下。米莉忽然庆幸乔治无暇建造梦之屋,他全身心地投入到了一项疯狂工程无休无止的升级改造之中。即使再完美的计划也难逃一改。

清晨,厨房餐桌上搁着退休村的宣传手册。

简看上去带着歉意。"查利说我们应该商量一下你的安排。"

"我知道怎么安排。"米莉说着放下马克杯，正好盖在其中一个银发老人的笑脸上。

米莉带着一只公文包去医院，简想帮忙拿，米莉没让。进了乔治的病房，米莉把查利和简打发出去吃早饭。

"我想跟我丈夫单独待会儿。"米莉说。

病房里只剩他们两个了，耳边传来床头医疗设备、钟表、电视机、门外护士站的声音。这些噪声并不惹人烦。

"咱俩又要画画啦，老头子。"

米莉打开公文包，取出绘图板、一张纸和一把铅笔。她调了调椅子角度，好半靠在病床上。米莉把铅笔放在乔治手掌里，乔治五指合拢握住了笔，但他前两天那股不知由来的力量已经消失了。米莉用两只手紧紧扣住乔治的左手，带着他运笔。

虽然乔治是建筑绘图师，但现在由植物专家米莉唱主角。他们从树根画起。米莉引导乔治勾勒出大树的形状，描摹出乔治的这棵赎罪之树。再画出两人都烂熟于心的一根根枝条，画出米莉从花园各个角度观察到的一座座平台。接着是消防站滑杆、木偶剧院、长发公主塔楼。还有那座守护乔治秘密的桅杆瞭望台。最后，他们在树屋四周描绘米莉构想中的春日花园。此时此刻，人世间唯一重要的事就是米莉紧握着乔治的手，握了很久很久，仿佛就这样度过了一生，仿佛一切受困的已然解脱。

No Lonely Seafarer

水手不孤独^①

我怀念所有这一切，
好像我已经离开了。

①语出罗伯特·菲茨杰拉德英译本的《荷马史诗·奥德赛》，全句为：Sweet coupled airs we sing. / No lonely seafarer / Holds clear of entering / Our green mirror.（大意为：这是我们的甜蜜二重唱。/没有一个孤独的水手/强大到能将诱惑抵挡/在这碧绿镜面前掉转船头。）是塞壬诱惑奥德修斯及其同伴的歌词，奥德修斯用蜂蜡塞住同伴的耳朵，又命同伴将自己绑在桅杆上，方才躲过塞壬的引诱。本篇海妖的原型即塞壬，其歌词大多摘引或改编自上述译本。

有些晚上，温赖特太太没让我在酒馆里伺候，而是打发我去马厩干活儿，那时，我常常对着马儿唱歌。它们用自己的咕哝声欢迎我。我给它们准备晚餐时，它们的耳朵会循着歌声转动。斯迈思船长就是在马厩里找到我的，当时我正唱着自己编的歌。一听门吱呀一声打开，我立刻闭上了嘴巴。

　　"你是弗雷迪·特林顿的儿子，对不对？"他的声音带着酒意，不过人还没醉。外面有几个人我提防着能躲则躲，但他似乎和他们不是一伙的。

　　"特林顿是我父亲。"

　　我从一间马栏里打量他。他重重地坐在一捆垫草上，发出很响的哼哼声，好像这个动作把肺里的空气都挤了出来。他穿着一件合身的蓝外套，靴子仔细擦过，还挺亮的，比我们眼下大多数主顾都要讲究。

　　"你准有——呃，十岁了吧？"

　　我没答话，继续喂着马。十三岁。也算差不离了。马儿们嘟哝着自己的话:"请给我""谢谢你"。

"你叫什么,孩子?"

"亚历克斯。"我答。

"亚历克斯,你知道我是谁吗?"

"斯迈思船长。我父亲和你一起出过海。"

"弗雷迪是个好水手,也是个好厨子。很遗憾他丧了命。"

这句话不需要回答,我没接话茬儿,自顾自爬上干草棚,两条腿悬空荡来荡去。船长抬头瞧着我。他的脸膛红通通的,虽然喝酒和暴晒都会让面皮发红,但他红得很均匀,我看得出主要是晒红的。那皮肤有点儿像晒过很久的皮革。

"你能下海吗,孩子?"

"能,先生。"

我希望他快点儿说明来意,不管什么都好过兜圈子,可他并不着急。他闭上了眼睛。我一时以为他睡着了,忽然他又开腔了。

"我想叫你下个礼拜跟我一起出海。"

我重新打量了他一下。本来没觉得他醉了,但他不该不知道我们哪儿都别想去。我找了个方便的托词。"不行啊。我父亲把我留在这儿的时候,同温赖特太太订过契约的。"

"我跟温赖特太太谈过,可以买下你的契约。或者不如说租下吧。就出一趟海,时间不长。我的船上需要你这个年龄的人。你知道为什么吗?"

我想了想。"你觉得我能帮你闯过海妖这一关?"

他微微一笑。"猜得不错。我们必须闯过海妖这道关,蜂蜡不顶什么用,荷马就这一点没说对。你真聪明。"

猜对这事不必有多聪明。狗湾没人不知道现在有海妖守在岬角上面,冲着每一个途经之人唱歌,闹得船只既进不来又出不去。街道、酒馆、旅店都堵满了水手,而出海的欲望又堵在他们的心头。我之所以觉得马厩比酒馆安全得多,这也是一个原因。咸狗①酒馆一夜比一夜喧嚷吵闹。过不了多久就会有人打架放火了,这是温赖特太太说的。她还说,自己活到这把年纪,这些事以前都见过。

"海妖见过吗?"我问过她。

她摇了摇头。"没亲眼见过,不过经常到海边看看,你会发现大部分传言都有那么一点儿靠谱。"

关于如何闯过海妖这一关,港口里一人一个主意。近些日子,我晚上收拾桌子时总能听到一轮又一轮争论。打头阵往外冲的是卢修斯·尼克尔贝。他和他的手下学希腊人那样用蜂蜡塞住了耳朵。约翰·哈罗在岸上透过小望远镜眺望,眼睁睁瞧着他们一个个从甲板上往海里跳。艾哈迈德·菲鲁兹驾着他那条"马哈丽亚号"福禄特帆船②,试图以速度取胜,将魅惑的歌声甩在后面。结果,"马哈丽亚号"在岬角底下的礁石上撞

---

① 原文"Salt Dog",称呼老水手的俚语。
② 原文"fluyt",一种荷兰式货运帆船,源自16世纪的尼德兰。

得粉身碎骨。一个月后，每次涨潮还是会有碎片冲到岸上。

"你明白我的意思吧，孩子？"斯迈思问。

"你指望海妖的歌声对小孩子不起作用。"

"我敢拿命打赌。"

我跳下干草棚，朝坐着的斯迈思走去。他的块头不算大，但跟他比我只能算小不点儿。走近后我才注意到，他的蓝外套上有污迹，缝口也开了线，我的胆子这才壮了一些。"你把我的命也赌上了。这么说，你是想召集一支童子军？还是想让我把你们都绑在桅杆上，直到过关为止？"

他没言语，开始对我另眼相看了。也许我的腔调太成熟，出乎他意料了；要么他也在我身上发现了温赖特太太说的"怪脾气"。他再度开口时，话音里已经不再有那种装出来的愉快了。"我打算就咱们两个出海，为了这个计划我专门搞了一条小渔船。你说得没错，我会让你把我绑上。万一我失算了，没必要把我的人和船都搭上。要是我的计划成功了，咱俩能毫发无伤地闯过去，那就掉头回港。要是没成功，我也认栽，起码我这条命是丢在海里的，死得其所。"

"你死得其所。"我重复他最后一句话，但着重加了个"你"字。是他选择的归宿，不是我选择的。倒不是说我还指望挑挑拣拣。假如温赖特太太想把我的契约卖掉或租掉，她完全有权那么干。不过斯迈思是以商量的口气找我谈话的，这一点让我挺受用。另外，我也想见识一下狗湾以外的世界，哪怕只是短短一会儿。我从来不认为自己遗传了父亲的"流浪癖"，但我身体里或许还残留着一点儿渴望远行的血液。我想看看大海与小湾有什么不同，想知道为什么海洋对镇上所有男人都有堪比海妖的强大诱惑力。

"要是你已经跟温赖特太太谈过，而她也答应了，那就由不得我了。"我们俩握了握手，同他那只粗糙的大手相比，我的手小得可怜。

等到第二天我才去找温赖特太太。我看到她正在监督早餐供应，确保双胞胎给每一位顾客都舀一碗不多不少的粥。她很少干短斤缺两的事，总要保证主顾付了钱不吃亏，但也不能占她便宜。她花了很久才教会双胞胎拿捏其中的分寸。现在他俩七岁，干起活儿来已经不用紧盯着了。

我招了招手。伊莱莎也抬手朝我挥了挥；西蒙显然没注意到我，正全神贯注地用勺子把粥舀进碗里，留心着不洒在外面。

我绕到吧台里面，温赖特太太用毛巾拍了我一下。这是一种友好的表示，她的训话也是佯装严厉。

"别让他俩分心。他们这活儿干好了，下一步我可能要让他们上炖菜。马都喂完了，水也饮了？"

"是的，夫人。只有刀贩子的那匹栗色小马还是不肯喝水。"

"但愿他还没发现就离开了。这人怎么看都有点儿傻乎乎的。你下次去马厩，往水里掺点儿啤酒试试。没准咱这儿的水跟岛那头的味道不一样。实话跟你讲,什么时候这帮投机分子套上马跑得远远的,让咱回到以前的日子,我才高兴呢。"

她眯眼看着我,将一缕头发别到耳后。"你有心事吗,亚历克斯?"

"你昨晚叫那个船长去马厩找我?"

她点点头。"斯迈思。是个好人。老早以前是这儿的常客。算他倒霉,七八年来头一回打咱这儿过,就碰上尖叫的娘们儿把出口给堵上了。来,搭把手。"

我接过她递来的抹布,开始擦最近的一张空桌。几个摇摇晃晃的水手占着外圈的桌子,还有一个坐在吧台另一头。我压低声音,以免被他们和双胞胎听到:"可是——你为什么叫他来找我呢?"

"他的主意比这些个笨蛋想出来的馊点子都要好。赛拉斯·希尔——就是坐在那边角落里的家伙——他正打算攒足勇气让自己变成聋子,如果他有办法的话。而且他还必须把手下全部变成聋子,是不是?"温赖特太太故意提高嗓门儿,好让赛拉斯·希尔听见。他正盯着麦芽酒出神。

"但斯迈思的意思是叫一个小男孩把他带过去,你知道我已经不小了,而且,"我走到温赖特太太身旁耳语道,"你明白的,咱对外人说我是男孩子,也不完全是实话。"

"这反而是你的优势。"她也悄悄道,"我觉得你比任何人都更有可能成功,而且行动要快,等局面失控就来不及了。"

"咱这里有时也有女船长来，干吗不叫她们去闯一闯？"

她摇摇头。"有一个已经试过了，不到两天前。瞧瞧，她那条船的桅杆戳在了礁石里，像根旗杆似的。你可不是什么女船长。"

"所以你打算叫我去送死。你想赶我走。把我卖给了出价最高的那个。"我用抹布狠狠擦着吧台上一块黏腻的污迹，直到她摁住我的手。

"我愿意的话可以这么干，但你干活儿一直很卖力，我不想失去你这个帮手。我只是觉得你能成，你跟那些失败的人都不一样。"

"明白了。"我挖苦道，连火气都懒得掩饰了，"就因为我是个两不沾？"

她一把从我手里夺过抹布。"不！因为你清楚自己是什么样的人，而大部分人根本不必去想这个问题。赶紧把这两个傻孩子带出去洗洗，我怕忍不住要给他俩一顿揍了。"

我转脸一瞧，双胞胎不知怎么朝里打翻了粥桶。两人合力扶正了大桶，却也抹了一身的粥。

这事我说不过温赖特太太。"来，你们两个。看来要把你俩刷刷干净了，总好过挨顿揍吧。"

两个人跟着我出去了。西蒙走路时，左脚发出咯吱咯吱的声音。迈步，咯吱。迈步，咯吱。即使我心情不佳，也很难忍住不笑。

"一人提两只桶。"我说着把马厩门滑开一些，好让他俩挤进去。不一会儿两个人出来了，我们朝水泵走去。我看他俩可怜巴巴的，就自己拎回了两桶水，让他们一人提一满桶。有时候两个要比一个强。长短互补。伊莱莎回来时洒了半桶，大部分泼在了自己的鞋子和裤子上。西蒙虽然落在后头，却小心翼翼地不溅出一滴水。

天气够暖和，于是我直接把四桶水全倒进马厩院子的水槽里。

"把你鞋子里的东西倒在一只桶里。"我对西蒙说，又加了一句，"你们两个，把身上的粥也刮到那只桶里去。"

两人按我吩咐的做了。

"现在你们两只小鸭子也进槽里去。"两个人犹豫了一下，西蒙耸耸肩，翻入槽内；伊莱莎哼哼唧唧也跟着进去了。我悄悄走进马厩，把鞋子里倒出来的粥给不肯喝水的栗色小母马吃。

我返回马厩院子，听到双胞胎在拌嘴。伊莱莎的声音好像挺委屈，估计这场争端是她理亏。衣服还穿在他俩身上，不过我想反正都是要洗的。

双胞胎来的那年我七岁，此后一直帮他俩洗澡、换尿布。伊莱莎两腿之间光光的，只有一条缝，而西蒙的两腿间有一个小肉球，所以我早就知道自己和正常人相比哪里不一样了。后来我怀疑，温赖特太太把这个活儿派给我也是为了给我上一课。

"为什么？"我问温赖特太太，当时她正在教我用不同的手法给他俩洗澡。

"为什么他俩不一样？还是为什么你跟他俩都不一样？"

我想了想，说："后一个。"

"绝大部分人生下来要么像西蒙一样是男孩，要么像伊莱莎一样是女孩。我猜还有些人像你，天生既有男孩的部位，也有女孩的部位，不管归为男孩还是女孩都不合适。我这话也不能算回答了你的问题，但我不确定是不是真有那么一个答案。经常在附近跑来跑去的那只花猫比别的猫多几个脚指头，你见过的吧？它就一点儿都不为这事烦心，我劝你也要打定主意，别为身上这点儿事烦心。"

那只母花猫能扒开马厩方形栏的插销，还能拧开瓶盖，厉害着呢。

"我也不会为这事烦心的。"我重复道。

"你有没有觉得自己比较接近哪一个？"

我看了看两个婴儿。我还没正经想过这个问题。好像没什么远近之分。

"不知道。"我如实回答。

"你还是当个男孩子比较保险。你可以站着撒尿。只要你的胸脯还是平的，就不会有醉鬼排着队来揩你油，也不会有人把手伸到你裙子底下，反过来吓自己一大跳。不过这种人吓死才好呢。我都想亲自给他们点儿教训尝尝。"

"我能当男孩子。"我做这个决定,主要还是想取悦温赖特太太。她果然还给我一个笑脸。

"你是个好孩子,亚历克斯。不管你是什么样子我都不介意。"

我还有一个问题。"我父亲就是因为这个才把我留下来的吗?"

温赖特太太给西蒙最后扑了一层木屑粉,把他放到我怀里。"是,也不是。你父亲留下你是因为一个水手没法儿带个吃奶的孩子,他知道我能抚养你,还能给你份活儿干。要问怎么只有你俩?我猜生你的那个女人,不管是谁,对你身上的两套器官有点儿想不通,决定抽身而退了。不过没关系。这只是个意外,你最好别跟任何人提这事。明白吗?"

我点点头,用膝盖上下颠着西蒙。他咯咯直笑。我做了个鬼脸,他也跟着做鬼脸。我也要像这样学学男孩子的举止了。

我把湿衣裤晾在栏杆上,命令两个光溜溜的孩子坐在一条旧毛毯上,然后开始打扫马厩。

"你为什么要对着马儿唱歌?"伊莱莎问话的时候,往里收了收脚指头,避开我的独轮车。

"好叫它们知道我在哪儿,我忙活的时候可以让它们保持平静。还有,因为我喜欢唱歌。好了,三个理由。"

"我们可以唱歌吗?"

"随时可以唱,小鸭子。来,挑支歌。"

我把独轮车推到外面倒空，一面跟着他俩唱歌，一面又举起了干草杈。

等打扫完关着马儿的十四间窄栏和两间方栏，中午已经过去好一会儿了。清理马的屎尿远没有清理人的那么令我厌恶，可现在正是大部分住客外出的时间，该倒便盆了。双胞胎自己想办法穿上了半干的衣裤，僵立在阳光下。

我本想直接返回店里，就在这时，广场上起了一阵骚乱，吸引了我的注意力。"赶紧回去，先把便盆倒了，"我吩咐伊莱莎和西蒙，"小心别弄得一塌糊涂。"

我循着乱哄哄的声音悄悄走过去，贴着房舍墙根站定，以防陷入一场殴斗。赛拉斯·希尔正站在一口老井边上，看起来比上午还要醉醺醺。

"这船要在咱们眼皮底下烂在海湾里了，到底还得等多久啊？到底什么时候才能回家？"

希尔说话时身子不住地晃悠。算他走运，那口井装完水泵后已经用砖封住了井口。周围人群嘟嘟囔囔跟着他一块儿晃悠。听上去大家都很有共鸣，尽管谁也没法儿回答他的问题。

我发现我的朋友——面包师的女儿——金尼也在，就走了过去。"他在唠叨什么？"

她朝我莞尔一笑。"亚历克斯！他打算召集一伙人——他的原话应该是一支军队——从陆路上山偷偷逼近海妖。"

"他能干成？我是指偷偷逼近，不是说上山。"

　　她脸一红，我低下了头。我们俩都知道海岬是爬得上去的。有一次我们登到山顶，坐在绿草如茵的山岩上眺望船只来来往往，最后还接了一个吻，闹得下山时心怦怦乱跳。直到现在我们俩谁都没提过这件事。

　　"他觉得能成。我想，问题是他能招到多少人。还有他们要带上什么武器。"

　　"带武器？"

　　"所以他们才要偷偷上山呀。趁海妖还没唱歌就朝它们开火。"

　　之前我没听人说过要杀死海妖。我知道水手们盼着回到海上，我们也都等着补给运进来。然而，我觉得海妖总有一天会放我们一马，另找个地方落脚。假如斯迈思船长的主意可行，那么船只能恢复正常通航。海妖唱歌是天性使然，因为这个而把它们处死，我怕不太公道。

　　我和金尼看着希尔召集了十一条汉子，都跟他一样醉，甚至比他更醉。"胆小鬼！"希尔冲着其他人嚷嚷。挨骂的看上去没一个在乎的。有人将一杆来复枪塞进希尔手里，他把枪当成剑挥舞起来。另一个人举起一张弓和一捆箭。这伙人东倒西歪地沿卵石路朝海岬方向走去。人数更多的看客队伍发出几声窃笑。

　　"集体自杀。"站在后面的一个女人说。

　　"要是你想把命送给海妖，只有走海路才是正道，"旁边一个男人附和，"我就在准备这么干。"

我看见斯迈思船长脸朝着我站在水井对面。他也听到了刚才那个男人的话，这时他接住我的眼神，摇了摇头。他坚信自己的办法。当然，其他人也各有各的点子。

"嘿！男孩儿！"一只手钳住了我的肩膀，其实那话音里的奚落意味已经羞得我不敢动弹了。是金尼的母亲，阿列蒂太太。"你怎么没在干活儿？这儿没你的事。"

我被阿列蒂太太拽到一边时，朝金尼投去愧疚的一瞥。金尼留意到她母亲叫我"男孩儿"的口气了吗？我的两颊火烧火燎的。

"你跟我女儿聊天这件事，我是怎么跟你说的？"到了金尼听不见的地方，阿列蒂太太低声问我。

"别……别干这事。"

"那你为什么觉得我是说着玩玩的呢？"她的五指像一枚枚钉子扎进了我的锁骨，"我不希望你这种人看上我女儿。"

我不知道她指的是哪种人。在这个小镇，她选女婿的对象要么是某个水手，要么是我，不然就是岛内为数不多的农夫了。也许她在等待哪个富商驾临，大手一挥把金尼带向幸福生活。但只要海妖封死港湾的进出之路，这种好事就不可能发生。

在酒馆外，她最后对我耳语了一句话，还用一根弯曲的手指指着我的脸，因为长期揉面，她的指关节个个肿出来一圈。"哪怕你跟金尼走在街道的同一边，我都会让你后悔的。"

正好有人跌跌撞撞从"咸狗"走了出来,我趁机扭身摆脱了阿列蒂太太的鹰爪,溜了进去。我紧张得足足喘了一分钟,生怕她追进来。

那天晚上及次日晚上,酒馆顾客盈门,我头一回庆幸杂活儿多得没工夫想事。连双胞胎都派上了用场。他俩忙着收拾空杯子和无主的半空杯子,还要报出我们看不到的角落里的动静。

主顾分为两类,一类暴躁不安,一类郁郁寡欢。没人唱歌,也没人玩牌。我拦住了一次斗殴,为自己挣了个乌眼青;温赖特太太拦住了两次。她打发西蒙和伊莱莎回楼上自家房间了。

不久,一个尚未沾酒、衣衫褴褛的人悄悄进了店。我认出他就是昨天那个挥舞弓箭的汉子。近旁一张桌子有人站起身,请他坐上椅子,另一人递给他一大杯麦芽酒,他一口气就喝干了。

"怎么样?"

"海妖死了吗?"

"别吵了,你们这帮家伙。"温赖特太太敲着吧台喊道,"让他再喝一杯。没看见他吓得尾巴都耷拉下来了吗?让人先喘口气,等他缓过来了自然会说。"

大伙安静了。又一大杯麦芽酒递到这汉子的面前。这回他喝得比较慢,等见了杯底儿时,他叹了口气。我本以为他要说很长时间,没想到几句话就完了。

"都死了,和我一块儿去的都死了。我们偷偷往上爬,它们准是听到了动静，因为它们开口唱歌了。我们听到了歌声，海妖的歌声，没错，一个个全都丢下武器，朝它们跑过去。"

"那你怎么逃回来的？"刚才给了我一拳的那个水手问道。

"我绊了一跤，脑袋磕在石头上，"这汉子把帽子一歪，露出太阳穴上一道口子和瘀伤，"晕过去了。"

酒馆里哄堂大笑。

"听上去是老查利的做派。"有人叫道。

"你醒来之后呢？"

"溜了呗，还用说嘛，再不跑等那些贱人以为我还要往前闯，又得冲我唱了。只不过我有点儿晕菜，那啥，下到山脚之后拐错了方向。花了半天才发现离港口越来越远了。"

几乎每个人都被逗乐了。

"它们唱的是什么？"斯迈思的声音刺穿了咯咯的笑声。之前我都没留意他在店堂里。

老查利看上去又晕菜了。

斯迈思重复了一遍，又换了一种问法："那些海妖，它们的歌听上去什么样？就我们所知，你是第一个听过还活下来的人。我听说过各种不同的传言，大多数都提到一点，假如有人听了海妖的歌而且能顶住诱惑，那么海妖就会消失或死去。"

查利摸了摸那块瘀伤。"对不起。我没顶住。可要说那歌，我脑子最好使的时候也五音不全哪。"

"他没瞎说。"后面有人喊了一嗓子。又一阵哄笑。

"且不提调子。词儿呢？还有印象吗？"斯迈思没有开玩笑的意思。

"是关于唱歌的，我觉得。"查利紧皱眉头，"它们唱的是关于唱歌的歌。我就记得这个。关于唱歌的歌不是很多。大部分歌不是唱女人就是唱船。"

有人唱起《娶了一条美人鱼》①，当晚客人们第一次齐声高歌。温赖特太太也加入了，我心里痒痒，但决定不在陌生人面前亮嗓子。我注意到斯迈思船长也没唱。他朝我挤了过来，有话要说。

"我受够了，亚历克斯。咱俩明早出发。一出港就回航，证明一下这点子行得通。"

"好的，先生。"

酒馆里的情绪高昂起来。大酒杯纷纷举起，向老查利致敬，向赛拉斯·希尔等死去的水手致敬。

"我们明天早上出发。"我告诉温赖特太太。

"那喂完马再走，傍晚回来再喂一轮。"她旋即背过身去，但我已经看到了她眼里的泪光。

我悄悄上楼回房间，西蒙和伊莱莎正在地上玩抓子儿游戏。我在他俩边上坐下。

"我明天要离开了。"

---

① 原文"*Married to a Mermaid*"，一首颂唱海洋与征服的英国民歌，其历史最早可追溯至1740年。

伊莱莎歪起脑袋瞧着我。"离开？"

"跟一个船长。"

"可我以为没人走得了。反正坐船不行。"

"我们打算证明有一种办法能坐船离开，还能回来。"

西蒙猛地抱住了我，让我颇感意外。"我希望你回来。"

我回抱他。"我也希望这样。"

"万一回不来，你那些杂活儿都得我们包了吗？"伊莱莎问。

"我想是的。但我会回来的。"我尽量轻描淡写。

我在他俩床上过的夜。当天边露出第一缕曙光，我从两个小身体之间抽离出来，连一分钟都没睡着过。我照例进马厩干自己那份活儿，一边喂食喂水，一边唱《娶了一条美人鱼》。每匹马我都比平时多拍一下，再挠挠耳朵后面。那匹栗色母马终于肯喝水了。如果港口重新通航，刀贩子就能上路，这匹马也能回家喝上更合口味的水了。港口开通后，我会回来跟它道别。我尽可能不去想另一种结局。

斯迈思船长在码头上跟我碰头。我原以为会有一大帮人，幸好只有船长的手下来给他送行。没什么人注意我。可惜温赖特太太没来。也许昨晚那句话就算她的告别语，不能再多了。我知道她是关心我的，尽管她没有明说。

斯迈思租的渔船确实如他所言小模小样的，有一个小船舱，还张着帆。他正和手下聊着，我跳到船上，开始查看索具，好让他知道我也是懂一点儿的。其实懂得不多。我只是时不时跟温赖特太太的某个朋友绕着海湾兜上一圈。是他们花时间教过我一些东西。

"住在港口小镇哪能不会驾船。"温赖特太太这样说。所以我现在知道怎么检查缆绳和缆桩,不免有些得意。

几分钟后斯迈思也上了船,最后一次向他的船员挥了挥手。我猜斯迈思指示过这帮水手注意观察,假如我们石沉大海,就回去宣布噩耗;假如我们成功返航,则做个见证,以免有人不信。

他熟练地解起了缆绳,我让到一边不妨碍他。最后他开口对我说话了,但没有看我,而是指着舱外的一把大铁锁和旁边挂钩上的一柄钥匙。

"我这里一完事就下去,你把我锁在里头。咱们不知道海妖的歌声能传多远,没必要冒险靠得太近。"

我点了点头。

"你不能放我出来,不管我怎么求都不行。除非已经出了海湾。"

我又点点头,看着他把舵柄绑牢,定好航向。他没再说话,下船舱时冲我做了个含义不明的动作。大概表示"再见",或者"好运",或者"别搞砸了",要么就是"加把劲儿"。我上了锁,把钥匙挂回钩子上。

我以前从没一个人在甲板上待过。坐在舵柄边上感觉怪怪的,有一种当上了船长的错觉。威风凛凛的。如果我们成功了,那还得威风多少倍？如果我英雄凯旋,没准儿金尼的母亲又会允许我们俩聊天了。

一根桅杆杵在礁石间。这儿那儿到处都是先驱船的残骸。前方湾口,朝阳射在水面上,呈现一大片闪闪的金蓝色。庇护港湾的两面岩岬赫然耸现,比我印象中的任何一次都要高大。

我正在观望右侧那面岬角,不知道会发生什么。海妖会现身吗？还是先听到歌声？被一首歌诱惑是什么感觉？被一首歌催眠呢？那些船长驾船撞向礁石时,脑海中闪过了什么念头？我想知道。又不想知道。

岸边本有一股助力的微风,但随着渔船驶向外海,风力开始减弱。我哼着歌消磨时间。现在,空气静得就像垂挂在晾衣绳上的毛毯。我的手松开了舵柄。我这个船长只是冒牌货,根本不知道遇上风平浪静时该如何应对。

"放我出去！"

我对着上锁的舱门说:"船长,我不能放你出来。难道你已经听见了？我没听见。"

他的回答是一声呻吟。我放眼望去,在山石岩礁间搜寻海妖的身影。

接着,我也听见了。

它们的嗓音拥有一种可怕的美。我听出了一些歌词。正如老查利所言,这是一首关于歌的歌,向人们发出有胆就来听的挑战,好像他们有选择似的。歌词在空中飘荡。

"听听我们两个的声音。"它们说,于是我侧耳倾听。

"这是我们的甜蜜二重唱。"接下来唱到什么碧绿镜面。在它们放声歌唱的整个过程中,我一直盼着有一把钥匙打开我自己的心锁,能让我把手移到舵柄上去。在它们放声歌唱的整个过程中,我一直在想:我知道这首歌。我骨子里知道这首歌,尽管我从没听过。不是指歌词,而是隐藏在这首歌后面的情感。

帆船自己动起来了,忽前忽后,忽左忽右。是硕大的翅膀卷起了一股旋风。遮天蔽日的巨翼扇得小船颠簸不止。海妖落在了甲板上,轻如鸿毛,这是我第一回看见它们。

它们像我。或许这只是我一时间的一厢情愿。其实并不像。我发现很难直视它们。它俩赤身裸体,生有翅膀,也许没有翅膀;它俩肩头后缩,像鸟一样高挺胸膛。我理解这一曲二重唱,理解镜面,全都理解。

斯迈思还在船舱里呻吟,幸好潮水能平稳地把小船推向岸边,即使我离了船也不要紧。他的手下可以把门撬开。

我脱掉衬衫,解开我小小胸脯上的束带。我脱下一只靴子,再脱另一只,随后脱掉裤子。我向它们发出有胆就来看的挑战,它们却自然而然地瞧着我,仿佛那根本不是什么挑战。有生以来我从没想过要什么,现在突然想长出翅膀和鳞片。我想同它俩一道栖息在绿草茵茵的山岩之上。

不行。温赖特太太和斯迈思船长怎么办?应该跟海妖换一座栖息的青山,俯瞰另一片海域。教它们唱不会害死水手的歌。

"过来吧,让你的船安歇。"它们继续唱道,歌声一刻不停,"由此经过的男人,无不倾听我们甜美的歌声。"

我不是男人,我身上的某个部分说。是,又不是。虽然女船长照样会受诱惑而搁浅,但我清楚我也不是地道的女人。就在我疑惑之际,两个海妖分别抓住我一边胳膊,将我提到空中。我紧紧闭上双眼。

过了一会儿我才鼓起勇气睁开眼睛。从天上往下看,一切都变得小多了。我看清了小岛的完整形状,还看到了人类无法攀缘而上的石崖。海湾确实像一个狗头,一对岬角宛如颈子上的项圈。我们的小镇就是狗鼻子。我望见了镇广场、酒馆,还有马厩,在那里我只对着马儿唱歌。我想象温赖特太太开始熬粥了,双胞胎在床上翻来覆去;我想象金尼的双唇压在我的嘴唇上。我怀念所有这一切,好像我已经离开了。

"等一等。"我说。海妖能给我什么归属?我不是它们的同类。不管它们能提供什么,都不可能是爱,或秘密之吻,连干好一份活儿的成就感都给不了我。假如我随它们而去,温赖特太太会怎么想?可我禁不住眼下这种选择的诱惑。我甚至不敢肯定这算不算选择。也许我已经像其他水手一样在海妖的魅惑下缴械了。

我不知如何是好,索性也放开了歌喉。海妖闭上了嘴,听着我唱起了它们的歌,又听着我慢慢过渡到自己的歌,但保留了它们的一部分歌词。二重唱?这正是我的日常。它们唱道,没有一种生命躲得过它们的梦境，然而我提出了自己这个反例。我想它们大概没听说过我这样的生灵。就我所知独此一份，别无同类。我又唱起另一首歌，好似把"镜面"翻转过来对准了它们。

"但我们能告诉你将要发生的一切世事。所有的秘密。"它们的歌声已经失去了些许光彩。

"我已经知道了。每个活人终有一死，多数人生活艰难，少数人衣食无忧。有些人丢弃了自己的孩子，有些人收养了这些孩子，有些人不同寻常，却也找到了家。"

"跟我们来。没有一个孤独的水手能驶过我们的碧绿镜面。"

"我不孤独。他们是孤独的人，那些回家就想海、出海就念家的水手。他们卡在中间进也不是，退也不是。我也在中间，但没有进退两难。我天生如此。"

海妖放缓了翅膀的拍击，我们下降了一些。它俩的犹豫增强了我的信心。"我想我赢了。我听了你们的歌，但我的歌更厉害。我不跟你们走。我就待在这儿，你们离开，因为我赢了。"

海妖把我丢在了开阔的水面。我本该感谢它们的好意，却又觉得它们并非有意要留我一条命。我奋力游回小船时，它俩已经变成天际线上的两粒小黑点了。又有别人要倒霉了。我赤身裸体在甲板上躺了一会儿，沐浴在灿烂的阳光下。然后我穿上衣服，打开了舱门锁。马儿还等着我呢，它们转着耳朵，在微风中捕捉我的歌声。这股微风将推着小船回到岸边。

Wind Will Rove

悠游长风

关于牢狱的歌痛彻心扉，因为主人公了解过去的自由。

关于我外婆——"风儿"，流传着一个故事，说她有一次带着小提琴去执行太空行走任务，我从未向她求证过是否属实。她有许许多多的故事。我父母辈没那么多故事，到我这一代就更少了。我们已经年过半百，假如有故事，早该传开了。

　　外婆是一名工程师，属于第一代船员。在那个故事里，有一块外部面板反馈异常读数，她的任务是出舱执行目测检查。除了携带必要的工具，她还把提琴与琴弓别在了宇航服的带子上。完成任务后，她在外面待了一会儿，任由一座城市那么大的飞船拖曳着自己。她举起小提琴，将琴尾顶在头盔与宇航服交界处，对着虚空拉了一曲《悠游长风》。当然，声音是听不见的，只是用手指感受一下旋律。

　　这个故事有不少漏洞。首先，我们没有太空行走任务，其原因涉及我在学校学过、如今已忘光的物理定律。我们的防护层太厚，速度又太快，诸如此类的道理。黑屏事件没有影响飞船记录，船员的录音文字稿和音频文件依然保留着，我听过所有可能与这则传说沾边的资料。其中有外婆标志性的朗声大笑；有外婆逗同事的话，说他这么没精打采都是前一晚的约会给害的；我甚至听见外婆工作时哼过《悠游长风》——但记录中没有空白，没有不可解释的静默。

就算这事有可能发生，外婆隔着超厚的手套也没法儿按弦。我不信她会拿小提琴去冒这种险，要知道飞船上任何替代品都是合成材料的。我也不信她会让小提琴暴露在太空的低温环境中。小提琴的"舒适"温度范围跟人一样，超出这个范围就会开裂变形。而外婆的小提琴，如今传到了我手里，好端端的。

我还有最后一条理由：《悠游长风》的传统拉法需要采用DDAD定弦，即调低第一、第四弦的音高。尽管她喜爱这首歌，却很少演奏，因为调音会缩短琴弦的寿命。即使她真的拿小提琴去冒险，而且想办法做出了按指板和抬弓拉琴的动作，也绝不会去拉一首DDAD的曲子。这一点无可辩驳，一如太空里的温度数据那么确凿。

然而，这个故事还是在船上的小提琴手中间流传开了（我也在推波助澜，因为我把它写了下来，为你，泰拉，或任何可能读到的人）。一同传下来的还有她的绰号"风儿"，登船后第五年首次出现在录音文字稿中。之前，大家都叫她贝丝或格林。

她钟爱《悠游长风》，这一点我再清楚不过了。她总是唱着这首歌哄我入睡。十二岁那年，我自己学会用标准GDAE定弦拉这首歌。我对自己的改编颇为得意,也为自己长时间苦练终有收获而感到骄傲。在她生日那天我献上了一曲独奏。

外婆拉我到跟前,吻了吻我的额头。她身上总有一股温室里的紫丁香味儿。她说:"罗茜,你为我拉这首曲子我太开心了,你每个音都拉得很准,这本身就是送给我的一件礼物。可《悠游长风》是DDAD定弦,不能随便改。你用了另一种定弦,那就是不一样的风了。"

我从来没想过风和风会有什么区别。我自己从来没有感受过风,除非你把通风孔或跑步机风扇排出的气流也算作风。生日派对后,我查了"风"这个词,了解了什么叫"微风""狂风""西洛可风",什么叫"哈布尘风""和风"。多么神奇的字眼,这些词语在我嘴里反复滚动,它们代表着我没有经历过的事物。

下一次听到别人以正确的定弦拉这首曲子时,我闭上双眼,聆听风声。

《幽林风瑟瑟》
传统曲目。据信于19世纪由苏格兰传至布雷顿角①。已佚。

《悠游长风》
D调伴奏(DDAD变格定弦)

———————————
① 加拿大的一座岛,隶属新斯科舍省。

哈丽雅特·巴里,音乐历史学家:

"该曲由小提琴家奥利维娅·范迪弗及其父查利·范迪弗于1974年某场持续至凌晨的演奏会上完成首演。查利尝试回忆儿时在新斯科舍耳闻的一首传统歌曲,印象中名为《幽林风瑟瑟》。原曲在飞船和地球上均无录音资料存档。

"虽然《悠游长风》面世较晚近,但在大部分音乐圈里仍归为传统曲目,因为据现有资料,该曲最接近已失传的《幽林风瑟瑟》。"

　　四甲板娱乐厅是飞船上音响效果最佳的一间。每一层甲板都有一间几乎完全相同的娱乐厅,但别的都比不上这一间。娱乐厅是专为社交聚会而设计的,并未咨询过声学工程师的意见,如今船上也没有这方面的专家了。宏观上看,娱乐厅音效好一些差一些似乎关系不大。其实不然。

　　在日常实践中,音效很重要。对我们很重要。合唱团在这儿演唱,乐队在这儿演奏。多少个日日夜夜,唯一神教派、卡波耶拉圈[①]、犹太重建主义者会堂、贵格会聚会所、莎士比亚剧院及六七个非洲舞蹈团都将四甲板娱乐厅当作活动中心,所有人都固守着他们希望保留的传统。这间娱乐厅的预订逐渐排到

────────

　　① 一种结合了舞蹈、武术、音乐和文化表达的巴西艺术形式,16世纪时由巴西的非裔移民所发展出。参与者围成一个圆圈,两名舞者通过舞蹈般的动作进行模拟对抗。

了几周后、几个月后，甚至几年后。当然，这里的周、月、年只是粗略的习惯性叫法，因为我们早已远离地球。

每周四晚，四甲板娱乐厅都要举办一场"老时光"，多亏外婆早年向娱乐委员会施压才争取到了这一资格。船上只有我们少数几个明白"老时光"意味着什么，严格来讲，一切事物都来源于老时光。其他人只知道这个词儿的新含义，而不了解其深意。"老时光"是周四之夜，是一间音效上佳的演奏厅，是一群小提琴手、吉他手、曼陀林琴手、班卓琴手的聚会。"老时光"已经能当动词用了。"这个礼拜你'老时光'吗？"假如你问别人这个问题，或者有人问你这个问题，回答必然都是肯定的。谁也不愿错过任何一次机会。

这个周四之夜我自然也不想错过，可我的十年级学生把我拖得迟到了。我们一直在讨论20至21世纪的太空竞赛，对话渐渐冒出火药味。我费了半个小时向他们解释为什么学习地球历史依然意义重大。我教过的每个班级都至少会有一次类似的讨论，而这批学生是我印象中反应最激烈的一届。

"我永远不会去那儿的，是吗，克莱女士？"纳尔逊·奥德尔问道。这个班我只带了两周，不过我是看着纳尔逊长大的。他的曾祖母，也就是我的好友哈丽雅特，总是硬拽着他参加"老时光"，直到他岁数大到有能力拒绝为止。他弹的是曼陀林，粗短的手指正配短小的琴颈，脸上老是一副气鼓鼓的表情。

"是的。"我回答，"这是一趟单程旅行。你知道的。"

"实际上，我会在这艘飞船上长大，最后也会在这里死去，对吗？我们所有人都会这样，对吗？也包括你，对不对？你会死在这儿，只是不会再长大，因为你已经老了。"

有太多学生对我说过这种话。现在听到我连眼睛都不会眨一眨。"以上问题的回答都是'对'，但这是一种简化思维，而且最后一句不礼貌。"

"那么，地球上有一帮人想强占另一帮人的东西，跟我们有什么关系呢？别让我们知道人类会干那些事，别把坏念头灌输到我们的脑袋里，难道不好吗？"

纳尔逊旁边的埃米莉·雷德霍斯说："老师教我们学这些，是为了让大家明白我们为什么会登上飞船。"她是这个班目前唯一的"老时光"演奏者，一个有前途的小提琴手。"老时光"成员通常从小就懂得历史的价值。

纳尔逊冲她摆了摆手。"不是我们登上飞船。是我们的爷爷辈和曾爷爷辈登上了飞船。我们现在学的东西对于他们都算是陈年往事了。"

"因为，笨蛋……"这次开口的是特里纳·阮。

我连忙打断她。"争论问题是好事，特里纳。骂人就不对了。"

"因为，纳尔逊，"她换了叫法，"历史里头没有新东西。所以才叫历史。"

纳尔逊抱起胳膊，直直地盯着我。"那就教也别教。如果历史真那么重要，他们干吗把那一切都丢下呢？这一个钟头教我们遗传学、飞船维修或农艺学该多好。这些东西都是我们用得着的。"

"首先，历史不是静态的。人类一直在发掘文物和原始资料，这些新发现能改变人类对自身的看法。没错，从离开地球的那一刻起，我们就放弃了发掘原始材料的机会，切断了一条获取史料的渠道；但是，我们依然能够利用现有资料寻找新鲜的观点。"我试图重掌主导权，希望他们别拿黑屏事件来反驳我。这一代学生很少会那么干。在他们脑子里，黑屏事件只是飞船史上的一起小事故；而我像他们这么大的时候，黑屏事件简直是一场活生生的梦魇。

我继续说道："其次，埃米莉说得对。了解我们为什么上船、怎么上的船是有重要意义的。老话说得好，不了解历史的人终将重蹈覆辙。"

"我们怎么会重蹈覆辙？"纳尔逊朝墙上的图片挥了挥手，"我们没有国家、石油和水。也没有枪炮、刀剑和炸弹。如果老师不说，我们根本不知道这些东西存在过。假如我的祖先曾经要杀掉埃米莉的祖先，这种事我们最好还是别知道，不是吗？本来有人都把这些统统删光了，而你又在新版历史中加了回来。"

"不是我加的，纳尔逊。是我的前辈。"我知道不该光火，但我已经又累又饿了，这个状态可不适合参加一场七小时的音乐马拉松。"够了。我明白你们想说什么，可不学历史是不可能的。星期二交一篇千字文章，举例说明历史是如何重演的。"

没等有人抗议，我又补充道："你们反正要写一篇议论文的。我只是换了个题目。你们不见得更喜欢写太空竞赛吧。"

学生们一边嘟嘟囔囔抱怨着，一边塞上耳机回到游戏或音乐的世界，拖着脚步往门口走去。我看着他们鱼贯而出，后悔没有换一种处理方式，但具体该怎么换倒也没想好。我注意到一个有趣的地方，这场小叛乱的煽动者是纳尔逊，而他的曾祖母却是"老时光记忆项目"的负责人。我是在外婆的影响下才痴迷于历史的，也由此选择了教师这一行；看起来哈丽雅特没有对纳尔逊产生同样的影响。

纳尔逊经过我的桌子时咕哝了一句："也许得有人把这些再一次删光。"

"停下。"我叫住他。

他转身正对着我。我比他高几英寸，可他那模样反而像是居高临下。其他学生绕着他往外走。特里纳经过时，把自己的轮椅猛地撞在纳尔逊腿上，百分之百是故意的。她甚至都没有假装道个歉。

"我不介意在课堂上争论，但绝不要让任何人听见你支持另一次'黑屏'。"

他看上去无动于衷。"我没有支持。我只是觉得教我们地球历史——特别是断裂的历史——是浪费每一个人的时间。"

"说不定有一天你进了教育委员会，就可以主张这项改革了。但我听见你说'把这些再一次删光'，那就是另一回事了。

你会在哈丽雅特面前说这种话吗？"

"或许我只是夸张吧。现在连这种可能性都没有了。再说很多东西我也喜欢，最好别删。"他耸耸肩，"那不是我心里话。我能走了吗？"

没等我点头他就自顾自走了。

我望着自己为这个班级悉心布置的四面墙壁。按惯例，十年级要教太空之旅启程以来的政治与科学史。对于教育委员会而言，这是黑屏事件后较易复原的一门课程，因为当时人们还保留着鲜活的记忆。同样道理，教室也比较容易装饰。我从外婆的私人收藏中挑了一些飞船构造图，放大尺幅后配上重新制作的新闻头条。墙顶环绕着一行静态文字，是联合国秘书长孔菲登斯·斯瓦赖的名言："我们眼下肩负着两项任务，一是改善地球，二是改善自身。"

平时我都会把四壁图文清空，留给晚间继续教育班使用，但这一次我没有熄灭显示墙就关灯离开了。如果这批孩子觉得历史无关紧要，或许是因为我们先辜负了他们。

教室外的街头数字艺术作品白天更换过了。我用指尖滑过墙壁，弹出简介：阿卜杜拉耶·孔纳特①壁画照片的记忆再现，由马里记忆项目赞助。据文字说明，原作品是欧洲某交通站点的一幅马赛克壁画，但已无人知晓委托创作的是哪座城市甚至

①　阿卜杜拉耶·孔纳特（Abdoulaye Konaté，1953—　），马里艺术家。文中所述壁画位于葡萄牙里斯本地铁东站（Oriente metro station）。

哪个国家。鱼儿在虚拟瓷砖拼成的海洋里遨游。远端立着三个怪异的蓝色形体，像是鸟人。整体色彩赏心悦目，但鸟人形象让人略感不安。它与原作有多像呢？不得而知。又一件再创造的作品，为了继续在我们的生活中呈现过往的影子。

我回自己舱室取乐器，顺便对付了几口晚餐。"老时光"一直有食物供应，但经验告诉我，一拿起琴我就停不下来，一直要到手指求饶为止。我的手指和胃有着不同的生物钟。另外，那堂课结束后我也需要冷静冷静。纳尔逊提到了断裂的历史，那种论调让我窝火。在我看来，正因为历史有过断裂，才更需要保护。不过我也能理解他想表达的意思。

我来到四甲板娱乐厅时，老座位已经叫人捷足先登了。我在大家堆放乐器盒的角落里调音，随后观察了一下室内的情况。最棒的小提琴手都占据着中央座位，曼陀林琴手、班卓琴手、吉他手以及自信心不足的小提琴手呈辐射状分布。"老时光"里唯一的专业级贝斯手道格·凯利站在靠近中心的地方，身边是飞船上绝无仅有的一把立式贝斯。凯利的几名学生坐在他身后，等他需要休息时会顶上一两曲。

空座位都挨着班卓琴手。我看到飞船咨询理事会的达娜·托里斯旁边有个座儿。她是一位优秀的管理者，也是一名合格的班卓琴手——起码守时。我觉得她既然来了就一定够格，领导者都忌讳暴露自己的弱点。

她的位子与我在第二提琴圈的老座位相隔两排。我还没进入以前外婆所在的核心圈,那里的演奏者有权发令和叫停。我今年五十五岁了,还是没资格进入这个圈子。不过我的老位子就在核心圈外围,也能跟上他们的节奏,领奏者已经很久没冲我皱过眉了。

我还没走到那个空座,曲声就响起了。是《忍冬花》。我突然想到,哈丽雅特在我缺席的情况下奏响《忍冬花》,是为了惩罚我迟到,因为这首曲子隶属于我的"记忆项目"。我的第二个念头主要受了刚才与学生那番对话的影响。除我之外,这间屋子里大概只有三个人知道或在乎忍冬花是什么。一个是汤姆·姆沃沃,种子库管理员;一个是利亚特·舒斯特,温室农艺师——我们在一起度过了那么多个夜晚,我却从来没想过问问她忍冬花是怎样一种植物;还有一个是哈丽雅特·奥德尔[1],音乐历史学家,离开地球的那代人里硕果仅存的一位"老时光"演奏者。对于其他人而言,"忍冬花"只是歌名。一个指代这首歌的名词,没别的意思。

我一冒出这种想法,脑子里所有的歌曲就开始呈现出一副副奇怪的呆板模样。太多歌曲唱到草地啦,鲜花啦,公路啦,飞鸟啦。在大多数人听来,只有情歌跟自己有关系,别的歌简直就是用陌生的外语写的。或者说根本没什么意义。大部分歌曲我们都让小提琴代"唱"。

不论我们把一首歌曲演奏几遍,都不可能有两遍是一模一

---

[1] 即哈丽雅特·巴里。

样的。旋律、调性、节奏可以保持一致。音符的节奏和它们的终止式也都相同。然而，最终效果还是有区别，因为参与合奏的小提琴数目、演奏者所处的位置可能有变，再加上每一把提琴的音色也各有差异。贝斯、曼陀林、吉他、班卓琴的位置都会影响到每一名演奏者的听觉。即使回放同一首曲子，对于小餐桌旁的听者，或对于事后特意找录音来听的演奏者，也是有微妙差别的。一首曲子在其延续的数分钟里，自有其独立的生命。反正我是这么认为的。

哈丽雅特跺了跺脚，示意下面是《忍冬花》最后一轮副歌。几乎所有人都在同一刻收声，只有一名外围吉他手没留意信号，还在哐哐哐扫着最后一个和弦。面对众人投来的瞪视，他耸了耸肩。

"《俄克拉何马雄鸡》。"哈丽雅特大声报出歌名，大家纷纷轻声赞同。她领头起奏，其他小提琴随即跟上旋律。我举弓搭弦，合上了双眼。我想象有一座真实的农场，就像图片上的那种，通过曲声体会身处一个叫俄克拉何马的地方是什么感受。那儿的天空广阔如太空，颜色接近含氯水。太阳是一个悬挂在远方的圆盘，明亮而寒冷。有一座木板造的方形建筑，旁边是一座圆柱形建筑。青草地宛如一块无瑕的地毯。高大健壮的马儿在牧场里遥相呼唤，咩咩，咩咩[①]。所有这些都是由一只雄鸡唱出来的，雄鸡是一种为整个农场报晓的鸟。鸟是一种有羽

---

① 飞船上没有马，这一段是"我"对地球的想象，细节并不确切。

毛的动物，老话是这么说的。

这些曲子我每周拉一遍已经拉了大半辈子，演奏时很容易让思绪飘荡在草地与牧场中。看来纳尔逊让我受到的刺痛比我以为的要严重——我发现自己在计算一共经过了多少个礼拜、多少个月份、多少个年头。粗略估计，一年参演五十次，至今已坚持五十年。这还不算单独练习和周四之外的小组夜练。

"老时光"按惯例在凌晨三点解散。我左右活动脑袋，让脖子发出咔咔的声音。沉浸在音乐中，我总能不知不觉度过这一夜，但在乐声止歇的那一刻，我就会注意到手指正在抽筋，肩膀也变得一高一低了。

"《俄克拉何马雄鸡》对你来说意味着什么？"我问达娜·托里斯，她正在抖动膝盖。

"嗯？"

"弹《俄克拉何马雄鸡》的时候你在想什么？"

托里斯笑了。"我在想C–C–G–C–C–C–G–C。要不然就跟不上节奏了。你呢？你在想什么？"

一只鸟，一座农场，一片草地。"我也不知道。抱歉，问了个莫名其妙的问题。"

我们将乐器收入盒内，走上街道。街上一片昏暗，是飞船在模拟夜晚。

回到舱室，我没有睡觉，坐到桌旁开始调取历史数据库。"《悠游长风》。"

菜单弹出："播放"，链接到曲目数据库，可选择多年来"老时光"录制的数个版本；"乐谱"，由我外婆和她的朋友们呕心沥血记载下来的，注明所有适用的乐器；"历史背景"。我点了最末一个图标启动资料播放，便去烧水泡助眠茶。我已经看过几百遍了。

桌面应该播放一段视频。画面上是一名神情严肃的三十多岁白人女性，黑发紧紧扎成马尾，前额留着齐刘海。她太缺乏经验，紧张得都显老了。

"哈丽雅特·巴里，音乐历史学家。"桌面将显示第一条字幕，接着哈丽雅特本人亮相，开始介绍："该曲由小提琴家奥利维娅·范迪弗及其父查利·范迪弗于1974年某场持续至凌晨的演奏会上完成首演……"等我返回，却发现桌面一片空白。我退回主菜单再次点选《悠游长风》，并未弹出选项。我又试了一次，这回连歌名都不显示了。

我盯着《旋转滑梯》和下面的《狼溪》，《悠游长风》本该插在这两首歌之间的。[①] 恐慌狠狠攫住了我，这是前代人传下来的恐慌。也许是我太累，出现了幻觉。那首歌刚才还在。打我出生起一直都在。储存原始录音的重建数据库不知设立了多少道备份，当然，所谓"原始录音"只是对早已遗失的版本的再创作。出了点儿小状况而已。明天早上就会修好的。

为防万一，我匆匆向技术部发了一条短消息。喝完茶我就上床了，但睡得不踏实。

---

① 歌名按英文字母顺序排列。

《悠游长风》

历史情景再现。"风儿"格林 饰 小提琴家奥利维娅·范迪弗：

"我们连着拉了九个小时。这场演奏会真是活力四射，但我们都已经略显疲态了。每完成一首，聊天的时间都会延长一些，好让手指头休息休息。我不记得话头是怎么起的，总之我父亲试拉了一首名为《幽林风瑟瑟》的曲子。在座的谁都没听过，他管我们叫无知的美国人。

"他进入第一段，听上去有点儿像《晨间烈酒》，但在《晨间烈酒》下行的地方，他以一个很有创意的小拉升取而代之。我父亲的小提琴技艺远高于在场的其他人，我们都在尽力紧跟节奏。第二段和《晨间烈酒》完全不同，我们倒没费什么工夫就跟上了。到了第二遍，第一段变了，我们只好停下来，听他一个人拉。第三遍同第二遍很接近，我们猜他已经记起了调子，就又加入了演奏。第四、第五遍都和第三遍一样。

"直到我们第二天起床之后，父亲才承认那首曲子他从来都没有记全，也就是说，我们前一晚拉的曲子可以算作他的原创。我们把这首乐曲定稿，命名为《悠游长风》，灌录进了第三张范迪弗家族密纹唱片。"

我外婆是一名宇航员。我们都不是。我们的词汇里已经没有"宇航员"这个词了。地球上的人还在用这个词吗？他们会提到我们吗，哪怕偶尔提一下？他们还在地球上吗？

我们的前辈当初离开地球时，被人称作"远征者"。共有一万名远征者踏上了这趟"不可思议之旅"，一个基因库、一个种子库和一个咨询理事会就是他们此行的依傍。这艘造了三十年的飞船凝聚了一批训练有素的专业人员，宇航员、工程师、生物学家、医生等等。有的新闻媒体将远征者称为"狂热信徒"，有的称之为"社会实验对象"，也有的誉之为"开拓者"。这些称呼我们都不会用在自己身上，因为我们没必要参照其他群体来自我定义。假如我们的确需要与他人做区分，那也一定是提到了远征前的事情。不过我不确定我们现在算是处于"远征中"还是"远征后"。

我的外公外婆相识于得克萨斯，那是远征之前，当时外婆还在接受宇航训练，而且航程有限，外公挺乐意娶一位宇航员为妻。但他拒绝报名加入"不可思议之旅"。他和另外两个孩子留在了地球上，也就是我的姨妈和舅舅，都比我母亲大。有时我会想象那些亲戚是什么样儿。他们的经历我一无所知。几代人都杳无音信。

理论上说，地球上的科学家现在有能力建造航速更快的飞船了。理论上说，在我们忙于飞行的这段时间里，速度更快的太空旅行应该已经启航了。理论上说，后来的飞船会更先进，能超到我们前头去，还能将远航者冷冻起来并适时唤醒，实现一代之内完成一场太空旅行的壮举。当我们抵达目的地时,来迎接的将是我们自己的祖先。我是看不到那一幕了,我的曾曾曾曾曾曾孙辈也许能看见。不知道宾主双方会聊些什么。

　　下面这个故事是经过验证的史实。开头是:"从前有个人叫莫内·布鲁克斯。"这句话一般用来吓唬小孩子,敦促他们去写作业或在课堂上好好听讲。没人愿意成为警世故事里的主角。

　　从前有个人叫莫内·布鲁克斯。启航后第四年,他执行了一次电脑升级,无意中在船载数据库里开了个后门。又过了六年,一个心怀怨愤的年轻程序员特雷弗·杜布释放了一个病毒,彻底摧毁了若干个数据库,包括备份。他放过了几个"关键"系统——导航、生命支持、医疗、种子、基因数据库——而对资料文献类数据库造成了毁灭性打击。音乐没了。文学、电影、游戏、艺术、历史,没了,没了,没了,没了。虚拟现实模拟库,没了,随之一起消失的还有各种游戏、培训程序以及模拟地球各处的沉浸式体验程序。他还切断了外部通信。我们成了一群孤零零的人,比预想的提早了好多年。从此与世隔绝。

　　出于某种原因,跟这场大灾捆绑在一起的是布鲁克斯这个姓。杜布给关了起来,布鲁克斯依然可以在社区里自由活动,只是得忍受众人的指指点点和羞辱。我们有个俚语"布鲁克"就来源于他的姓。他在后半生不得不时时听人说这样的话:考试考得布鲁克了,跟谁的关系布鲁克了。我猜他那名字再美也不顶用了。这个词可以追溯到古英语、荷兰语和德语。比较生僻，意思是小溪。[①]这个名词我们已经不用了，飞船上没有小溪。和他同一批上船的人还记得小溪是什么，但再也没见过。这个词本来还能当动词用，跟小溪不沾边，也早就被人遗忘了。他的同时代人为这个名字创造了一个新动词。

此后他加入了一个团队，专门从事数据防护升级工作，以免悲剧重演，一直干了十六年，最后自杀了，但这些都已经不重要了。没人愿意谈论杜布或他的动机，人们只会提到屏幕统统变黑的那一刻，以及布鲁克斯对整个灾难应负的责任，这是在事后追查中浮出水面的。

平心而论，我无法想象他们的恐慌。他们是第一代远征者、第一代船员、第一代咨询理事会，与出发时相比几乎没什么变化。他们肩负着维持数据库完整性的重任，使我们的历史得以流传下去，同时确保他们自己不会丧失心爱的娱乐活动。那些电影、连续剧、歌曲能让他回忆起永别了的家园。

媒体数据库对第一代远征者的重要性是我无法想象的。他们来自地球的各个角落、不同的文化背景。对于某些少数群体，数据库是他们与族群相联系的唯一纽带。难怪当时他们的反应会那么大。

有时候我的确会想，如果这起旅途事故不是发生得那么

---

① "布鲁克斯"原文"Brooks"，即"brook"（小溪）的复数形式，对于飞船乘客而言是个生僻词，而"brook"做动词时意为"忍受"。

早，事态是否会朝另一个方向发展。假如带上船的文艺宝库未遭毁灭，我们会不会在此基础上自然演进，而不是像现在这样紧紧抱着旧事物不放？生活没有假设，但这个疑问始终萦绕在我的心头。

　　周五我没课。我二十几、三十几、四十几岁的时候，连拉七小时琴，几乎一夜不眠，稍事休息就能恢复体力，如今可不行了。通常我要睡到周五中午。这次我十点钟就睁开了眼，醒得既突然又彻底，感觉像是丢了什么东西。我瞥了一眼门边的角落，确认没把小提琴忘在娱乐厅里。

　　我冲完澡，登录学校服务器看看有没有学生提前交了作业——没有——随后查看通告系统是否有新情况会影响我今天的日程。系统标出了几条禁行街道，我很容易就能避开；系统还提示"新莎士比亚"与"中国文化"这两个数据库因维护而暂时关闭。看到这条信息，我想起了昨夜出错的那个数据库，心又抽紧了，赶紧调取《悠游长风》，万幸的是我找到了这首歌，就在它应该在的位置。

　　门铃响了。每周五是我和哈丽雅特共进午餐的日子。虽是当天的第一顿饭，我们俩还是管它叫午餐。"老时光"的第二天她也不会早起。平时我都是睡到最后一刻才醒，一骨碌起床，把衣服往身上一套，心里清楚她会跟我一样。今天我扫了一眼屋子看看像不像样。有几件脏衣服堆在床上，不过都被私密屏风挡住了。过得去。

"你坏了规矩，罗茜。"门一开她就盯着我的头发说，"你冲过澡了。"

"我睡不着了。"

她耸了耸肩，一晃眼就坐上了我刚才坐的那把椅子。她把一头真发染成乌黑，上面扣着一顶无檐帽。哈丽雅特比我年长三十岁，身材却依然修长结实，动作也敏捷自如。过了几十年，我才不再仅仅把她看作外婆的朋友，而是当成自己的朋友来对待。而今她对于我亦师亦友。我是历史老师，她是音乐历史学家。我是小提琴手，她是小提琴大师。

我递给她一杯薄荷茶、一碗粥、一把勺子。餐具是外婆留给我的，地球货。每当我把这只印有"布雷顿角小提琴手协会"的缺口马克杯递给哈丽雅特，她总是微微一笑。

她端起杯子凑近脸庞，吸了一会儿薄荷味的热气。"现在说说昨晚为什么迟到吧。你把第二排的位子丢了。凯姆·波特占了你的座儿，他那个运弓水平真够呛，害得我忍了一整夜。"

"凯姆没那么糟糕。他没跑调。"

"他是没跑调，可上第二排还不够格。他拉着拉着就把节奏给布鲁克了。你应该当面指出来。"

"我可不会！"

她双手捧起杯子又吸了一次。利亚特几年前就和我分开了，不过她还是会给我带温室里栽培的正宗薄荷。我知道哈丽雅特好这一口。"我了解你。你脸皮太薄。可让别人清楚自己的位置没什么不好意思的。下一回我来说。"

她说到就会做到。她从我外婆手中接过"老时光"主持人的重任,一如既往地维持着外婆定下的标准。在我有资格正式进入第二圈之前,曾不止一次被她俩赶回到外圈。

"你够格了我会告诉你的,罗茜。"外婆这样说,"总有一天那儿有你的位置。"

"你知道'风儿'都是有啥说啥。"哈丽雅特道出了我的心声。

一听这个绰号我突然想起那件事来。"《悠游长风》!"我说,"昨天晚上数据库出毛病了。这首歌没了。"

她把杯子推到一边,敲了敲桌面将其唤醒。

"因维护而暂时关闭。"她大声读了出来,眉头紧皱,抬头道,"我不喜欢这个样子。我得亲自下一趟技术部问问。"

她站起身,连再见都没说一声就出去了。

哈丽雅特说起话来斩钉截铁,不由得你不同意。假如她说你不属于第二排,那就说明你还不够格。假如她说不必操心这首歌的事,就算我有些忐忑,也还是会愿意相信她。但愿没出什么问题,但愿只是她反应过度,黑屏时期的过来人都对这类状况特别敏感。我连她第一个问题都还没来得及回答,不过正好,我还不确定是否要跟她提纳尔逊的事。

周五下午我照例要去日托所接外孙和外孙女,在医院工作的纳塔莉当天下班比较晚。如果说有什么事能让我忘却烦恼,那就是追着小屁孩到处跑了，能累得我脑子里空空一片。

"山羊？"泰拉问。她刚满两岁，她哥哥乔纳四岁。

"去看山羊可以吗，小家伙？"我问乔纳。

他隐忍地耸了耸肩。他对动物兴趣不大，更喜欢玩游戏，但上礼拜我们已经玩过游戏了。

"那就去看山羊。"

农场占了一大片底层甲板，毗邻垃圾处理厂。我们搭乘管道列车，转了一次车才来到农场，乔纳一路走一路摁亮屏幕，而泰拉一直在玩我的头发。

我一贯很享受从管道列车步入农场的感觉，这里的空间相对开阔，足有八间娱乐厅那么大。空气刺鼻而馥郁，所采用的循环器机型与生活甲板的不同，功率要稍大一些，可还是没有风。连微风都算不上。人造太阳则与其他甲板几乎没什么区别，就是光线略强一点儿。这里的触感也不一样，植物的表面、动物的毛皮摸上去都比较柔和，没那么多触摸屏。如果眯起眼睛，我可以想象出一座真正的农场，仿佛已经登陆了我们前方或后方的某一颗星球。其他各层甲板上的所有设施都是为保持人类身心健康而设计的，只有农场专用于维持另一种动物的生存。在这里待上一会儿我总觉得兴致盎然。

想当初，带不带山羊这个问题引起了我外婆那一代决策者们的争议。反对者认为山羊浪费食物、空间和资源。"风儿"站在支持者一方。山羊可以弥补人造奶肉制品的不足；还能用于培训兽医和研习畜牧技术,为有朝一日登陆星球做好准备;更别提山羊是活的基因备份了,万一基因库出了岔子不至于无法挽回。另外,飞船上没有猫狗等家养宠物,山羊可以起到替代性的心理抚慰作用。

"风儿"赢了辩论,她总是获胜的一方。他们在预算中增加了一小群非洲侏儒母山羊的开支。当时依然有人持反对意见。争论一直持续到黑屏事件才突然熄火,与此同时,大家对这趟旅行会按原计划完成已经不抱希望了。

这些事情是外婆在母亲离家后第三周跟我说的,那时我依然以为母亲准是不喜欢我了。

"你抓过山羊吗?"外婆问我。

我没抓过。见当然见过,只是参观者只准看不准摸。为此,外婆特地征得了饲养员的同意。之后,我徒劳地抓了二十分钟山羊,它们可是一百个不情愿被人抓住。三周来我第一次像以前那样哈哈大笑。每回我带孙辈来爱抚山羊,总会想起这件事,但我不希望他俩会有什么不愉快,逼我使出外婆的绝招来。

我预先打包了一点儿剩饭,好让乔纳和泰拉给那些爱咬人的小东西喂食。它们刚吃完剩饭,就咬起了泰拉的毛衣,搞得她又惊又喜。我两眼紧盯山羊的牙齿和孩子的手指,要保证离开时每人还是十根指头一根不缺。

"克莱女士。"有人叫我,我抬头看了眼,又立马低头去盯着孩子、手指头和山羊。船上的人都依稀见过,不管哪个,瞧上一会儿就会觉得脸熟。但我当老师已有二十多年了，即使是我教过的学生，如果不常来我那层甲板，我也不一定认得出来。

"克莱女士，我跟纳尔逊的爸爸是好兄弟。算是纳尔逊的另一个爸爸。我叫李。我想你认识阿什。"阿什是哈丽雅特的孙子。他们都不肯碰乐器，让哈丽雅特失望透顶。

李和纳尔逊一点儿都不像，这时我想起哈丽雅特说过他们选择了纯基因库育子。对于许多人而言，有计划地丰富家族基因谱系是一种无法抵制的诱惑。

"很高兴见到你。"我说。

"如果孩子给你惹麻烦了，我很抱歉。"李说，"他正在经历特殊时期。"

"特殊时期？"有时装一下糊涂比附和对方更能引出有意思的回答。

"他认为学校把教育方向弄错了。说凡是未来登陆星球后不能直接应用的知识，就没有必要去学。还说什么学生本该学习新事物，现在却被灌输旧观念。我不知道他的这些想法是从哪儿冒出来的。"

我点点头。"你在这儿工作吗？"

李指了指自己粪迹斑斑的工作服。"不过纳尔逊喜欢这儿。农业符合他的世界观。"

"但历史不符合？"

"历史、古典文学，还有其他不能直接拿来用的知识。我知道他多半在惹事,可他是个好孩子。只要找到自己在这个世界中的位置,他就安生了。"

泰拉正抓着一把可疑之物喂小黑羊。乔纳似乎在想法子骑到一只羊的背上去,我连忙按住他肩膀没让他得逞。

"跟我谈谈黑屏事件吧。"我在视频开头说,这段视频是我上学时拍的。当年我十八岁,已经是一名历史研究人员了。嗓音听上去年轻许多。我没出现在画面上,不过我能想象自己十八岁时的样貌。高高的,笨手笨脚,肤色比我妈深一些,比我爸浅一些。

"我觉得没有一个人不恐慌。"我外婆开始说话了。她的紫色头发朝后绾成一个蓬乱的髻,坐在自己的舱室里——如今归我住——墙上挂着她在布雷顿角拍的照片。

"一旦我们搞清那次故障没有影响导航系统,也没有影响为我们提供空气与饮食的维生系统;一旦我们查清罪魁祸首是一种已知的病毒,而且损失已无可挽回,唉,我们就只能面对现实了。"

"罪魁祸首是人,而不是病毒,对吧?"

"一种释放电脑病毒的思想病毒。"说到这儿,她的脸抽搐了一下。

我回到比较温和的话题。"每个人'就这样面对现实'了吗?跟我听说的可不一样哦。"

"'每个人'包括许许多多人。小孩子很快翻篇儿了。他们欢蹦乱跳,溜冰,在各个娱乐厅蹿来蹿去。年纪大一点儿的——那些依赖外部娱乐资源的人——就比较麻烦,很难过这个坎儿,我觉得。"她狡黠地笑了笑,"问问你爸爸是怎么丢了小指头的,要是你还没问过的话。"

"小指头就是那时候丢的?"

"还用说!那年他十八岁,突然冒出个玩命的念头,要在电梯顶上搭一下便车。他能活下来运气算好的。"

"他告诉我是叫山羊咬掉的!"

外婆哼了一声。"我猜猜,是不是你说长大要当山羊饲养员,他就跟你说了这话?"

年轻的我没有回答。

她耸耸肩。"没准儿他不想让你知道电梯牛仔的蠢事。"

"可他不是个爱玩命的人。"

"后来再也没玩过命,自打出了事以后。第二年有了你就更不可能玩了。不管怎么说,你问哪些人'就这样面对现实',算是问到点子上了。小孩子不太为这事发愁,因为他们没那么多过去可以跟当下比。当然你主要想了解大人的心态,还有'记忆项目'。"

"对,这就是我的课题。"

"好,那就说说。当时那批人全是在地球上出生、地球上长大的。他们报名远征的时候,都抱着一腔浪漫情怀,立志开拓一个更美好的世界。头几年那种混杂着兴奋和恐惧的心情，你连想都想不到。只要一出什么故障，比如一台复制器布鲁克了，一架风机断电了，哪怕是再小的问题，都会有人嚷嚷我们这是把全家送上了'一条死路'。"她用夸张的语气说出"一条死路"四个字，还朝我勾了勾手指代表引号。"船员、后勤部或技术部一出手就轻松搞定了那些问题，他们马上不吵不闹了。告诉他们一切都没有失控，说多少遍也不管用。只有时间才能让人安定下来。

"在飞船上过了十年，我们终于让大家伙儿放松了绷紧的神经。人人各司其职，最终每个人都默默地尽着自己的责任。一条热水管偶尔不出热水并不代表快要船毁人亡了。当然，要担心的事不是没有，可那些事都太宏大，想了也白想。跟现在一样，你明白吗？再说当时我们有数据库，那个了不起的数据库囊括了人类有史以来的全部杰作，世界各地的音乐、文学、艺术都在里面，涵盖上百种语言。

"然后特雷弗·杜布把一切都毁了。这部分你了解，就不啰唆了。莫内·布鲁克斯干了一半，杜布那家伙干了另一半。所有远征者本来都梦想自己孩子的孩子的孩子总有一天能登上一颗新星球，突然之间，他们不得不解决自己孩子的问题了。他们不可避免地会想，后代再也看不到听不到他们珍视的那些作品了。他们给子子孙孙留下的是几面光秃秃的墙壁。他们等着——我们等着——苦等数据库复原。后来他们意识到：嘿，我不能就这么干等着数据库自己回来，要行动起来，为曾曾曾孙辈留下点儿什么。"

她身体前倾。"于是每个人都为自己最在乎的事付出了加倍的努力。有些人本来对什么都不太在乎,就在那时又开始信教了。船上仅有的一些纸质书被奉为神圣的原本,包括那些本就被视作神圣经文的书籍。私人收藏的零零碎碎的媒体,从相片到色情图片——别笑——统统做了复制,成为全员共享资料,但数量不多,跟我们丢失的无法相提并论。

"本来一直在萎缩的文化组织发现会员人数猛增,达到了启航以来的最高峰。演员们把自己熟悉的剧目全部搬上了舞台,还录了像。有人尝试凭记忆重新书写心爱的图书和戏剧,重新绘制心爱的画作。同一原作的再创作版本各不相同,不过其中总有最接近的版本。也就在那段时间,我们把每月一次的演奏会改成了每周一次。"

"我还以为一直是每周一次呢,外婆。"

"不是的。我们放弃了其他娱乐活动,不让精力分散掉。我们担心歌曲背后的故事会被遗忘。有组织的记忆项目就是由我们发起的。要确保我们珍视的东西一代代传下去,记忆项目似乎是一个最好的办法。别人看见我们找到了一条行之有效的途径,既可以解决问题,又能让人有事可干,于是纷纷效仿,成立了各种各样的记忆项目。我们把演奏曲目全部过了一遍,精选了四十首最想保存的歌曲。每个人都有重点负责的乐谱,也有义务回忆其他曲子,多多益善。我们熟悉了乐谱之后,又开始从大家的记忆里搜集歌曲的背景资料,记住每首歌的历史,比如发源于何地,表达了什么意义。再后来,我们重新记录了这些历史背景,好传授给年轻一代,让每一首歌完整地代代相传。顺便说一句,就这样传到了你这儿。"

"我知道。"

"提醒一下,你问的东西人人都知道。"

"这是课题。不问不行。"

"好吧。总之,我们抓紧时间重录了所有歌曲及其历史背景,并且记在了脑子里,以防数据库再一次给人毁掉。其他人也都记住了对自己具有重要意义的东西,比如民族历史——那些正史不会记载的逸闻——民间舞蹈、宗教信条。演员们从一张白纸开始排戏,尽管有些内容与原作有出入。还有那些可怜的爵士乐手。"

"可怜的爵士乐手?我觉得爵士乐都是即兴的。"

"是有大量即兴作品,但一部分出类拔萃的演奏已经为整个流派树立了标杆。庆幸的是,咱们的音乐并不特别依赖独奏水平。咱们用小提琴录完了全部曲子,那些歌依旧是那些歌。但是,船上没人能把《那又怎样》吹出迈尔斯·戴维斯[1]的神韵来,也没人及得上约翰·克特兰[2]。他们的曲子还在,可表演风

---

[1] 迈尔斯·戴维斯(Miles Davis,1926—1991),美国爵士乐演奏家、小号手、作曲家和指挥家,《那又怎样》(So What)是其代表作之一。

[2] 约翰·克特兰(John Coltrane,1926—1967),美国爵士萨克斯风演奏家和作曲家。

格传不下来，这样讲你能明白吧？要是你外公上了船，非崩溃不可。不管怎么样，我说到哪儿了？人脑备份这个点子就流行开了，当然有的效果好些，有的效果差些。这是为出现最坏的情况而做的准备。"

"你负责记忆哪两首歌的历史背景？"

"所有曲目都帮忙记忆，这是我志愿承担的。分内的活儿跟你一样，《忍冬花》和《悠游长风》。你知道的。"

"我知道，外婆。这是课题。"

《幽林风瑟瑟》

历史情景再现。马里厄斯·斯米特 饰 布雷顿角小提琴制琴师豪伊·麦凯布：

"范迪弗说得没错。确实有一首曲子叫《幽林风瑟瑟》。我曾爷爷拉过。这首曲子对大多数小提琴手来说都太复杂了。现在我只记得一点儿。本来还有歌词，一种盖尔语的，一种英语的。这一点范迪弗好像没提到过。这歌多半还有一个盖尔语标题，也一起失传了。

"我曾爷爷从小到大没少参加正宗的缩绒歌会①，那时还没有机械缩绒工艺，缩绒歌会也没变成单纯的社交活动。我还记

---

① 一种源于苏格兰和加拿大东部的传统社区活动。这种集会最初是为了对新织物进行浸湿、抓捏、揉搓、甩打等处理，以完成缩绒工序。在集会过程中参与者齐唱劳动号子，统一动作节奏，亦有娱乐性质。

得少数几首盖尔语歌曲，因为这些歌都有缩绒号子的节奏，一听就印在了脑子里。《幽林风瑟瑟》不是这类歌。据我所知，它自来就是一支小提琴曲，只是不太一般，因为演奏难度特别大。

"我只记得第一段的英文歌词，现在肯定想不起旋律了，就按《悠游长风》的调子唱吧：

"我们走进刮风的林子

风往哪儿去从来不知

何时回来同样不太好说

来了能否认出也没把握"

周一纳尔逊按时交上了议论文。开头是：

在我们的作业里就能看到许多历史重演的例子。有些统治者不会从其他统治者错误中吸取教训。

我在第二个"统治者"后面加上了个"的"，继续往下读。

你了解他们，因为你上课时讲述过他们的所作所为。为什么还要我反过来写给你看呢？所以，我将从另一种角度写一写历史重演这个题目。看看你的周围吧，克莱女士。

我之所以在这艘飞船上，是因为我的曾祖父辈决定要在飞船上度过余生。他们觉得自己是无私的。他们觉得在做自我牺牲，好让他们孩子的孩子的孩子，总之早晚会有那么一代子孙成为登陆某颗星球的先驱。那颗星球上的居民还没有开始自相残杀，先驱者们也相当确定他们不会对异族动杀机，其实是希望那儿最好不存在智慧生命。曾祖父辈的决定把我们都锁定在他们的轨道上了。

于是有了我们。我的父母都是在这艘飞船上出生的。我也是。我的染色体取自基因库，贡献染色体的两个人在我出生前几十年就已经去世了。

假如不重演历史，我们又能干什么？我能做哪些船上还没人做过的事呢？我会在两年内选定一门专业。我可以饲养山羊，像我爸爸那样。我可以成为工程师、医生、牙医或园艺师，都是以这样那样的方式维持我们生存的职业。我也可以成为像你这样的历史老师，但无疑我不会考虑。我还可以成为专搞理论的农艺师或其他什么师，学到的东西永远无法应用在船上，只能传给孩子、孩子的孩子，让他们也一代代传下去，指望有朝一日用得上，前提是真有那么一个地方在等着我们，而且我们最终到得了那个地方。

但另一方面，我永远不可能站在一座真正的大山上，我不可能当国王、首相，或是搞种族灭绝的暴君，就像你在课堂上讲的那些人。我不可能成为纳尔逊勋爵①，就是那个戴着大帽子的白人老头儿。你可能以为我的名字是向他致敬，实际上我的名字来自一只山羊，山羊的名字源于地球上某个老农夫的一匹马，马的名字取自一本书、一支乐队或一个节目里的某个人，这

---

① 指第一代纳尔逊子爵霍雷肖·纳尔逊（Horatio Nelson，1758—1805），英国18世纪末至19世纪初的著名海军将领及军事家。

个人可能是纳尔逊勋爵或纳尔逊·曼德拉，也可能是别的什么纳尔逊，他的生平你没法儿告诉我，因为我们已经把他遗忘了。

这些久远的历史再也不可能重演了，我们这一代新人对任何事物都不会产生影响。我们并没有在创造历史。我们仿佛处在大洋的中间，海岸遥不可及。到了终于下船的那天，我们势必经过了旅途的改造，而你还想把所有的包袱压在我们身上，好让那时的我们跟启航时一模一样。这不可能，也不应该。

我关闭屏幕，合上双眼。我可以给他这篇文章打个不及格，理由是没按要求写，但他是有意为之。

《幽灵温迪哥》①

传统曲目。已佚。

哈丽雅特·巴里：

"又一首只留下名字的歌曲。我个人认为《幽灵温迪哥》与《幽林风瑟瑟》是同一首歌。有些布雷顿角人迁入阿尔冈昆部落所在地时，将这首歌教给当地乐手，后者听错了歌名，并将其与本地魔怪传说相结合。不久后，安大略地区又流传起一首名为《有一天我离开》的歌曲，不过在安大略和芬兰之外从来无人对其感兴趣。"

---

① 原文"Wendigo"，北美阿尔冈昆部落传说中的食人魔，与前文"Windy Grove"（幽林风瑟瑟）及后文"When I Go"（有一天我离开）音近。

假如只能播放以熟知事物为主题的歌曲，我们就得删去大量歌单了。剔除风。剔除树。剔除战争，剔除海洋，剔除溪流，剔除山顶。我们可以歌唱旅者，却唱不了旅行。可以唱中间，却唱不了始与终。我们可以播放咏唱等待与渴望的歌曲。可以播放情歌。

为什么不能放关于星星的歌呢？你会问。为什么不能放关于黑暗和太空的歌呢？传统主义者不会放。我也不知道谁会去写这些歌。地球上的人会写蓝天，那是因为他们的天空是灰色的。他们写黑夜，是因为有白昼。关于牢狱的歌痛彻心扉，因为主人公了解过去的自由，同时梦想出狱后的人生。对于我们而言，过去和未来仅仅是抽象概念。

我女儿纳塔莉十几岁时在一支乐队里拉小提琴。这支乐队如果上传过作品到重建的数据库，其风格会被归类为"其他/未定义"。他们的理念之一是自己不录音，并要求别人也不得录音。要听他们的音乐必须亲临现场。我想，她听过我、外婆和哈丽雅特的演奏，赞同这样的理念是自然而然的事。

我借回了我和她在孩提时代都用过的那把学生提琴。她说不希望我去听他们演奏。

"你肯定会说听着像噪音，要么就是我的把位不准。"她说，"更糟的是，你会说我们的音乐听上去跟2030年那支乐队的没两样，我们的歌词借鉴了什么什么什么。最后我会觉得我们从里到外剽窃了某个音乐家的作品，虽然我一耳朵都没听过。而我们想做的是全新的东西。"

"我决不会。"说是这么说，我心里还是结了个疙瘩。听到她练琴，我不发表意见。哈丽雅特抱怨音乐人不该浪费时间搞创作，而应当投入精力保护传统作品，我忍住不接话茬儿。

我的确去听过一次他们的现场，那是在七甲板娱乐厅。我站在后排的阴影里。在我听来，那声音好似在电梯竖井顶上冲着下面大喊大叫，活像带着阵阵回声的鬼哭狼嚎。这些歌都起着《因为这是我说的》《恐怖形式》之类的名字。一首结束后他们会吼出下一首的歌名，但扩声系统已经失真了，连歌名我都有可能听错。

我点了点，乐队里有十五名小乐手，来自船上不同音乐团体：爵士、摇滚、古典、祖克①、中国戏曲、西非鼓。他们的演奏不同于我以往听过的任何一种音乐。我始终没闹明白，这种演奏是杂糅了他们自小耳濡目染的传统音乐呢，还是在彻底拒绝传统。

我的耳朵不知道该听什么，只好专注于纳特②的声音。她依然展示出得益于儿时训练的良好技巧，可我不知道该如何去听她运用技巧的方式。与其说她在拉主旋律，不如说是在拉节奏，在制造旋律底下的铺垫音色，与鼓配合形成复合断音节奏。

当她演奏起《悠游长风》时，我差点儿没听出来。如果我

① 原文"zouk"，流行于法国和加勒比地区的一种音乐。
② 纳塔莉的昵称。

仅仅关注整体而没有把注意力集中在纳特身上,那就根本不会留意这首曲子。她拉的是紧随另一条旋律的对位旋律,节奏强劲而调性未变。哈丽雅特准会讨厌这类再创作,我倒觉得有一种安静的力量,隐匿在喧嚣之下。

我从没告诉纳特那晚我去听过演奏,因为我不愿意承认。

我研究过朋克、民谣、嘻哈的发端,还有与反抗音乐同时兴起的反抗运动。音乐起源于想要改变现状的人群。我女儿和她的朋友们能改变什么呢?人们希望改变的又是什么?飞船一如既往地航行着。他们的乐队一年后解散了。纳特再次交出小提琴,埋头攻读医学去了。正如他们所承诺的,没人上传过他们的音乐。所以,除了我这里的记录,没有其他证据显示这支乐队曾经存在过。

那把立式贝斯是我外婆偷运上飞船的,现在归道格·凯利所有了。上船时,这把贝斯在外婆所享受的专业人员行李配额里归类为"其他材料"。原始舱单显示:其他材料——超大号木箱一件——200 cm × 70 cm × 70 cm。当初我有一个课题就是调研舱单,试图厘清谁带了什么东西上船。我问外婆为什么填报重量远远大于这件乐器的实际重量。

"弦。"她回答,"箱子里填了布,塞进了一包包弦,有贝斯的,也有提琴的。我带上船的每只箱子,犄角旮旯里都塞满了弦、弓毛和松脂。我不相信复制器。"

那时这把贝斯属于约恩纳·里奇。外婆有一张"老时光"首批成员在船上的合影，约恩纳在贝斯旁边显得十分娇小。这把贝斯还是四分之三尺寸的，跟她一比已经是庞然大物了。我跟她无缘一见。外婆说："从没想过这么矮小的女人会有那么大的一双手，还能运指如飞。"

后来约恩纳关节炎恶化无法继续弹奏，就把贝斯传给了马里厄斯·斯米特，"身材比她高大一倍，水平只及得上她一半。"接下来是吉姆·里金斯、艾利森·斯米特、道格·凯利，外加各时期的第一、第二替补乐手。这些都是"老时光"成员。这把贝斯还在几个爵士乐团和一支管弦乐团"兼职"。

只要是乐器多面手，重量与空间配额就不成问题。物流团队与心理福利团队就配额问题展开过无数次争论与协商，并一而再再而三地妥协。最后他们为以下器材留出了空间——公用的架子鼓四组（爵士鼓两组、摇滚鼓五件套两组）；适合摇滚与爵士，可接贝斯、吉他、键盘的各类功放二十二套。另有三种中国古筝，每种两架；三十二种非洲鼓，共计一百零三面，从金贝鼓到卡林博鼓[①]一应俱全。每间娱乐厅各配一套扩声系统，但全船只有一把大号。受聘于委员会的音乐心理学家搞不明白，干吗不选一把电贝斯作为节省空间的折中方案。[②]于是我外婆

①金贝鼓（djembe）和卡林博鼓（carimbo）均为起源于非洲的手鼓。

②立式贝斯原文为"upright bass"，也称低音提琴，是有木质共鸣箱的大型弦乐器；电贝斯（electric bass）是体积更小、通过电子放大器发声的乐器。二者音色和演奏方式完全不同。

干了那档子偷运的事。

地球上的委员会觉得能猜到我们启程后五十年、八十年、一百八十年需要什么东西，他们哪儿来的自信？他们给我们配备了最先进的复制器，配备了尽善尽美却注定毁灭的数据库，还配备了各种程序和模拟器，用于训练各阶段所需要的技能。然而，谁也没有精确预测未来的模型。他们没法儿预知数据库布鲁克事件及其产生的后果。假如委员会里有一名地道的音乐家，他们就会理解我们需要一把立式贝斯。我很庆幸，身边还有不少实物是由于外婆的争取而留存下来的，比如立式贝斯、侏儒山羊。还有她的小提琴，现在是我的。

周四我一进教室，就发现有人黑掉了我的显示墙。原来的图片涂上了一行行潦草字："集体记忆 ≠ 真相""历史是虚构的""过去是谎言"。这些文字是从本地终端覆盖上去的，并未篡改原始数据。我的个人文件没有遭到侵入或永久性破坏。这些涂鸦很容易删除，也很容易查出是谁干的。我留着没管。

学生们陆续进来了，我观察着他们的表情。有的完全没注意到发生了什么，沉浸在自己的耳机里，懒洋洋地往座位上一坐，头都懒得抬一抬。只有少数几个发出了窃笑，或者瞪大眼睛交换着眼神。

纳尔逊进来时脸上挂着得意的微笑，这是对我的挑衅。他看都没看显示墙，过了一会儿才发现我并没有清除他的杰作。

这时,他的微笑变成了困惑。

"你在想我为什么没在你来之前把墙上的字擦掉。"

后知后觉的那些学生这才开始环顾四周。"哇噢!"有人惊呼。

"首先,假如我留着这些字,就更容易上报,破坏公物和黑客行为都是违法的,我想要查出是谁干的并不难。不过,由于没有造成永久性损害,我觉得还是把这次违纪当成一次学习机会吧。"每个人都瞧着纳尔逊,他的脸红到了耳朵根儿。

我继续说道:"有人可能想问,让我们猜猜看,'克莱女士,我们怎么知道所学的历史是真实的?为什么历史那么重要?'我想他们料定我会回答'因为这是我说的'之类的话。但实际情况是,我们的历史完全是一笔糊涂账。历史以对事实的记忆为基础,而记忆是靠不住的。以前,他们可以将记忆与文物相互参照,然后对什么事发生过、什么事没发生,做出具有一定可靠性的判断。而现在我们已经丢失了绝大部分证据。

"那还剩下什么?"我指了指遭到涂鸦的相片,"我的任务是帮忙弄清哪些事值得记住,哪些事仍然值得称为事实或者真相或者你们愿意叫的其他词儿。也许历史不是最实用的学科,但并不意味着不重要。有一天你的孩子过来问你,我们为什么会走上远征之路,那时历史的意义就显示出来了。将来如果出了什么问题,我们可以回顾过去,问一声'以前遇到同样的问题我们是怎么解决的',而不必从头摸索,那时历史又会显示出意义来。先辈们遇到问题并不是默默忍受，而是叩问'为什么''怎么'和'假如'，正是这些人赋予历史以意义——先人曾经为了我们而苦苦反思，我们为什么要把先人抛在脑后呢？

"今天，我们讨论这艘飞船开始建造时地球正经历的气候变化，以及气候变化对政治的影响。下面先布置家庭作业，免得你们一堂课都提心吊胆的。采访对地球还有记忆的人。问问采访对象，他们自己或他们的父母为什么要上船，请描述一下记忆中当时的情形，还可以追问你们觉得合适的任何问题。把视频发给我之后，如果上传到口述史数据库可以获得加分。"

我扫视了一圈，看看有没有人提问题，结果全班一言不发。于是我开始按教案上课。

我跟他们差不多大的时候也做过同样的作业。那时更容易采访到第一代远征者，遇到这种事，外婆总是我的不二人选。那段视频已经淹没在口述史数据库里了，不过我早就牢牢记住了文件路径。

视频里外婆还很健康，身材匀称而结实，留着标志性的紫色头发。虽然我跟她很亲，可还是不知道她的头发原本是什么颜色。

"你为什么离开地球？"我问。

"实际上我并不认为那是离开。只是奔赴某个地方，而不是抛弃什么东西。"

"奔赴某个地方不是包含了要抛弃什么东西吗？"

"那是你的想法。我保留我的想法。"

"所有远征者都跟你想法一致吗？"

外婆哼了一声。"随便挑两个人问，都会给你不一样的回答。你问的是我，所以我告诉你我是怎么想的。当时我们有技术，有最棒的飞船。当时我们还有——现在仍然有—— 一个目的地，据调查那地方具备维持我们生存的完美条件。"

"你的孩子永远也到不了目的地，关于这一点你是怎么想的？"

"我想的是：我的女儿会拥有一个前人从未有过的人生，她这一代将制定与他人共存的处世新准则。"外婆耸了耸肩，"我发现这是个令人激动的想法。我本来还以为她会在过去那个地方一直生活下去，做做喜欢的事，做做讨厌的事，像别人一样过完这一生。"

外婆顿了顿，见我没问什么，便又继续说道："那时候还有更糟糕的生活。对我们家来说，上飞船似乎是最好的选择。不必再颠沛流离，而是朝着美好的目标前进。"

"地球上有什么东西让你怀念吗？"

"东西？不包括人？要是算上人，我怀念你外公和其他孩子，永永远远怀念。除此之外，我爱的东西没有带不走的。"她说着，眼神恍惚起来。

"一样都没有吗？"我特地又问一遍。

她微微一笑。"没有，能带的都带走了。大海。岸边的海风。当我沉浸在一首好歌里面，我还能感受到这些。"

她伸手去拿小提琴。

在那段视频中，有个问题本可以自然而然地趁外婆停顿时提出，我却故意回避了。用外婆的话说，母亲那一代"将制定与他人共存的处世新准则"，母亲自己又是怎么做的呢？这就是我可提而未提的问题，我觉得这些没必要让老师知道。我之所以不太提及母亲，是因为我们两个从来没有真正相互了解过。

她登船那年八岁。这个年龄对土壤、天空、风已有了成型的记忆。这个年龄也有资格把自己的小一号提琴带上船了。十四岁，她告诉外婆再也不想练琴了。

十八岁发生了黑屏事件。十九岁时有了我，那一年涌现了黑屏期婴儿潮，是咨询理事会与后勤部共同默许的结果。当时，能让大家心情愉快、情绪稳定的任何事，这两个管理部门都能接受，只要人口数不超出飞船的承受能力。

外婆央求母亲回归音乐，为记忆项目的"老时光"部分出力。她拒绝了。黑屏事件发生前不久，尚未毕业的母亲出演过一部叫《无事生非》的莎士比亚喜剧。她还记得希罗的台词，综合剧作家团体和莎士比亚粉丝团体都来邀请她加入各自的记忆项目，他们正在开足马力从头恢复遗失的剧作。

电影团体也向她发出邀约，请她加盟一个胆大到荒谬的项目。那个时期有我最喜欢的一个视频，是二十岁的母亲主演的一部叫《泰坦尼克号》的历史剧情片。那是一部老电影的翻拍版，所讲述的故事还要往前推好多年，以一起巨型海船事故为史实背景。

我母亲年轻、美丽、光彩照人。她一动，那条长裙就闪闪发光。她第一次给我看片子的时候我五岁，我唯一注意到的事就是她有多美。

七岁那年，我问她海洋会不会淹死我。

"这里没有海洋。是我们假造出来的，罗茜。"

想不通。我在屏幕里亲眼见过海洋，宽广得能把船围起来，像是一种液态的实体空间，若是漫涌到大街上能追着你跑，也能把你围住。母亲带我下到八甲板的摄影棚，他们正在翻拍一部叫《赛琳娜》的电影。长大后我才清楚，当时距黑屏事件已过去八年，他们还在对每一部重要影片排定抢救次序并逐一翻拍，尽最大努力还原，剧本都是人们在最黑暗的头几年里凭记忆重写下来的。我只了解这些翻拍的版本。

母亲向我展示如何制造一片海洋，如何制造一片天空。我坐上了一条船，其实并不是真正的船，由此我学到了船是什么。

"你怎么哭了，妈妈？"那晚我一边问她，一边从我的铺位走向父母的床。

父亲抱起我紧紧搂住。"她在哭那些再也找不回来的东西。"

"我不困。我们能再看一遍那部电影吗？"

一家人坐下来观看屏幕里我那年轻的母亲，看她遇上了某个人后陷入爱河，那个人是假扮的。他们同凶猛的水流赛跑，而我已经很有把握，知道那水永远威胁不到我和我的家人。大船沉没了——不是真的，没有海，什么都不可能沉没——救生船也离开了，一对恋人不得不相拥在一块门板上，直到黎明出现救援人员。

我十六岁时，母亲加入了一个狂热团体。也许就是她创立的，叫"新时光"，毋庸置疑，其矛头直指外婆肩负的使命。"新时光"主张为了人类的利益，应再次删除娱乐数据库，永久性删除。

"我们成天都在复制当初带上船的作品，消耗了太多创造性能量。"她说。我在自己床铺上听着，她正平静地把衣服塞进行李箱。

"你是莎士比亚迷！复制他的作品是你的责任。"父亲也从不拔高嗓门儿。这就是他俩的谈话给我留下的最深刻的印象：谁也不会破坏平静的气氛。

"我是莎士比亚迷，可除了粉丝，我还是一名演员。我想演新作品，跟当下的我们交流的作品，而不是总把我们当作地球上的人。我要创造的艺术应该讲述我们自己的故事。"

"你有家庭。"

"我爱你们，但我不能放弃这个。"

第二天清晨，母亲像平时上班那样跟我们两个吻别，然后随着"新时光"去了十四甲板。我不清楚咨询理事会耍了个什么手腕才迁出了十四甲板的居民，为一个意外冒出来的社群腾地方；也不清楚要给一群不事生产、纯搞艺术的群体提供什么样的生活待遇。人类历史上有过一些时期曾达到较高的经济水平，足够供养一批艺术家，但我们这一次不在此列。这些问题是我后来才问的。当时我只有对母亲的满腹怨恨。

说实话，我不知道自己有没有消过气。我从来没去看"新时光"不时推出的原创剧作，也从未了解过他们的艺术与音乐作品。我从来没搞清，我们这些人透过他们的特殊镜头呈现出了怎样的形象。我不反对新作品，而是反对他们这种观念：必须跟我们隔离开才能搞创作。如果他们已经脱离了我们的社区，所创作的东西又怎么能真正反映我们的经历呢？

他们再也没下来回到我们的生活中。我有了纳塔莉之后与母亲和解了，但她已经不是我记忆中的那个人了，我确信自己在她眼里也一定判若两人。有时她会下来陪纳特玩，不过我从来没让她单独和纳特待在一起，唯恐那种分离主义思想影响到我的孩子。

多年前的那个晚上，我去看纳塔莉那支短命乐队的演出，我躲在暗中以免惹恼她。直到听出《悠游长风》的那一瞬，我才意识到自己一直屏着呼吸。他们的理念有别于"新时光"所主张的拒绝一切过往,而是提倡新旧融合。

《游荡的风》

历史情景再现。阿科纳·姆沃沃 饰 威尔·E.沃马克:

"那时我姨妈为西好莱坞几户人家打扫卫生,他们经常送她唱片,她再带回家给我。我照单全收。每一张唱片都对我产生过影响,有西岸说唱歌手,有摩城歌手,有流行和摇滚,也有经典的小提琴演奏。我听到这首曲子之后,非常渴望拉小提琴,可上哪儿去弄一把琴呢? 没可能。

"我那首《游荡的风》改编自《悠游长风》——就是这张小提琴唱片——这首曲子改变了我。第一段有一个精巧的拉升,每次听了我都很感动。带歌词的版本我也在哪儿听过,但我还是喜欢弦乐版的,可以自己往里头填词。十岁那年,我写了第一版歌词。我觉得'悠游'二字听上去像小狗的名字,所以我给这歌起了个名叫《游荡的风》,'风'是一条狗的名字。我是个咬文嚼字的孩子。

"第二版是我十五岁时写的,内容已经记不太清了。那会儿我在线上搞说唱、录音乐,网上哪个角落多半还有备份。你找到了也别告诉我。那时我一心想当个浑球儿。我宁可假装那个版本从没存在过。

"之后,《悠游长风》我听了一遍又一遍。现在这一版应该是二十五岁时录的,当时我儿子刚出生,我想给他点儿真正有意义的东西。相比较'悠游长风'这个歌名，我还是更喜欢'游荡的风'，因为'游荡'两个字可以跟'家乡'啦，'诗行'啦这些词押韵。

（唱）

"风儿爱游荡

我也四处漂

余生还有长路迢迢

但我会回来

从来都这样

就像那风儿

回到你身旁

我们也许走上几周不下雨

每个黄昏太阳都会落下去

风时而温暖时而贴地飞翔

你和我长路迢迢相依相傍"

"我想以自己钟爱的东西为基础，创造出一样新东西。让它焕然一新。"

接下来的一场"老时光"以一支 G 调曲拉开了序幕。我外婆向来不太中意 G 调的乐曲，她去世后，以 G 调为主的演奏曲目比她敲定曲目时多得多。先是《南方的花》，接着依次是《沿河而下》《松鼠猎手》《松鸦死于百日咳》《漫漫回家路》《汽船上的淑女》。

哈丽雅特在第三个钟头喊了休息，说回来后再奏一些 D 调曲，从《午夜水上》开始。我了解她的排曲顺序:《午夜水上》《波拿巴的撤退》《悠游长风》。我敢肯定这套曲目是她特地为我定的。我想她很乐意看见我回到了第二排，而且没迟到。

大部分人要么站起来伸懒腰，要么放下乐器去吃点心。有几个小提琴手，包括我，借此机会把琴弦调到 DDAD。这些曲子都可以用标准定弦拉奏，但 D 调的深沉低音能增添一种难以言喻的意境。

人来齐后，哈丽雅特的倒数声引领我们进入悠扬的圆舞曲《午夜水上》，随后是沉郁而激昂的《波拿巴的撤退》。接下来，果然是《悠游长风》。

一支曲子无论奏多少回，都不可能奏出一模一样的两遍。我还在思考纳尔逊的涂鸦，思考历史于我而言为何绝不会是谎言。历史是不断演进的。我似乎听到了《悠游长风》的自我表白: 在星际飞船的"老时光"演奏会上，在弓弦相触的那一个个特定瞬间，我们屡屡重获新生。让我们重生的不是飞船，不是演奏会，不是琴弓，不是琴身，也不是双手。而是所有这一切的集合，这种集合永远无法复制。我们是一首老而又老的乐曲吐出的新芽。我们是人与人、木头与血肉的汇聚。我们是琴弓与琴身、双手与记忆、星际飞船与"老时光"的交融。

《悠游长风》朝着我喁喁细语。我合上双眼，像外婆那样感受风，仿佛站在临海的悬崖边。我们反复演奏第一段和第二段，三遍，四遍，五遍。我眼睛闭着，沉浸在乐曲中，心已飞出了房间，完全没有留意哈丽雅特的结束信号。除了我，其他人一齐收声了。更糟的是，我还拉错了调。这几小节的意外独奏在寂静中尤显突兀，我马上意识到自己偏离了原曲。《悠游长风》还是《悠游长风》，或者说八九不离十，可我用滑音连接了第三、第四小节，形成了一个飞扬起伏的意外。

哈丽雅特瞪了我一眼，这目光我能理解：既表示她很恼火，又是对我的斥责。以前我对学生也用过类似的眼神，而我自己已经很久没当这种目光的靶子了。

"对不起。"我说，不过我更懊悔那种感觉已经消失了，我把风丢了。

我提前溜了出去，其他人还在演奏。我不想跟哈丽雅特说话。回到家后，我试着再现刚才拉错的乐节。我能听到脑子里的旋律，可怎么也拉不出来，半小时后，我放下了小提琴。

第二天上午我不想见哈丽雅特，但如果取消约定，只会雪上加霜。这一次我又起得比较早。琢磨着是不是该冲个澡，好叫她换个生气的理由。后来打消了这个念头，因为我觉得她会把两种不满叠加起来，而不是用后一个替掉前一个。

这回我们俩约在她那儿碰头。她的舱室要往上走三层甲板，比我那间略小，到处堆着档案盒和一摞摞手写的散页乐谱。

"昨晚怎么啦？"她开门见山。

我举手做恳求状。"我没留意你的停顿信号。非常抱歉。你不久前刚说过我有资格待在内圈什么的，我就辜负了你的信任。再不会有下次了。"

"但你连拉都没拉对。这可是你的主打曲之一啊。你已经拉了五十年了！大家都在说闲话。下个礼拜等着别人来拿你开涮吧。其他事都够不上八卦，所以他们不会放过这事的，除非有谁再干出一桩蠢事来。"

我无言以对。错过停顿信号的确挺蠢的，但说心里话，改一下曲子我并不觉得有什么不妥。那是一阵不一样的风，我外婆会这么说。

"那天数据库出错的事有回音了吗？"我换了个话题。

她皱起眉头。"没有。技术部光说这是个读取问题，不涉及数据库本身。只对个别条目有影响。如果直接输入名称，而不是通过目录或收藏夹访问，仍旧可以读取那些数据，可这个问题叫人头疼。他们找不出原因。我得承认我很担心。我是说，资料还在老地方不假，我试过几次，不怕麻烦的话都可以找到，但实在太妨碍研究工作了。我在想，也许要考虑给记忆项目再加一道备份了。"

她终于滔滔不绝地谈起了这个问题，我由着她说去。只要别再提我，说什么我都没意见。

等她说得差不多了，我插了一句："哈丽雅特，《俄克拉何马雄鸡》对你而言意味着什么？"

"我不太了解这首曲子的历史。演奏者是俄克拉何马小提琴家迪克·哈钦森，但我不清楚是不是他写的——"

"我不是问历史。你听到这曲子有什么感觉？"

"我不确定你指哪方面。这是一首悦耳、质朴的小提琴曲。"

"在现实生活中你是亲眼见过农场的。这曲子听上去像雄鸡的叫声吗？"

她耸耸肩。"这我倒没好好想过。反正挺好听的。虽然不够资格进记忆项目，但曲子不错。怎么问起了这个？"

要是回答一拉这曲子我就觉得自己在农场里，准显得傻乎乎的——我也不想透露自己的思绪会随着《悠游长风》飘向何方。"好奇嘛。"

"哈丽雅特的曾孙快把我闹疯了。"我告诉纳塔莉。我带了泰拉和乔纳一下午，这是每周五的惯例。这次乔纳拽着我们去了低重力室。他俩蹦啊跳啊，尽情玩耍，我看着他们，跟他们一起开心大笑。我的脑袋随着两个孩子的飞跃弧线动来动去，结果扯得脖子一阵刺痛。

之后，我登录班级聊天室，发现纳尔逊又挑起了一场叛乱。全班，除了我心目中两个胆小的和一个用功的，都投票拒做周二应交的新作业。他们都服从纳尔逊的领导，而纳尔逊提出的口号是:"我们拒绝历史。未来在我们手中。"

"至少都提前跟你交代了。"纳特开玩笑,"不过说真的,你干吗为了他心烦呢?"

她弯腰收拾地板上散乱的玩具。两个孩子用手指在桌面屏上画画。乔纳在画一条霸王龙,身体、尾巴、牙齿、羽毛都齐了。泰拉还太小,创作不了具象画,不过总能以有趣的方式利用空间。我俯身看着他俩作画。

"你笑吧。"我说,"等他俩长到纳尔逊现在这么大的时候,没准纳尔逊已经接管了整个系统。到那会儿只剩下跟未来有关的课程。拒绝过去。不反思人类的状况。没有历史,没有文学,没有恐龙。"

乔纳皱了皱眉。"没有恐龙?"

"罗茜外婆说笑话呢,乔纳。"

乔纳相信了,卷毛头一低,又盯着桌面了。

我继续说:"他一个人叛逆也就算了。眼下他的思想病毒已经扩散到了全班,我该怎么办?"

纳特想了想。"我是你的话,就会配制一种解毒剂,把它藏在传播更快、生命力更强的病毒里头,给全班注射。不过,呃,这是我从自己专业角度给的意见。"

"在你的比喻里,解毒剂指什么呢?那种传播更快、生命力更强的病毒又指什么?"

纳特笑着摊了摊手。"这不是比喻,抱歉了。是病毒和婴幼儿教给我的知识。有时是一块儿教的。好了,你还给孩子拉琴吗? 过一会儿我就带他们去睡觉了。他俩特别喜欢那首关于瞌睡大黄蜂的童谣。"

纳特从椅子上抱起泰拉,把椅子转个向坐下,让泰拉坐在大腿上。乔纳还在画。

我拿起小提琴。"大黄蜂是什么,乔纳?"

他头也没抬就答:"一种恐龙。"

我叹了口气,开始拉琴。

纳塔莉的回答让我好好思考了一番。我联系了纳尔逊的文学老师,得知纳尔逊在她的班上也正干着同样的事。

纳尔逊的想法错在哪儿? 他们学习的知识包括国家与边境、抽象的名字、变来变去的国境线。文学课使用的教材虽然能反映人类的状况,但其背景对于我们是完全陌生的。连我也不例外,和纳尔逊一样。

然而,翻越这种阻隔一向是我的乐趣所在。通过阅读过往之事,人生的中年会变得不再难以接受。在我眼里,中年的起始阶段渐渐变得具体而清晰。历史上的每个人都脱离不了中年。无论是哪个年代的人,总有中年之前的生活,除非早夭,也都要活到中年之后。我喜欢追溯那些人生的变化,看看哪些东西瓦解消散了,哪些又留存了下来。

我乐在其中,但我把自己的乐趣传递出去了吗? 也许我只想着自己为何喜欢历史,却没考虑过学生为何觉得历史枯燥。我的任务是要想办法让学生意识到历史与每一个人息息相关。如果他们对历史提不起劲儿,那是我的失职。

那天晚饭后回到家,我拿起小提琴拉《悠游长风》,顺手奏出了连贯的新版本,就是之前怎么都拉不出来的那一版。而现在我再也找不到原版的乐句了,即使有五十年的肌肉记忆也无济于事。

我打开数据库想听一下原始版本,很顺利地调出了这首曲子,不禁松了一口气。在重建的数据库里,《悠游长风》最近一个改编版应该叫《游荡的风》才更准确。其实,这一版《游荡的风》也是翻唱的,依据的是某人对远征之前一场采访的回忆。假如这首歌的历史背景没有包括那些采访,或者受访艺人没有试唱歌曲片段,假如哈丽雅特、我外婆或其他人没有一遍遍地观看这些采访并烂熟于心,或者觉得这些采访无关紧要,我们就根本不可能知道这首歌会是什么样子。那些再现历史的翻拍小视频本身连歌曲作品都算不上,但它们也有各自的历史、各自的故事。这些资料为什么重要?因为有人重视它们,并创造了它们。

周一我走进课堂,肩上扛着提琴盒。学生们紧张地傻笑着,知道自己干了不光彩的事,现在等着看有什么后果。纳尔逊没有笑,同我对视着,目光坚定并带有挑衅意味。

"上个礼拜,有人问了我一个问题,提问的方式很奇怪,用的是教室显示墙。"我触碰桌面,擦去了墙上的涂鸦。

"今天我要说的是,你们别无选择。进了这个班级,就要学习我们支离破碎的历史,有多少学多少。而且还要把这些知识传递下去,在此过程中历史可能还会变得更加破碎。也许历史就像一块不停绞着的毛巾,最终会拧出每一点每一滴事实,只要还没绞干,就依然隐藏着真相——关于我们现在是谁、过去是谁的真相。这一部分是最值得我们牢记的。"

我把提琴盒放在桌子上,不紧不慢地将定弦调到DDAD,同时听着下面的窃窃私语。

调音调到满意后,我抬起琴弓。"这首歌叫《悠游长风》。我希望你们听一听,感受一下活生生的历史对我有什么意义。"

我把所有关联曲目都拉了一遍,包括所有已知的改编版,所有没有遗失在时间里的版本。我放下小提琴,唱起了《幽林风瑟瑟》那个不尽准确的片段,是从豪伊·麦凯布的再现版采访中学来的;接着又唱了威尔·E.沃马克的《游荡的风》。我复述了从《幽林风瑟瑟》到《幽灵温迪哥》再到《有一天我离开》的版本史。随后我再次拿起小提琴贴住下巴,闭上眼睛,拉起了《悠游长风》。先按传统曲谱拉三遍,再按我自己改编的版本拉三遍。

"练琴时间太长,听上去就像在死记硬背,而不是感受音乐。"外婆过去常常这样说。这把小提琴以前没来过这间屋子,即使拉的是老曲子，我也能感受到新意。我的手指轻快地舞动着。

我试着让这支曲子不单单发出风声。我们有谁了解风声呢？只读过屏幕上的文字而已。我用意念将整条飞船融入了我创作的新曲。我们就是风。我们既是风，又御风而行。我用提琴描摹一艘穿行在真空中的飞船。描摹船上的生活，熟悉的街道上的脚步声，人，山羊，挫折，还有那种静止中的运动。

最后，学生们都一声不吭地坐在那儿。这里只有一个人是"老时光"成员，埃米莉·雷德霍斯，也是把作业交上来的三名学生之一；纳尔逊是听着这支曲子长大的，我知道；可以肯定其他学生完全不清楚自己在听什么。纳尔逊露出了一个表情，意思是已经准备好怎么答复我了，所以我没让他开口。

我把提琴收进琴盒，离开了。

关于我外婆的故事不胜枚举。我想我留下的故事不会很多。也许班上的某个孩子会讲老师有一次在课堂上崩溃的故事。也许某一天埃米莉·雷德霍斯会在"老时光"里纵情演奏我的曲子。也许历史与传闻相结合会孕育出传奇，而你，泰拉，和你哥哥会花时间去研究野史与事实的区别。如果你想知道哪些故事是真的，这么说吧，从某种程度上说它们都是真的，只是有些发生过，有些没发生。

我已经将自己的改编版录制上传到重建的数据库了，暂时归在"其他"类下，以免惹哈丽雅特生气。我给这首曲子起名叫《我们随风漫游》。我想外婆会同意的。我还为其添上了历史背景，从《幽林风瑟瑟》和《悠游长风》写起，依次提到外婆那次虚构的太空行走，母亲寻求自身意义的努力，女儿未录下的那首歌，最后是我改编这支曲子的过程。从本质上说，这些都是一个故事。

我还在一遍遍地修订这支曲子，不断打上我自己的烙印。拉琴的时候我会合上眼睛，让脑海中浮现一个有始有终的主题。想象有朝一日，在我离世很久之后，有一扇门终于开启。孩子们从飞船上一拥而出，奔向新世界灿烂的阳光。有人拿起我的老提琴，就是外婆传给我的这把，奏起了一支新曲，让一个个音符随风飞扬。

Our Lady of the Open Road

乡村公路圣母[1]

因为这个特别的夜晚将一去不复返。

---

[1]在本篇中既指保佑乡村公路旅人的圣母玛利亚塑像，也是歌名。作者在一次采访中介绍，本篇灵感来源于美国马里兰州95号州际公路旁的"公路圣母像"，现实中确有以该塑像为主题的音乐作品。

我们开到"中国林"时，指针显示植物油箱已经空了。一头粉紫两色的玻璃纤维巨龙赫然耸立在入口处，不用说，准是从当地某个歇业的游乐园下岗再就业的"难民"，那模样更接近中世纪风而不是中国风。停车场里既有自动驾驶汽车，也有人工驾驶的农用卡车，没见到植物油汽车，我就开了进去。

　　"差点儿没撑住吧，卢斯？"席尔瓦放下书，凑过来看油表。

　　"最后五十英里除了农场啥都没有。这就是冒险走生路的下场，是我自找的。"

　　"咱们到哪儿了？"杰基在面包车后面的床铺上问道。我瞟了一眼后视镜。他跟我对上了眼，使劲儿挥了挥手。他留着一脑袋小辫儿，本来不知用什么扎住的，现在散开了，耷拉在额头上。他把辫子捋到后脑勺，束成一条粗马尾。

　　席尔瓦抢在我前头回答了，"印第安纳某个犄角旮旯。睡你的吧。"

　　"好咧。"没有了音乐和发动机轰鸣跟杰基抢风头，一秒钟后，他的呼噜声就填满了面包车。他跟着我们走南闯北有一年了，我们已经习惯了他的鼾声。说实话，他这种快速入睡的能力挺让我羡慕的。

我瞥了瞥席尔瓦。"你去要一次怎么样？"

他咧嘴一笑，抬起两条前臂，上面每一寸都覆盖着文身。"你明知道我不行的。"

"有一种东西叫袖子，别忘喽。"我从椅背上抓起自己的风衣，甩在他身上，不过我承认他说得有理。在中西部，凡是遇上新饭店，席尔瓦碍于满胳膊刺青和蓝色刺猬头，从来没敢第一个进门。而杰基又满脸瘟疫疤痕①，虽说一看就是老疤，也还是打不了头阵。所以只剩下我了。

我从驾驶座跳到地上，有伤的膝盖软了一下。我弯腰抓住膝盖，右后腰又抽搐起来，这种短暂的疼痛经常提醒我该好好反思是否选对了生活道路。

"你在干吗？"席尔瓦冲着敞开的车门问道。

"系鞋带。"其实没必要撒谎，可我还是撒了。也许是自尊心或虚荣心什么的在作怪吧。他只比我小两岁，我们俩在舞台上都不太玩"踩着功放往下跳"的把戏了。既然长时间开车搞

①本篇情节接续作者获第55届星云奖最佳长篇小说《新日之歌》（*A Song for a New Day*）。该书讲述因传染病和恐怖主义肆虐，政府颁行严禁聚众的法令，迫使现场音乐走向地下，而全息舞台公司趁机大规模推广其产品，并受商业利益驱动，阴谋打击包括本篇主人公卢斯在内的地下现场音乐艺人。杰基脸上的疤痕即该传染病的后遗症。

得我这儿疼那儿疼的,他多半也好不到哪里去。

我大腿后侧发麻,汗水濡湿了衬衫。我靠在"柴油版黛西"的车身上歇了片刻,又在暑气里伸了个懒腰。我闻了闻自己,有一股四天没洗澡的馊味,但还不算过分。

推门走进大堂,红色、金色、黑色猛地涌入眼帘。一名穿红旗袍的金发女服务员隐身在壁纸中,直到她款款迎上前来,我才发现那儿有个人。

"一位吗?"服务员问。她身后,一屋子脸都朝我转了过来。这地方远离州际公路,本来就对游客没什么吸引力,现如今游客就更少了。

"不吃饭,呃,其实,我想找厨师或者老板问个事,行不行?一分钟就够了。"看得出来,我时间算得不错,用餐高峰已经过了。大部分顾客不是正在吃,就是把盘子推到了一边。

老板就是厨师。我本以为也是个金发的中西部人,不料却是地道的华人。他没听说过有烧植物油的面包车。我不卑不亢地请他帮忙。在舞台上我展现狂野,而在台下,穿着牛仔裤和跑鞋,扎着马尾辫,我也能装成一个走背运的中西部大妈。这事的窍门就是不能急于求成。

他看上去不太理解我的请求,不过至少愿意考虑一下。"打烊后到后厨门口等着,到时候我看看。十点或十点半的样子。"

现在九点,还好。我走回面包车那儿。席尔瓦还坐在副驾驶座,看着一份三折页菜单,准是跟着我溜进饭店拿的。"他们又有捞面配面包篮,又有意大利面和肉丸。咱们这是到了哪儿?"

"印第安纳某个犄角旮旯。"我把他的话丢还给他。

我们坐在昏暗的车子里,瞧着顾客陆陆续续往外走。我凭外表猜测谁进卡车、谁进自动车,猜对了大部分。每隔一会儿就有一个脚蹬工装靴、头戴卡车帽的大块头硬挤进一辆小小的自动车,让我大跌眼镜。不管怎么说,这个游戏挺打发时间的。

有个中年牛仔踱过来看我们的面包车。起先离得比较远,我吃准那是个正儿八经的牧场主,等走近了才注意到,他的绣花衬衫里面还套了个牧师专用的领圈。他靴子锃亮,大肚子垂在一条有年头的牛仔腰带上。一幅骑牛牧师的画面把我逗乐了。他意外地发觉我正盯着他看。

他做了个手势,示意我摇下车窗。

"马里兰的牌照!"他说,"我当年住在黑格斯敦①。"

我冲他微笑,其实黑格斯敦我不熟悉,只是路过。

"我开过一辆教会面包车,跟你这辆挺像,那时候我中学刚毕业。我那辆可没粘这么多胶带。你来这儿干啥?"

"巡演。我们是乐队。"

"真的吗!怪不得你看上去脸熟。我应该听说过你的吧?"

"'黑加仑火焰'。"我把他这句话当成是问乐队的名字,"有一段时间,我们把这几个字漆在车身上,后来发现还是隐姓埋

---

① 美国马里兰州西北部的一个城市。

名比较好，省得老有警察叫我们靠边停车。"

"这名儿好像没印象。我过去也组过乐队，那时还没有……"他的声音越来越轻，其实后半句不说我也能猜出来。不管他在"那时还没有"后面想说什么，意思一定都差不多。那时还没有让观众足不出户的全息舞台和全息体育。那时还没有大范围的社交恐惧，大多数人都不怕到没有熟人的地方去聚会。

"你们不在这儿演出，是吧？"

我摇摇头。"去俄亥俄的哥伦布。明天晚上。"

"我就知道。想不出附近有什么地方能让你们表演的。"

"反正我们这种音乐也不合适。"我附和道。我猜不着他喜欢什么音乐，不过这么说应该没错。

"哪种音乐都不合适。好了。跟你聊天很开心。到时候在全息舞台上欣赏你们的表演。"

他转身离去。

"我们不上全息舞台。"我冲着他的背影喊了一句，也许不够大声，他没听见吧。自动车载着他离开停车场时，他朝我挥了挥手。

"卢斯，你这个销售真够呛。"席尔瓦说。

"什么？"我没想到他在旁边听着。

"你明明知道他认出你来了。你报什么乐队名，报你自己的大名不就结了。报你那首《血与钻》也行啊。他准会掏钱请我们三个吃晚饭的，再买纪念T恤，一样一件，还会买咱们的下载码。"

"然后他就听这些歌，发现咱们现在做的音乐跟过去完全不一样。就算他喜欢，也永远不会去看现场。顶多发条信息过来，说多想在全息舞台上看到咱们。"

"咱们可以……"

"咱们决不会上全息舞台。"对于这个话题他很识趣，不会跟我争的。这是我们俩唯一真正有分歧的地方。

饭店窗户里的"营业中"霓虹招牌熄了，我觉得时间差不多了，便把钥匙插进点火开关。预热塞指示灯点亮，我发动了面包车。

车子一动，杰基又醒了。"现在咱们到哪儿了？"

我懒得理他。

我猜到了，饭店老板不太明白我要的是什么。我把发动机亮出来向他展示了一番，给他看定制的滤油器和双油箱配置。"发动还是得靠普通柴油，发动完了就切换到植物油箱。基本上就这么个原理。"

"这合法吗？"

哪条法律都不违反。严格来讲，我们也许游走在一个规避燃油税的灰色地带。但我们有我们的道理，这其实是一种釜底抽薪式的避税：不耗油，不交税。即便真犯了法，惹上麻烦的也是我们自己，不会是老板。

"当然合法。"我回答完赶紧岔开话题,"最妙的是,加了植物油,这车闻起来老有一股春卷味儿。"

他笑了。最后他给了我们满满一箱废油,外加满满一袋本来要扔掉的食物。

两位老兄看到有吃的乐疯了。否则,我们接下来还得去某家饭店或超级沃利超市的后巷翻垃圾桶。所以,不管是什么吃的,只要没经过垃圾桶就到了我们手里,都算得上高级料理了。席尔瓦挑了捞面,可惜没有附赠的面包。他拧上了自己的拼接式旅行筷子,又从手套箱里拿出我的筷子递过来。我抢到的是某种木须肉,没有薄饼。再度醒来的杰基一把夺走了第三盒。

"待会儿上哪儿玩玩去?"席尔瓦朝车窗挥了挥筷子问道。

"礼拜二晚上,荒郊野外的,说来听听?"

杰基也打算干点儿什么。"激光枪战?激光保龄?"

有时候年龄差距简直是一道鸿沟。我在座椅上略略扭头斜眼看着这孩子。"激光游戏一票。"

"我没想好。"席尔瓦说,"要不就去泡吧?再在车里多待一个钟头,我要喊救命了。"

我边吃边想了想。在这地方就凭我们的气味和模样,上哪儿都不太会受欢迎,更别提我们是陌生人了。另一方面,不让这俩家伙好好找个乐子散散心,保不准会捅出什么娄子来。"在找到睡觉的地儿之前,要是碰上酒吧或保龄球馆,就进去。"

"我可以查查。"杰基说。

"别，"我说，"随缘。"

干掉了三分之二的木须肉后，我吃不下了，盖上了饭盒盖。我讨厌浪费食物，但这一份实在量太大。我在牛仔裤上擦擦筷子，收进筷子套。

从饭店出发开了两英里，我们遇上一家名叫"斯脱克"的店，但愿这是一间酒吧，而不是"脱"衣舞夜总会[①]。宽阔的停车场空空荡荡，只有八辆自动车凑在一块儿，整整齐齐一字排开，活像挤在食槽前的猪。起码不用担心哪个醉鬼离开时撞坏我们的车了。

我把车倒进离店门最近的车位。那儿最亮，我不用太担心设备失窃。还有个好处，万一本地人不喜欢我们的模样，溜起来也快些。

我们一进去就受到了注目，像老西部片里那样：所有脑袋齐刷刷朝这边转过来，钢琴师也停止了弹奏。当然，现如今钢琴师不会被打断，因为他压根儿不知道我们来了。在这里，弹键盘的是罗伊·比坦[②]，不光是他，整支E街乐队都在，震天价响的声音不亚于体育场的现场表演。只不过这些都是三维投影，靠全息舞台技术实现的。

"你想走吗？"杰基悄悄问我。

---

① 原文店名为"Starker's"，系姓氏，若去掉撇号变为"Starkers"，则意为一丝不挂。原文中卢斯希望这个撇号不是摆设。译文略有变通。

② 罗伊·比坦（Roy Bittan）是E街乐队（E Street Band）的键盘手，该乐队由摇滚巨星布鲁斯·斯普林斯汀（Bruce Springsteen）创建，二人均出生于1949年。

"不想，没事的。来都来了。还是喝一杯吧。"

"至少有布鲁斯。我喜欢布鲁斯。"席尔瓦侧身超过我，走向吧台。

的确，这里有几个"至少"。至少这是布鲁斯，不是什么二三流的跟风者。在我眼里，布鲁斯是真朋克，一直到八十多岁高龄，还在坚持录新歌并举办货真价实的现场演出。至少这儿播放的只是全息舞台，而不是全息舞台现场版，否则还得另外收费。能近距离接触一下要把我淘汰掉的新技术，我倒也没什么不乐意的。可如果还得为此花钱，那就真成冤大头了。当然，布鲁斯不可能上全息舞台现场版，他几年前过世了，而眼前这位怎么看都只有六十几岁。人物还显得有点儿扁，说明这是过去某次现场演出的翻新版，不是直接用全息舞台技术录制的。

席尔瓦往我手里塞了一罐冰镇的东西，我看都懒得看就啜了一口。我们彼此间太熟悉了，都是啥便宜拿啥的主儿。淡得像水，但毕竟是冰镇的。冲一冲那份外卖残留的油腻正合适。

我悄悄溜进一个卡座，希望两个家伙跟在后头。来的只有杰基，他一只手握着和我一样的啤酒罐，另一只手捏着塑料酒盅，里面不知什么液体，颜色跟挡风玻璃清洗液差不离。

"来一杯？"他问着，把"清洗液"推了过来，"酒保说这是他们的招牌。"

我又推了回去。"我不喝蓝色的东西。喝完有你受的。"

"随你便。"他仰脖一口闷了,还咧开嘴笑。

"你牙都蓝了。活像吃了一个蓝精灵。"

"蓝精灵是什么?"

有时我忘了他有多年轻。小我一半。没干过别的,一直泡在这个行当里。"蓝色的小人儿,不知道?在一个村子里,有一个女孩子,一个老头儿,还有一帮男孩子。"

"有点儿像咱们乐队?"他紧接着摇摇头,"抱歉。不好笑。这么说吧,我不知道刚才吃的那盒是什么东西,没准就是蓝精灵,要是这些蓝色小人儿尝起来像猪肩肉的话。你晚饭消化得还行吧?"

我用手背轻轻拍了拍他。"还行,只要不喝蓝水就没事。"

他咕嘟咕嘟喝光了一罐啤酒,站起身打算再去买一罐。他看着我的啤酒,抬了抬眉毛。

"不,谢了。"我说,"我只喝一罐。我有种感觉,在这个小镇惹一丁点儿麻烦都不会有好果子吃。"

假如说二十多年酒龄教会了我什么,那就是千万别招惹地方上的警察。停车场里全是自动车,这意味着路上准有警察专等着拿我们开刀。我年轻那会儿常在夜总会待到打烊才开车回家,一路上少不得左躲右闪,才能避开那些醉醺醺的司机。就凭这一点,我赞成自动驾驶的普及。眼下这个"美丽新世界"能让我举双手支持的事物屈指可数,自动驾驶就是其中之一。

我环顾四周。席尔瓦坐在吧台前的高脚凳上。杰基站在后面,一只手搭在席尔瓦肩头,一只脚随着《她是唯一》①里的波·迪德利节奏打拍子。其他坐在高脚凳上的顾客都是一副彻底放松的模样,一看就是常客。有几个在用廉价的神经叠加,脑袋歪向一边。还有人要么在光滑的触屏吧台上玩游戏,要么敲着新近火起来的科技玩具——绑在胳膊上的臂贴屏。聊天的一个没有。

另一头,两个金发女子脸朝布鲁斯的全息投影站着,一边跟唱一边摇摆。布鲁斯朝她俩的方向伸出了手指,其中一个咯咯笑起来,紧紧抓住同伴的手臂,仿佛自己真的成了布鲁斯挑中的幸运儿。还有两个男人坐在舞台旁的高脚凳上,一个在敲空气架子鼓②,另一个瞅着女人们。两个女人却只顾盯着布鲁斯。

我是过来人。我认识的人里,有不喜欢布鲁斯的嗓音的,有不喜欢他的歌的,但没有一个人——尤其是音乐人——不欣赏他的舞台表现力。此时,我与摄制现场的那一晚隔了几十年,而演唱此歌的布鲁斯与写下此歌的布鲁斯又隔了几十年;此地,在这间灯光太亮的肮脏酒吧,我喝着寡淡无味的啤酒,身边是两个浑身异味的队友外加一群陌生人。尽管如此,面对眼前的投影,我依然深信布鲁斯唱出的"她"真的是他的"唯一"。

---

① 原文"*She's the One*",由布鲁斯·斯普林斯汀创作,伴奏采用波·迪德利(Bo Diddley)节奏,该节奏由节奏布鲁斯歌手波·迪德利推广到摇滚与流行音乐。

② 类似空气吉他,无实体架子鼓而模仿击鼓动作,自娱、表演两相宜。

我体味着其中的妙处，反而更加痛恨全息舞台公司了。

有人溜进卡座来到了我身旁。我转过脸想瞧瞧是哪个队友，不料坐下的却是个生面孔，近得让我不舒服。

"路过？"他问，两只血红的眼睛直勾勾地盯着我。他前额梳着厚厚的刘海，这个发型我猜他从当年流行起一直留到现在，几十年没变过。他脸上有一对酒窝，那副微笑显然是他年轻时最大的资本。他多半还不太清楚酒精在他身上留下了什么印记，比如啤酒肚和酒糟鼻。就拿现在来讲，他已经有点儿大舌头了，连那俩字都没说利索。

"路过。"我还给他一个表示"没兴趣"的短暂笑容，接着把身体转向舞台，把后背留给他。

"很少有人路过这儿，停下来歇一歇的就更别提了。是什么把你吸引过来的？"他特别强调"吸引"二字。

要是他敢伸胳膊搂我，我就痛扁他一顿。我往旁边让了让，离他远一些，并颇有重点地说："我们想喝一杯。我们开了很长一段路。"

他顿显失望。"男朋友吗？还是老公？"

我冲吧台那儿扬了扬下巴，让他自己去瞎猜席尔瓦和杰基哪个是我的伴侣，是男友呢还是老公。这一招让我暗自发笑，另外还有一个笑点：我无法想象跟他俩任何一个凑成一对。刚认识那阵儿我就排斥这种念头，而在面包车里共度了这么长时间之后，这种凑一对的想法变得越发不可思议了。

接着我又想这人不值一逗，便转头瞧着他，说："我们是一支乐队。"

"没骗人吧！我以前也有过乐队。"他神色一变，看上去正在适应新形势，随后绽出一个不一样的笑容，竟带着几分学生气。这一百八十度的态度转变，倒让我对他有些另眼相看了。

"真的？"

"真的。基本上就在这里演出。那时候保险费还没涨，玛吉也还没信全息舞台公司那套说辞，什么播著名乐队的全息投影能帮她省钱。"

"结果怎么样？省钱了吗？"

他叹了口气。"也许吧。全息投影不喝酒，全息投影不会砸瘪麦克风，也不会把啤酒泼到扩音器里头去。只要碰上中意的乐队，顾客就会一小时接一小时地待下去，喝个不停。"

"那你还表演吗，就当是爱好？乐队呢？"

他耸耸肩。"我们唱了一段时间。甚至在最近一届州博览会上登过台。之后，偶尔会去谁家后院，给烧烤派对助助兴。可一旦失去目标，就很难再坚持下去了。现在，每个礼拜能来这儿唱一回我就挺满足了，问题是，大家既然能听原版，谁还乐意听我翻唱呢？"

他举起啤酒罐指了指舞台边上那两个女人中的一个。"顺便提一句，那是我前妻。"

"哦？抱歉了。"

"没事。"他灌了一大口啤酒,"后来波莉就跟我离了。她说不是因为乐队完蛋了,可我觉得有关系。她说自打乐队走下坡路,我好像对什么都提不起一点儿兴趣。"

他低头盯着手里的酒,又抬头看着我。"你们怎么样?我猜外边还有演出的地方吧。"

"有一些,"我回答,"大部分在城里。变数也很大。比方说,我们跟某个演出场所关系搞得很不错了,等回头再去,他们连人影都没了。"

"挣的钱够花吗?"

每逢有人以讨人厌的怀疑口气提这个问题,我一般都这么回答:"我们还活着,看见没?"可这家伙流露出的那股怀旧情绪感染了我,所以我就坦诚相告了。或许我可以帮他认清,像我们这类人已经不剩什么魅力了。

"以前我还时不时收到某一首老歌的版税支票,够付车子的保险费和修理费,但自从BMI①跟全息舞台公司打上了官司,拿到的钱就越来越少了。我们挣的只够睡在路边,有上顿没下顿的,偶尔喝点儿啤酒。钱到手就光,没法儿找个地方安顿下来。还好我们也没想安顿,所以问题不大。"

"你一直就在路上?有地方住吗?"

---

① 即"广播音乐公司",1939年成立于美国,主要业务是代理签约音乐人向作品使用者收取版税。此处虽未明言诉讼事由与结果,但可推测该公司已遭遇新兴全息舞台公司的挑战。

"那辆车登记在马里兰我父母的地址。想歇歇的话就去那儿白住几天，但不常去。"

"那你队友呢？"

"我和贝斯手已经合作很久了，他有地方住。鼓手偶尔会换人。现在这位跟我们有一年了，他俩很合得来，只要不闹翻就能维持下去。"

他点点头。刚才那色眯眯的神情已经荡然无存，取而代之的是一脸惆怅。他把啤酒罐伸过来："敬音乐。"

"敬现场音乐。"我和他碰了碰罐子。

吧台那边有人吵闹，我们俩扭头张望出了什么事。那位敲空气架子鼓的已经离开了老地方——此时马克斯·温伯格[1]也在休息——他和杰基不知为何，正拉开架势打算干一仗。杰基的蓝嘴唇在二十英尺外闪闪发光。

"喝了蓝水从来不会有好事。"我对新交的朋友说。

他点了点头。"快把你朋友拉出去。吧台后面那个就是老板娘。要是你朋友打碎了什么，她两秒钟就能把警察喊来。"

"倒霉！谢了。"

蓝水洒了一地，还溅在了杰基身上，一盘塑料酒盅打翻在他身后。幸好不是玻璃的，幸好他没砸坏昂贵的吧台台面。我翻翻口袋，从仅剩的几张票子里摸出一张二十的，希望够赔了。

"你是给假把式乐队打假鼓的，"杰基还在嚷嚷，"你连假鼓

---

① 马克斯·温伯格（Max Weinberg, 1951— ），E街乐队的鼓手。

都不会打。没事你就去敲那吊镲，要是给真布鲁斯看见，两秒钟就把你炒了。"

"那又他妈怎么样？我请你来指点我打鼓了吗？"

"没有，不过要是你请我指点，我还要说你大鼓踩慢了。我两岁的侄女拍子都比你打得准。"

那家伙脸涨得通红，拳头都捏紧了。就在这时，席尔瓦伸出一条胳膊拦在杰基胸前，把他往门口推。我和席尔瓦对视了一眼，席尔瓦点点头。

我把二十块钱扔在吧台没溅湿的地方，一心想快点儿脱身。

"我们不收现金。"老板娘一边说，一边捏起纸币一角，仿佛手里是只死耗子。

该死的。我挺起胸膛："法律规定你得接受合众国货币。"

"在美利坚合众国也许没错，但这里是斯脱克合众国，我只收超级沃利信用币。再说了，你那个蓝色朋友打翻的酒可远远不止这一点儿。"她把手探到吧台底下。我拿不准她是去摸手机还是棒球棍还是枪，反正不管哪样都能让我吃苦头。

我抓过纸币，脑子飞快地转起来。席尔瓦有一个信用币账户，可现在帮不上忙，他已经出去了。我一向拒绝使用信用币和各种电子设备，平时总能享受到其中的好处，但此刻我在别人眼里肯定是个"脱网人"，别指望有人会伸出援手。杰基几乎从来没埋过单，所以我到今天也不知道他用的是现金还是信用币。

"我来结,玛吉。"我的新朋友走出卡座来到我身旁,晃了晃手机。

他转脸朝向我:"去吧。我来搞定。"

玛吉从吧台下方把手抽回,又从收银机后面拿起手机,准备信用币转账。这样看来,她刚才打算从底下拿的东西多半是有杀伤力的。

"坚持下去。"新朋友在我背后喊了一声。

杰基毫无悔意。"是他挑的头。他骂我们是病毒传播者。我叫他乖乖待在自己窝里就好,反正有他没他地球照转,因为地球根本不知道有他这么个人。我还说,要是他不会打空气架子鼓,就随个大流玩玩空气吉他得啦。"

席尔瓦哈哈大笑。"你应该装装样子冲他咳嗽,多半能唬得他尿裤子。"

两个人四仰八叉地躺在后厢,我猛踩油门冲出停车场。

"不好笑。我不管是谁挑的头。不许打架。我没开玩笑。你觉得我有钱保你出来吗?万一鼓手蹲了号子,明天乐队怎么上台?要是他们抓都懒得抓你,直接一枪把你崩了呢?这事以前发生过。"

"对不起,老妈。"杰基回答。

"不好笑。"我又说一遍,"再敢叫我'老妈',我就把你扔在路边。还有,我不是什么自动车。来个人陪陪我。"

席尔瓦爬过床铺和大包小包,钻进了副驾驶座。他打开警讯扫描器,听了几分钟没动静就关了。还好,警方没发全境通缉令抓捕一车子逃单的怪胎。我的车速比限速快五迈①,这一时速接近偶尔迎面开来载人回家的自动车。我本该抄近路上主干道赶紧离开这个地方,可惜我们已经有五年不准上州际公路了,"黛西"两秒钟就会触发匝道传感器。

一口气开了约二十英里,我终于不怕警察会追上来了,心率恢复正常。我把车停在一个巡警不大可能来的办公园区里。

"该你睡床了,卢斯?"杰基问道,似乎带着点儿给我赔不是的歉意。

"我要是能找到睡袋,还是你们睡床吧。外边还真挺舒服的,也闻不着你身上那股蓝色潲水味儿。"

"你有睡袋?"

"当然有。前不久还用过,就在……"其实我想不起上回用睡袋是什么时候了。我趴到床下翻寻了一会儿那堆杂物,在席尔瓦趁人家车库甩卖时入手的一箱通俗小说后面,找到了睡袋。我在车前的空地铺开睡袋。气温宜人,夜空繁星点缀。但愿附近没有土狼出没。

睡了三四个小时我就冻醒了,这才想起自己不常露天睡是

①"迈"取其原意"mile"(英里),用于表示机动车行车时速,每小时行驶多少英里就叫多少迈。

有道理的。我起来撒完尿，伸了伸懒腰。拉开车门，一股比往常浓烈的油脂味儿直冲脑门，几乎淹没了两个家伙的臭屁味儿和四天没洗澡的馊味儿。也盖过了杰基满身的蓝色酒精化学品气味。

我伏在驾驶座上，从中控台里翻出一支银笔，还有我的指路圣经——一本地图册。星光够亮，不必打手电也看得清楚。这本地图册大概十五年前就不准确了，亏得我一直在上面做笔记，还能凑合用。我们一直称呼"犄角旮旯"的这个小镇其实叫"兰库维"，听上去像是某种植物得了枯萎病。我在兰库维旁边标了个大大的星号，并在页边注明"中国林——迈克·孙——植物油和食物"。又在斯脱克的位置打了个叉，决不会做你家的回头客了。

天快亮时，我浑身酸痛地爬进车里，将副驾驶座向后放倒。没人敲窗赶我们走，所以我们一直睡到太阳晒屁股。杰基把昨晚的剩饭递到我面前。我接过饭盒闻了闻，还给了他。他耸耸肩，直接用手抓来吃，看来筷子已经消失在他四周的垃圾堆里了。我翻了一会儿，找到了我那份剩饭，也给了他。

席尔瓦爬进了驾驶座。我很少让出这个位子。我真心爱驾驶，最好一直霸着方向盘不放。我喜欢这种控制感，喜欢听"黛西"稳稳的引擎声和路面的隆隆声。席尔瓦了解我，一般不会跟我争，除非特别想开才会张口，所以，只要他提出来，我就不得不让位。杰基从来没跟我们抢过方向盘，只满足于窝在巴掌大的后厢看书、听音乐。这也是他跟我们相处融洽的一个原因。

趁席尔瓦开车,我正好四处张望张望。我们挑了一条我以前没开过的路,这种情况不多见。我居然想不起我们昨天是怎么定下这条路线的了。我们驶过一家家关门歇业的小饭店和酒类专卖店,鬼气森森的,这条路过去很可能是镇上的主街。

"大伙儿都上哪儿去了?"杰基问。

我扭头看他是不是在开玩笑。"你有一整年没往窗外瞧一眼了吗?头回发现?"

"经过这种地方我一般都在睡觉。没劲。"

"已经没有什么大伙儿了。"席尔瓦说,"只剩下几个农民,外加一家超级沃利,方圆一小时车程内不当农民的都是超市员工。"

我查看地图册。"我这儿标了个配送中心,往回四十英里、往北十英里的样子,就在我们平时开的那条路上。没进员工内部商店①的估计都在那儿上班。"我在地图上标出这类地点没有什么特别原因,只是想让信息完整一点儿。有些地方已经涂涂改改好几遍了,不少商店和工厂开了关,关了开,总是不消停。

如今,乡村道路沿途大部分小镇都跟眼前的场景大同小异。无外乎一家快餐店、一家饲料店,顶多再加上一家破败的

---

① 原文"company store",通常指一个镇子中唯一的大公司专为雇员开设的商店,此类公司原以工矿企业为主;在本文中指"超级沃利",兼有大公司与员工内部商店的双重性质。

食品杂货店和一家诊所，除此之外什么都没有。两镇之间总少不了一家超级沃利，就像席尔瓦说过的，有这家超市在，人们越来越觉得没必要住在镇中心或任何性质的社区，所以也就越搬越远了。我们经过一个又一个镇子，千篇一律。当然，大多数人根本不会留意这些，他们在自动驾驶公路上随波逐流，宁愿盯着手里的电影，也懒得抬头看一眼窗外。他们的目的就是从甲地到乙地，中途无须停留。

实话说，我们自己也做得不够好。我们对当地经济没什么贡献，蹭吃蹭喝，还蹭油。我们的贡献体现在别的方面，但对这个镇，对前天晚上路过的其他镇，我们一点儿力都没出。也许有朝一日，这里会向我们发出演出邀请，那时我们会回来，但在此之前，我们不可能再在这儿停留了。再见，印第安纳的兰库维。

"下一个镇有'世界上最大的盐瓶'。"我听出了杰基这句话里强调的部分。他喜欢下载各种导游手册。我鼓励他保持这种爱好，只要能让沿途的风景不那么千篇一律，任何爱好我都鼓励。有时我们真的会停下来参观某个景点，只要钱够，只要不赶时间。但今天这两个条件都不满足。

"下次吧。"席尔瓦说，"咱们今天起晚了。"

"我觉得不去看看挺可惜的。"

我扭头去瞧杰基。他在床上猛地朝前一扑，晃着手机，似乎我们只要看一眼世界最大盐瓶的图片，就会改主意。"要么洗澡,要么看盐瓶,二选一,你决定吧。"

杰基叹了口气,把手机塞进兜里。洗澡赢了。

在距哥伦布还有一小时车程的地方,按照我地图上的标注,我们进了一家按钟点计费的汽车旅馆,租了一小时客房,就为了沐浴在那神圣的自来水之下。前台一句话没说就收了我的现金。

我让两个男人先洗,等我洗完就不用闻他俩的臭味了。这里的淋浴条件乏善可陈。金属框架小隔间,没有浴缸,软绵绵的水压,每隔七分钟断一次水,总比没得洗强。洗完澡,我从背包里抽出从上一家旅馆拿的白毛巾,留在这间客房,又从这儿拿了一条差不多样子的干净毛巾,塞进包里。这条毛巾没准儿就是我上次路过时留下的。哪家旅馆都没丢毛巾,我也省下不少去自助洗衣店的时间。这一招是谁教的我早就忘了,反正我这么干已经有年头了。

我们还是得回到泛着油脂味儿的大闷盒子里,当然,现在换上了比较干净的演出服。我打开所有车窗,将换气扇调到最大挡,希望把我们刚洗完澡的清香味儿尽量保持得久一些。我依稀听到杰基在背后大声报着哥伦布的一个个旅游景点,风噪太大,听不清具体内容。我把胳膊伸出窗外,让手迎风飞翔。

我不知不觉打起了盹儿,又被吵醒了,是席尔瓦一边嚷嚷"哇噢!生日快乐,'黛西'!",一边按着喇叭。我凑过去看里程表,数字恰好跳过99999。

杰基抢上前来抓拍了一张里程表变成五个零的照片。"哇噢！这是第几个生日了？"

我想了想。"黛西"的里程表只有五位数，每到十万英里就得归零重新计数。"第八个，对不对？"

席尔瓦微微一笑。"再想想。我记得是第九个。"

"第九个？印象中两年前离开西雅图那次是第七个。"

"那是五年前。第八个是在阿什维尔。什么时候我记不清了。"

"哈！可能是你对。满一百万咱们应该给它办个派对。"我重重地拍了一下仪表板，仿佛那是马的肋腹。"你真棒，姐们儿！了不起！"

"没说的！"杰基说，"对了，今天晚上咱们能唱《乡村公路圣母》吗？向'黛西'致敬，行不行？我喜欢这首歌。不知道为什么咱们不常唱它。"他用手在我的椅背上敲起了这歌的前奏。

"我同意。"席尔瓦说，"要不把《展现独立》换下来？让它休息休息。"

"不能换《展现独立》。"我说，"再挑一个。"

"那换《爆发》？"

"成交。"

杰基退到后面去改节目单了。

我们的目的地在市中心。走大路一会儿就能到，不过我们没得选。我们沿着河开，从东面经过破落的会展中心。

这次的场地我们以前没来过,但在附近演出过,多半是在这个街区的废弃仓库。这些仓库大部分没多久就关门了,或者原场地无法继续经营,搬到了别处,所以,即使我们面对的是同一批歌迷,也很少是在同一个地方。

我们要去的那个场地店名叫"链",听上去有可能挺长命的。白天是自行车合作社①,晚上兼做演出场所。自行车合作社在城市里还颇受欢迎。假如经营者有点儿头脑,比如会写资助申请书,了解在什么场合该穿正装,知道跟谁握握手,那么自行车合作社就能纳入城市规划中去。不过我可没劝人出卖自己去换取几个月的法律庇护。

我们来得正是时候。下午的修车课刚结束,那块小小的表演区基本没人占用。锦上添花的是,他们还订了比萨。杰基冒险吃了隔夜的中餐,我和席尔瓦还饿着肚子。我帮他俩搬器材的时候,拼命抑制着食欲。我默默向比萨神祈祷,等搬完了一定要给我们剩几口。

我搬了三趟——吉他及配套器材、功放、待售的周边——随后用纸盘盛了三块比萨。我一个人全部吃下去绝对没问题,但是,如果那两个家伙还没搬完比萨就吃光了,我还得跟他俩分。反正演唱前吃这个也不合适,这么油的东西没准儿比奶制品还要腻喉咙。我坐在功放上,一面吃第一块,一面瞧着杰基

---

① 以合作社模式运营的自行车销售服务组织,会员用户可持股并参与经营,还可在产品购买、服务、培训等方面享受种种权益。

和席尔瓦往里抬架子鼓，只觉得有一点点不好意思。我已经干完了分内事，哪怕没帮别人也可以心安理得。

修车课结束后有人留下来没走。我们跟一些人聊起了天。埃玛、鲁迪、迪胡安、卡特、马林——还有其他人，我没记住名字。总之我特别关注这五个，因为鲁迪是我们的演出邀请人，埃玛则负责自行车合作社项目的运营。乐队能来这儿全靠这两位。我们聊了政治、音乐和自行车。我感觉很自在，不必向别人解释自己在干什么。他们都是同道中人，待我们像归来的家人，而不是过路客。

观众陆陆续续进场，周三晚上能达到这个规模已经不错了。来者有老有少，按年龄和喜好不同程度地披挂着朋克行头。这儿那儿有一两个略显古板的人，但他们能赶来这儿看现场，说明同样是朋克迷，同样充满了最真的朋克精神。毕竟，朋克这个流派无论在形象上还是在音乐上都与以往不同了。朋克已经随风飘散，只剩下一些关系松散的乐队，还怀着为现场歌迷创造现场音乐的共同愿望。

第一支乐队上场了，是一个女子四人组，名叫"莫比·K.迪克"①。一个个年轻得都能当我的孩子了，也就是说，除了眼前这种现场，她们没见识过别的。贝斯手坐在一辆运动型小轮椅上，背对观众，仿佛在跟鼓手的踩镲私下交谈。一开始我以为她是

---

① 该名为小说《白鲸》里白色抹香鲸莫比·迪克与科幻作家菲利普·K.迪克两个名字的结合。

怕羞,慢慢地我意识到,其实她只是对音乐太投入了。鼓手兼着主唱,一头脏辫蒙住面孔,每敲一下,辫子都要飞起来,再重新落回脸上。曲子听起来像节奏快一倍、音量也高一倍的船夫号子,歌词却都是关于鲸鱼和海豚对人类的报复。棒极了!

面对与我们分享舞台的每一支乐队,我都尽可能捕捉闪光点。我们整天在路上,也只有现在能听一听现场音乐。我们有少数几个朋友今晚轮到在其他城镇演出,路线相同却永远碰不着面;另外有些朋友搞起了全息舞台,已经不怎么联系了。以前,我们有时会与相熟的乐队恰巧都转到同一座城市,并在同一晚分别在两处举办演出,人没见着不算,还把歌迷给分流了。如今演出场所已寥寥无几,这种情况很少发生了。

我对"莫比·K.迪克"很感兴趣,但第二支乐队很快就让我失望了。除鼓手外,他们演奏的都是改装过的电玩乐器。没有琴弦,只有按钮,每个按钮都能触发一段预编录的采样音效。我见过其他乐队类似的表演,还不错,但这支不是我的菜。

我看到第一支乐队的姑娘们聚在饮料冷藏箱那儿,就挤了过去。我把手插进冰里,掏出了一瓶水。这类演出场所大部分面向全年龄段观众,不供应酒类。也许有个啤酒冷藏箱藏在什么地方,我懒得去找。

"我喜欢你们的表演。"我对贝斯手说。近看她的年纪要比在台上时显得稍大一些,二十五六吧。"我叫卢斯。"

她粲然一笑。"我知道!那什么,我叫特鲁利。没错,是我的真名。①很高兴见到你。真的吗？你喜欢？太好啦！我们求着要跟你们同台表演。我是听'黑加仑火焰'长大的。我把《展现独立》的歌词写在我家墙上。那是我的圣歌。"

她连珠炮似的话语和其中的年龄暗示让我打起了退堂鼓，不过还是挺住了。她继续说道："我爸妈收藏了你们全部专辑。他们最喜欢玛西娅·贾努里当鼓手的那批作品，那时你们还有第二吉他手，但我觉得你们现在这个组合更精干。"

"谢谢。"我等着她指给我看屋里谁是她父母，也做好了二老比我还年轻的准备。谢天谢地她没那么干。我问："你们录过作品吗？"

"我们一直在录自己的演出，但主要还是喜欢现场表演。你们要是有兴趣可以带上我们一起巡演，给你们暖场。"

后一句话她是带着开玩笑的口吻说的，但我很确定那是她心里话，所以我回答道："搁以前没什么问题，可现在不行喽。我们自己都是饿着肚皮撑到下一站演出的。不过我很乐意给你一些建议。你看见我们的面包车了吗？"

她把眼睛睁得大大的。她兴奋的时候挺可爱。我有点儿想挑逗挑逗她，可惜一会儿就要上台了，而且我也不愿意公私不分。有时候我真恨自己是个管事的。

"就在外边。反正快上台了他们会叫我的。来！"

①"特鲁利"原文"Truly"，意为"真实地"，该角色怕对方觉得不像真名，故有此补充。

我们俩往外走的时候,人群给她的轮椅让出了一条道。我帮她顶住门,她驾轻就熟地越过了矮门槛。

"我们叫它'黛西'。"我向特鲁利介绍面包车。我摸遍了口袋,才想起钥匙在席尔瓦手里。我那歪主意也就泡汤了。"本来是十五座,除了前座都拆掉了,中间搁床,后面放架子鼓什么的,这儿装了栅栏把两边隔开,不然一个急刹车器材倒下来会砸死人。"

"油耗怎么样?"她问。我看到她脑子飞转着算起了成本。这股专注劲儿我很欣赏。我开始觉得她跟我有点儿像了,挺煞风景的,不过我现在正需要倒倒胃口。

我招呼她到引擎盖旁边来,打开闩锁即可弹起引擎盖,不需要钥匙。"这是最棒的部分。"

她锁定轮椅,撑了一下站起身来,靠在"黛西"上。看到我异样的目光,她解释道:"我不是完全离不开轮椅,可演出太累了,不坐不行。我也不喜欢挤在人堆里被推来推去的。"

"哦,那太酷了。"我说,"如果你买了面包车,上下车不需要升降机辅助的话,就可以少费一道改装了。我还一直在琢磨你们四个人外加器材和轮椅升降机,空间够不够呢。"

"跑远了,咱还是先说说怎么才买得起面包车吧,真的。现在我们还是借我姐姐的家庭版自动车。将将够把器材都塞进去,服装啦、周边啦什么的一点儿都放不下了,而且是个油老虎。"

"这么说吧,要是你能想法子买一辆像'黛西'这样的旧车,能省不少油钱,她烧的是煎炸废油。只要你喜欢吃外卖,就能习惯那股味儿……"

席尔瓦从门口探出脑袋,朝我们走过来。我给他俩做了介绍。席尔瓦掏出钥匙打开面包车,那股味儿从车里扑面而来,我看到特鲁利避之唯恐不及。席尔瓦把手探到床底下,在轮拱那儿摸了摸,收回来时手里多了一瓶威士忌。他灌了一大口,递给我。我抿了一小口,只让喉咙有点儿烧灼感,懒歌手就是这么热身的。

特鲁利跟在我后面。"要是我想买车了,你得给我建议,答应我。"

我答应了。这孩子不光像我,简直跟我一模一样,只是运气不好,晚生了二十年,才没法儿走我这条路。

我叫席尔瓦跟她碰手机互换号码,又试图向她解释:"不是我不愿意,只是……"

"我理解。"她说,"我也想当'脱网人'来着,可我爸妈不让。怕有急事什么的。"

接下来,不知道是我们的表演真的特别神呢,还是我产生了这样的错觉,总之"莫比·K.迪克"帮了一点儿忙,如果有人提醒你你很了不起,你多多少少会有些飘飘然。尽管只啜了一小口威士忌,我还是上头了。当然,令我陶醉的还有音乐、未来的可能性,以及不管我们唱什么都照单全收的狂热歌迷。

在这样一个夜晚,我们与歌迷封闭在同一个空间里,仿佛经历了一个小时的时光旅行。此时此刻我沉浸在一首歌中，同时，曾经唱出这首歌的每一个夜晚都重重叠叠地闪现在我眼前。我的手指在制造一股股能量——指尖拨动钢弦切割磁感线，信号穿过电线输入身后的功放，功放排出声波巨浪，铺天盖地冲我砸了回来。场内回荡着一波又一波磅礴、畅快、蚀骨入髓的劲爆之音。

舞台上，我的时间感已经模糊，不知道这样唱了有多久。我依然是那个孩子，正在父母家地下室演奏吗？还是那个手握热门单曲外加大厂牌合同的年轻人，号称琼·杰特①第二和暴女②再世的女歌星？其实我倒并不想再变回当年那个自己。我得使劲提醒自己，要是敢玩滑跪多半就站不起来了。我现在吉他弹得更棒，唱得更棒，写的歌也更棒。我有郁积多年的义愤需要宣泄。每当诉说这些时，我觉得自己像个怨气冲天的牢骚鬼，深陷在过去不能自拔。但要是给我时间用音乐来呈现，我能表达得更有说服力。

我们唱到《展现独立》时，"莫比·K.迪克"成员挤到前排，放声跟唱。我发行这首歌的那一年，她们应该都刚出生没多久，但这歌也可以说是写给她们的。我在《展现独立》中传达的真情实感她们同样有深切的体会。

---

① 琼·杰特（Joan Jett, 1958— ），美国著名摇滚吉他手兼主唱、词曲作者、唱片制作人与女演员，几代摇滚女性的偶像。

② 原文"riot grrl"，是"Riot Grrrl"的非传统拼写。它是20世纪90年代中期发源于美国西北部的女子朋克运动，强调性别平等和独立精神。

这就是新老两代朋克之间的共鸣，她们知道我唱的是心里话。我们有着共同的愤怒——鲜明的自我正在丧失，激动人心的事情不再发生，一个糟糕得多的新世界正在取代旧世界，人人饥不可耐，样样四分五裂，而我们若能觅得良策就能解决这些问题。我的任务是让这一切发出声音，还要加上伴奏——我那把"莱斯·保罗"①通过马歇尔②电子管音箱奏出的美妙而经典的半失真音色、席尔瓦曲曲折折的低音、杰基密密麻麻的鼓点，所有这些组合在一起，我们将成为你听过的最炫的现场乐队。而且，你必须跟我们面对面才能获得百分之百的体验，这就是音乐的魅力！

我们不像全息舞台那样有排练动作，有灯光秀，有聚光灯，但我们知道如何为观众表演。我们能让现场全体歌迷都感觉到这台演出是专为他们举办的，是专为他们每一个人举办的，因为这个特别的夜晚将一去不复返。歌迷们尽情舞蹈，弹跳碰撞，与音乐融为一体。有些舞动的歌迷刺有紫外线文身，从台上望过去无比惊艳，堪称表演者专享的秘密表演。我用胳膊肘捅了捅席尔瓦，示意他朝某个方向看：一只熠熠发光的凤凰在一名舞者裸露的肩臂上舒展开了双翼。

观众中还亮着一些迷你屏幕——有人高举手臂，正用臂贴

---

① 莱斯·保罗（Les Paul），美国吉布森吉他公司推出的一款实心电吉他，以其发明者美国音乐家莱斯·保罗（1915—2009）冠名。

② 英国一音响器材品牌。

屏拍我们的视频。我不介意。台下每一名观众都了解亲临现场的震撼，只要有地方给我们演出，他们一定还会回来。非全息视频只有像他们这样热爱现场的歌迷才有兴趣看，只会吸引错过了这一场的歌迷抓住下一次机会。

演出临近尾声，我献上《乡村公路圣母》向"黛西"致敬。最后一段副歌快要结束时，杰基以一种全新的节奏轮番敲击嗵鼓，让本已渐渐收尾的歌又豁然敞开。显然，他不想按谱子结束这首歌，还要再飞一会儿。我和席尔瓦用眼神互相说了句"带劲儿的来了"，便都跟上了杰基的鼓点。要想这首歌不断，只有增强它的气势，让它循环下去，变成一个巨无霸。我狠狠踩下增益踏板，又转向功放以驾驭反馈声。乡村公路圣母，保佑我度过又一个夜晚。

在某种奇迹的作用下，我们三个心有灵犀地同时结束了这首歌，默契得像是蓄谋已久。我回头非宰了杰基不可，但这一刻我爱死他了。歌迷在尖叫。

我抬起肩头擦去眼皮上的汗水。"我们再唱一首。非常感谢大家今晚来捧场。"但愿《笑一笑才对》这首歌不像是临时加出来的。

就在这时，断电了。

"警察！"有人喊。人群开始朝门口挤。

"不是警察！"又有人叫道，"是停电！"

"是停电！"我对着麦克风重复了一遍，好像它还能传声似的，接着拔高嗓门儿对前排观众喊了声"往后传"，希望他们还在听我说话。

这句话在观众中扩散开来。刚才人人竖起耳朵听警笛，随时准备作鸟兽散，现在这紧张的一刻已经过去。大家开始争论停电是全城范围还是仅限于这栋建筑，电费账单有没有欠缴，是不是有人阴谋取缔这个场所。

埃玛挤过人群对我们说："只要住宅区电路超负荷，他们就会切断这一片的供电。这个问题我们已经托人反映到市议会了。非常抱歉。"

我上前一步给了她一个汗涔涔的拥抱。"没关系。常有的事。"

我们等着，祈望摇滚之神对我们露出微笑。室内越来越热，有人顶住了大门，让里面稍稍凉快些。二十分钟后，我们放下了乐器。至少大部分曲目都唱完了。我相信自行车合作社会付出场费，也不担心谁会抱怨不值票价。我从背包里翻出旅馆毛巾，擦了擦淌汗的脸。

一些观众挤到前面来跟我们聊天，买T恤、布标，甚至有人掏钱买密纹唱片和下载码，虽然我们的大部分歌曲都能在网上找到免费资源。这帮孩子可爱就可爱在这儿。他们都穷得叮当响，却还愿意支持我们，哪怕只是买一枚布标或徽章，买一个他们大部分人两秒钟就能破解的听歌密码。而且他们都相信现金，祝福他们。我们借着他们手机屏幕的光亮找零。

"莫比·K.迪克"的姑娘们都买了T恤。特鲁利还买了密纹唱片——就知道她喜欢黑胶,我在上面签了名,还题了一句:"致我最喜欢的新乐队,祝好运!"她滚着轮椅同队友出去了,我没见着她父母。我怀疑他俩是不是觉得这把年纪已经不适合外出听现场音乐了,紧接着又为这个想法自责起来。我不能左右不满意啊,人家来了吧,怕年龄相仿见面尴尬;没来吧,又觉得懊丧。再说,他们也许没等孩子,提前走了。我知道,要是在这种细节上纠结不已,会把自己累坏的。

"你看上去该喝口水了。"有人在黑暗中对我说。一只瓶子塞进我手里,瓶身上沾满了冷凝水。

"谢谢,"我说,"虽然我不知道黑灯瞎火的你是怎么看出来的。"

这时,头顶上嗡嗡几声,灯又亮了。我刚才把吉他面朝里斜靠在功放上,现在发出越来越响的啸叫音。我把水瓶扔了回去,在裤子上擦擦手,使劲按下待机开关。啸叫声渐渐消失。

"抱歉,你说什么?"我回头问那个陌生人,她还握着水瓶站在那里。我从她手里拿回水瓶。我本以为在亮光里能认出她来,可还是面生。看上去三十五六岁,高个子,古铜色皮肤,脸庞和蔼而友善,双臂健美,一条前臂绑着臂贴屏。她穿着一件裁掉袖管的"庄严近卫兵"①T恤。我们以前常跟这支乐队一

---

① 作者虚构的乐队名,"近卫兵"指英国皇家近卫兵,此处致敬雨果奖2014年伦敦颁奖典礼,当时有真人扮演皇家近卫兵守护在奖杯两侧。

起演出,那时他们还没走红。

"我说你看上去挺渴的,意思就是你在停电前看上去挺渴的,所以我猜停电后你应该还是挺渴的。"

"噢。"

"其实吧,我就想说演出很棒。是我看过的你们最棒的演出之一。"

"你看过很多场?"这个问题有点儿唐突,那意味着我没认出她来。得罪人对生意可没好处。应该让每个歌迷都相信自己是乐队成长经历中不可或缺的组成部分。但我实在对她没印象。这个问题还不算最坏,除非她的回答是已经跟了我们半年了。

"我已经跟了你们半年了。"她说,"不过大部分看的是现场观众上传的视频。上次你们来哥伦布我看过现场,还有北面的罗切斯特那次。"

罗切斯特那场是在一个巨大的仓库里举办的。没认出人来我觉得还情有可原。

"谢谢捧场。还有,呃,谢谢你的水。"我尽量弥补刚才的失礼。

"是我的荣幸。"她说,"我真的很喜欢你的嗓音。我叫尼基·凯勒曼。"

她伸出胳膊,摆出普天下通用的"碰一碰交换虚拟名片"的姿势。

"抱歉，我是'脱网人'。"我说。

她看上去吃了一惊。因为我是"脱网人"，还是因为她没听说过这个词儿？不好判断。应该不会是后一种原因。要我猜的话，如今来看我们演出的观众有三分之一已经弃用了通信设备，并拒绝一切企业级数据跟踪。

她解开臂贴屏，从湿答答的胳膊上揭下一个薄薄的钱夹，抽出一张纸质名片。

我大声念道："尼基·凯勒曼，A & R^①，全息舞台制作公司。"我把名片递还给她。

"请听我把话说完。"她说。

"好吧，演艺经纪人。你可以在我收拾东西的时候说。"

我打开装周边产品的箱子，开始朝里塞剩下的T恤。平时我们总会花点儿时间按尺码分类归置，方便下回出售，这一次我却胡乱扔进包里，只想尽快摆脱此人。

"你大概有所了解，我们的全息舞台技术推广得很成功，已经遍布全国各地的演出场所。以前从来不搞演出的地方现在都能举办现场音乐了。"

"你这句话里有一大堆错误。"我头也不抬地说。

她自顾自往下介绍，只当没听见我的话。"我们最畅销的演出是舞台摇滚、流行乐、说唱乐，还有西班牙流行乐。酒吧和

---

① 即"Artists & Repertoire"的缩写，字面意思为"艺人与曲目"，后文意译为"演艺经纪人"，是唱片公司负责发掘艺人与作品的部门或人员，有时等同于星探。

夜总会十家有九家跟我们签了约。四分之一的家庭购买了全息舞台家庭版服务。"

"得了,别打广告啦。还敢跟我提什么全息舞台家庭版。"我的嗓门儿拔高了。席尔瓦站在角落里跟年轻的单车族聊天,我看到他往这边投来担心的一瞥。"'足不出户,如临现场,激情狂欢。''家庭版在手,今晚约翰·传奇①亲临府上。'"

我啪的一声关上周边产品箱的盖子,把箱子搬到门外。等我回来收拾舞台设备时,她又跟了上来。

"我觉得你还没看出来这里头的潜力,卢斯。我们致力于多元化,正在努力开拓受众群,比如朋克、民谣、金属、音乐剧……"她列举了一串还没完全被他们毁掉的音乐类型。

我要揍她了。我这人不爱动粗,可我知道自己快忍不住挥拳头了。"真有你的,就站在我面前叫我砸自己的饭碗。"

"不!不是砸饭碗。相反,我是给你送饭碗来了。你照样演出。台下照样有观众。"

"收钱当托儿的观众?摄影棚里的观众?"我咬牙切齿地问。

"也不一定。我们可以架好设备直播你的现场演出,只不过难度有点儿高。在大舞台上搭设备不成问题,不过要是在这种场地安置三维摄像机阵列,我觉得会让你分心的。常规操作

---

① 约翰·传奇(John Legend,1978—),本名约翰·罗杰·斯蒂芬斯(John Roger Stephens),美国歌手、词曲作者、钢琴演奏者、制作人。

是我们帮你订好场馆或舞台，必要的话安排好观众。档期之间只要你愿意，该巡演照旧巡演，但……"她耸了耸肩，意思是看不出我有什么理由再去搞巡演。

"嘿，卢斯。过来帮个忙？"我低头一看，自己的两只手正死死掐着麦克风，已经忘了要收进箱子。再抬头看席尔瓦，他正龇牙咧嘴地往推车上搬贝斯功放，装得好像这周每天晚上都不是他一个人搬的。显然他是来救场的。

"失陪了。"我对魔鬼派来的演艺经纪人说，"有事叫人给我队友打电话。"

我们两个使出了浑身演技来推那点儿贝斯设备，以夸张的慢动作往门口挪。抬上车倒是真的需要两个人，我后腰和膝盖有伤，平时不干这活儿。这回只能咬咬牙，硬把设备搬了上去。

"怎么啦？"席尔瓦关上"黛西"的后盖，靠在上面问道，"瞧你那样儿，好像立马要扑上去咬断那女人的喉咙了。"

"全息舞台！她脸皮就有那么厚，你信不信？居然上这儿来，勾引咱们投靠黑暗面。"

"是够厚的。"他摇摇头附和道，脸上一副奇怪的表情。他抬起胳膊擦了擦汗津津的额头，后背顶了一下车子，借力起身走了。

我跟着他进入室内。尼基·凯勒曼还在那儿。

"卢斯，我觉得你还没完全弄清楚我能提供的机会。"

"你还没走？我刚才的答复够明白了吧。"

"瞧瞧这里。"她抬手朝冷冷清清的房间划拉了一下。

我直直地瞪着她，不顾礼节地一言不发。

"卢斯，我知道你们今晚票房不错，然而是不是有些人不会再来看现场了？瞧瞧这地方。这个社区已经不通公交了。你们的观众无非就是附近几个街区私占仓库的那些人，再加上买得起自行车或自动车的人。"

"大多数人都能搞到一辆自行车。"我说，"我从来没听见有这方面的抱怨。"

"好吧，你们的表演只限于有能力骑车的人。那么举个例子，今天开场演出的那位贝斯手要是想看现场，没有汽车怎么过来？"

我第一次感觉她的话值得一听，便坐在了自己那台功放上。

"你们的演出主要是在召唤一小群城市朋克。还有一小群次要观众，他们有条件外出一个晚上，而且仍然保有一颗叛逆之心。这样挺好。是一项崇高的事业。但是，其他人怎么办？请不起人临时照看小孩的父母怎么办？不被允许单独出门或者没法儿进城的半大孩子怎么办？那些热爱音乐的人，那些应该听到你们声音的人太多太多了。可惜他们运气太差，仅仅因为没有住在你们演出场地的附近，就听不到你们唱歌了。你不想把歌声传达给他们吗？"

该死，该死，该死，叫她说到点子上了。我想到了昨晚在酒吧替我们买单的那位老兄、在中餐馆外面碰上的开过教会面包车的牧师，当然还有特鲁利，假如没有一个能借车的姐姐，她该怎么来呢。

尼基·凯勒曼摸了摸自己的腰。"演出结束后，你在台下的样子我也见过几回。你台上的表演没的挑，可一下台，我就能看到那样的表演是要付出代价的。你很疲惫。万一你病了，万一你的腰完全垮了，怎么办？"

"挺一挺总能过去的。"我回答，但已经没有一分钟前那么愤怒了。

"我说的就是这个，你不需要硬挺。你还是能继续巡演，但可以减少一些场次。让我们来帮你解决问题。我可以帮你安排按摩治疗师或指压师，再给你配一辆自动驾驶面包车。"

我刚要开口反驳，她抬起两只手示意我先别急。"对不起——我想起你说过就爱现在这辆面包车。当我没说那句。我一路追着你们不是因为老板要我这么干。我追你们是因为看过你们的演出。你们的音乐做得很棒。你们能打动人心。这才是我们想要的。"

她把名片挨着我搁在功放上，从合作社正门出去了。我目送着她离开。

"嘿，卢斯。"杰基朝我喊。我向他走过去，走得很慢。我的腰又开始抗议了。

"什么事？"我问。

他指了指周围的单车族，里面有埃玛、鲁迪，其他人的名字我忘了。马里纳？噢，马林。我朝他们微笑致意。我本该多花点儿时间跟他们在一起，多亏了他们，我们才有机会来这儿演出。

"慷慨的东道主帮咱们在附近找了个住处。我说我觉得挺好，但得听你这个头儿的。"

他们都把目光转向我，等待着。我还没见着今晚挣的钱。应该能小赚一笔，因为合作社不抽成。他们组织演出是出于对音乐的热爱，也是为了跟我们共处一段时间，而时间我出得起。

"听上去很不错啊。"我说，"住哪儿都比在车里再凑合一夜强。"我们本来也可能奢侈一下去住旅馆，如果能把钱省下来就留着明晚花，明晚就到——我在脑子里查了查地图——匹兹堡①了。

在单车族的帮助下，我们很快搬完了剩余的器材。然后，鲁迪数了钱，递给我，没有一丝以恩人自居的神色。

"谢谢你。"这是我的真心话。这场演出很成功，出场费也意外地高。"下一场什么时候都行。"

为了证明不是客套，我从背包里掏出了日程本。鲁迪叫埃玛过来，我们三个约定三个月后再办一场。我喜欢跟这帮能干的人合作，他们这地方生存三个月应该不成问题。

随后我们来到一家餐厅，面包车停在店前，自行车杂乱地锁在车后的栅栏上。

───────────────

① 美国宾夕法尼亚州西南部的一座城市。

我太累了，菜单上的字怎么瞧都不像英文。过了一会儿才发现拿反了，看的是西班牙文这一面。

"我们住的地方有冰箱吗？"席尔瓦问。

机灵鬼。埃玛点了点头。我、席尔瓦、杰基忙不迭点了各式各样的煎蛋卷，别的菜品看都不看。煎蛋卷的妙处在于，你可以吃光吐司和土豆，其余打包，第二天煎蛋照样好吃。一顿两吃，甚至三吃，整整两天不用翻垃圾桶了。

我们的东道主闹腾得正欢，而我连眼皮都快抬不起来了——起码有两次一闭眼差点儿睡过去——而埃玛还在起劲地聊着哥伦布政坛、自行车、绿化工程等话题，妙语连珠，激情四射。虽然我实在是聊不动了，我还是第一百万次为能与他们合作而感到庆幸。尼基·凯勒曼，你把自己冲进马桶吧。哪怕有天大的好处，我也绝不会拿这帮孩子去换。

我的一腔热血直到看见免费的住所才平复下来。美餐一顿之后，跟着自行车队缓缓穿过好几个黑咕隆咚、神秘莫测的街区，席尔瓦终于停下了车。最后一段是从公路岔出来的，原本是铺砌的车行道，现在长满了杂草，而所谓的路就是两道长长的车辙。我翻查地图册里的市区局部放大图，想知道确切位置，但街名都对不上号，只得作罢。

"哥们儿，"我睁开眼说，"那是什么玩意儿？"

我们一齐抬头朝上望。乍一看似乎是种植园里那种砖砌的大楼房，漆皮剥落的白色立柱支撑着上面几层楼。再看一眼，又像是什么工厂。

"老营房。"旅游胜地百科全书杰基说，"那帮孩子搞了一座废弃的堡垒。"

"不知道军火还在不在。"席尔瓦模仿给来复枪上膛的动作，"要命的留下自行车！"

我哈哈大笑。

杰基把脑袋探到前排来。"我向上帝发誓，要是你叫我把一整套鼓都搬进去，我就立马退出乐队。然后加入自行车民兵组织。我向上帝发誓。"

我往窗外看了看，弄不清这是哪儿。"席尔瓦？"

"我可以睡在车里，如果你觉得有必要。"

考虑到真正的床也许就在眼前，这个提议很大度了。

"不用，"我决定了，"咱赌一把。"

我走到车后门取了吉他，打算明早有空弹一会儿。席尔瓦拿了贝斯。我们俩肩扛乐器和背包，杰基拿着三个盛着煎蛋卷的泡沫盒。单车族聚在一扇巨门边上。我们晃晃悠悠朝那儿走去。

"那钥匙在谁手里呢？"席尔瓦问。

埃玛微微一笑，"这边走。"

庞大的正门仅仅是吓唬人的摆设。我们绕到侧面一扇没上锁的小门走了进去。这扇门像是后来临时起意加开的。门外不远有一架发电机嗡嗡叫着，给一台冰箱供电，我们把打包盒放了进去。我希望顶灯也通上了电,等我们搁好吃的,单车族已经一人掏出了一支卤素灯手电筒。

房子里黑影重重,处处透着不祥与衰败。恐怕在白天这里也好不到哪儿去。我们爬上一座摇摇欲坠的楼梯,经过二楼,登上面积稍小的三楼。一面是墙,另一面是栏杆,下边就是正厅部位,漆黑一片。我们的脚步声回荡在空落落的大楼里。我已精疲力竭,想象着有人说就在走廊里打地铺,脑袋直接贴着地板睡。要是他们再不停下来,我真会这么干的。

还好没走几步就到了。埃玛打开一扇没有标志的门,把手电筒递给我。我举起手电筒照着屋里扫视了一圈。微风穿过破窗。一张展开的沙发床占了大部分地方,另有一张破旧、凹陷的沙发摆在窗下。把这些大家伙抬到楼上居然没压塌楼梯,实属难解之谜。不管怎么说,这是我有生以来头一回因为看到几件家具而乐开了花。

我松了松肩膀,卸下吉他,搁在地上。单车族眼巴巴地瞅着我们,我们也瞧着他们。哦上帝啊,我暗暗叫苦。如果他们还没有道别的意思,我就要哭了。

"这里太棒了!"外交官席尔瓦出马了,"非常感谢你们!比睡车里强多了。"

"做个好梦,明天见!"鲁迪点着刺猬头说。他们走出屋子,关上门,走廊里响起渐渐远去的嘎吱嘎吱声。

我一屁股坐进沙发,说:"我一动也动不了了。"

"他们说过这里是租下的还是私占的吗？觉不觉得有股牢房的味道？"杰基问着，扑通一下躺倒在沙发床上。

席尔瓦打开门。"门没锁死。"他朝走廊里望了望，转身说，"不过，呃，他们连影儿都没了。你俩谁知道浴室在哪儿？"

我摇了摇头，或者自以为摇了摇头。我可没劲儿管他俩了。

这一夜睡得不怎么样。席尔瓦往瓶子里撒尿吵醒我一次；一种像是动物挠门的声音又吵醒我一次；第三次醒是因为一根弹簧刺穿沙发面，扎在我大腿上；第四次醒来已接近早上八点，我发觉自己正盯着天花板上一圈兔子形的裂纹。我扭头看了看，沙发床底下有一只猫砂盆。也许这可以解释夜里的挠门声。

我翻过身，把脊梁骨一节一节抻直，缓缓站了起来。除了那根半夜突袭的弹簧，这张沙发还不算坏。我的腰比昨晚好点儿了。我抄起吉他，悄悄出了门。

我尽量不让脚步声在楼里发出回音。清晨的阳光穿过破窗洒进楼内，我真真切切地看见了这地方有多破败，仿佛已经回归了大自然。我蹑手蹑脚下到一楼，经过一面像是"占领世界作战图"的涂鸦墙，满是圆圈和箭头；接着又是一墙涂鸦，画着两辆欲火焚身的自行车正在激情相拥；经过三扇上锁的门，我看到了冰箱和那扇自由出入的门。除了这栋大房子，这片郁郁葱葱的园区还分布着几座差不多大小的楼房。那些房子也都被单车族占了吗？这个想法令人欣慰。我还从没见过这样的地方。我在晨光之下席地而坐，背靠外墙。

只有我和吉他在一起，真好。巡演生活自有其不足之处——我们总在开车，总在应酬，总是唱着滚瓜烂熟的歌。只要空下来，我们又得联系新的演出场地，或者确认已经定好的场所有没有停业。像创作新歌这么重要的事情反而排在了最末。

我和这把吉他是老朋友了。护板上向下扫弦经常触碰的那个部位，漆皮已经磨光了。品柱也被手指按出了细细的凹痕。这把吉他和我的双手配合得天衣无缝。我们俩很久没有好好聊聊了。

这把老吉他是仿制的"莱斯·保罗"，除了原木部分，通体银白，所谓"暴雨银"。分量沉得要命，我频频腰疼就是它害的。长期弯腰弹琴还让我落下了弓肩驼背的毛病。当然，现在吉他没接功放，弹起来只能发出闷响。不过手感还是那么棒。

我不一定要弹每晚都唱的那些歌，但手指头非得弹一弹熟悉的旋律，才能找到创作灵感。我弹了几首老歌，比如福莱特维格、凯瑟琳·芭特尔学校、消灭恐惧①的作品，都是开始自学吉他那阵儿爱弹的，最容易找到感觉。又弹了几小节《她是唯一》，接着凭记忆弹了"莫比·K.迪克"的鲸鱼歌。我喜欢这几个女孩子。

---

① 福莱特维格（Frightwig）：成立于1982年的美国女子朋克摇滚乐队，是其后一大批"暴女"乐队的先驱。凯瑟琳·芭特尔学校：作者虚构的乐队，凯瑟琳·芭特尔（1948— ）是美国著名女高音歌剧演唱家。消灭恐惧（disappear fear）：成立于1987年的美国独立乐队，平斯克的首张专辑《迷醉》（Charmed）即由该乐队核心成员索尼娅（Sonia）制作。

　　终于，我的脑子解锁了，反复闪现一小段婉转下行的小调旋律。节奏跟鲸鱼歌相同，但行进方式和连复段都不一样。这种小小的偷窃行为每个音乐人都在干。十二个音符的排列组合本来就有限。说句难听的，大部分经典朋克就是那么几个和弦构成的。卢·里德[①]怎么说的来着？一个和弦刚刚好，两个和弦就是极限了，三个和弦你是打算玩爵士吗？

　　我不用张嘴就知道自己要唱什么：全息舞台公司的邀约，夜夜面对花钱雇来的观众粉墨登场，好的方面，坏的方面。奇怪的是，你很少听说有谁跟这个魔鬼谈判最终拒绝交易的。也许魔鬼有时会与你的灵魂一拍即合。我在琴包插袋里摸索纸笔，只找到一支记号笔，就把这些歌词写在胳膊上。和弦不用记，都在脑子里。歌词应该也不会忘，但我不想冒险。

　　过了一会儿席尔瓦出来了，只在腰间围了一条破毛巾。"后面吊了个桶可以淋浴！"

　　"等会儿带我去，先听听这个。"我弹起了刚才写的歌。

　　他两眼一瞪。"马上回来。"

　　片刻后他又出现了，已经穿好牛仔裤，手里拿着贝斯。因为没插电，我们俩不得不使劲弹，我还得压低嗓门儿轻哼，才听得清弦音。不过没多久，我们就磨合得彼此都满意了。

　　"今晚就唱？"他问。

　　[①] 卢·里德（Lou Reed, 1942—2013），美国摇滚歌手，地下丝绒乐队主唱兼吉他手。

"可能吧……要看咱们多早到那儿，我想。还有那边给不给现场试音。你记得吗？"

他摇了摇头，"四支乐队，在一个大仓库里，我只记得这些。要是我们马上出发，应该能早点儿调试吧？开过去也就三个钟头左右，我估计。"

他带我去淋浴房，我好好洗了一把。单车族提着一袋奇形怪状的苹果来了，我们三个坐在地板上，就着苹果吃煎蛋卷。好多年没享用这么丰盛的早餐了。单车族开始介绍老营房的历史——这个故事涉及一个艺术资助项目、一所老学校、几栋废楼、一处流浪猫救助站，我听着听着就走神了，在脑子里润色起了那首新歌。

吃完早饭，我们告辞说必须上路了。单车族陪我们沿昨晚的来路绕到楼房正面。

直到转过墙角，我挂在脸上的微笑瞬间消散——"黛西"不见了。

"你挪过车吗，杰基？"席尔瓦问。

"钥匙在你那儿，伙计。"

席尔瓦拍拍口袋，掏出了钥匙。我们走近了些。地上有碎玻璃。

我死盯着"黛西"本该待着的那块地方，妄图用意念将它召唤回来——眨眨眼，它就又现身了。怎么会发生这种事？我把昨夜的动静在脑子里过了一遍。我听到过砸玻璃的声音吗？

引擎发动的声音呢？应该没有。我们演出、吃饭、洗澡、睡觉，多少回把车停在外面都没事。我往边上走了几步离玻璃碴儿远些，躺倒在小路上，仰面望着早晨的天空。

单车族人人手足无措，七嘴八舌各说各的。"从来没出过这种事。""我们只是想出点儿力。"

"不是你们的错。"我过了一分钟说，见他们还没停下来，我又大声说了一遍，"不是你们的错。"他们这才闭上了嘴，瞧着我。

我坐起来，两手后撑，努力扮演冷静的大人，接着说："坏消息是我们得报警了。好消息是你们没有非法占用这房子，所以我们不必太费口舌解释在这儿干什么。坏消息是这次油箱很满，偷车的能开得老远。好消息是偷车贼多半是本地人，不会打算开到佛罗里达去。可能就是一些从没开过非自动车的孩子，等没油了就会把车扔在附近。"这番安慰话也是对我自己说的。

"没准儿他们讨厌中餐。"杰基说，"另一种可能是车里那味儿他们闻着闻着就饿了，非停下来吃顿中餐不可。我们应该先把本地的中餐馆全找一遍。"

席尔瓦单独走到一边，已经在跟警察通话了。尽管他背对我们，我还是听到了只言片语。牌照。是的，面包车。是的，外州牌照。不，他不是车主，但车主跟他在一起。好的，我们会等在这儿。我心里说，我们还能去哪儿？对了，匹兹堡，看来短时间内是赶不过去了。

他挂断电话,两手插进口袋。他没有转身加入我们。我本该走过去陪陪他,可他那样子似乎不想说话。

警察来之前,单车族除了埃玛都躲进了楼里。杰基也不知跑哪儿去了。我忽然发现自己对他的过往并不了解,虽说老是泡在一辆车里。

给我们做笔录的年轻女警上来就端出一副冷冰冰的面孔,搞得我们倒像是罪犯了。埃玛向她解释了目前的情况。不,警官,不是非法占用,这是许可证。我的随身背包里有个文件夹专门保管车辆登记证和保险单,这也让女警变得稍微友好了一些,但也只是一点点。

"保险单呢?"

"有。"我刷刷地翻着那个文件夹,递给女警一张卡片。她看上去一脸意外,我反应过来了,她本以为是电子版的。"不过只保了责任险和驾驶员人身险。"

女警又意外了,"这么说你的车不是自动驾驶型的?"

"对,警官。'黛西'——这车——跟了我有二十三年了。"

"政府提供补贴那阵儿你也没去改装?"

"没有,警官。我喜欢开车。"

她瞧了我一眼,好像发现了什么新鲜事物。

"车里有什么东西?"她问。

我叹了口气,开始报失物,按从后往前的顺序。

"一套架子鼓,几种牌子拼凑的。一套安培①贝斯设备、一部马歇尔吉他功放音箱、满满一箱演出服、一只睡袋。一箱小说,大概五十本。呃,还有各种商品,唱片、T恤等打算出售的东西……"我把能记住的一一报出,略过了一些不起眼的东西,折叠筷、饭店菜单、枕头、夹克,这些都不难置备。只是有一样东西,始终盘桓在我的脑际。

"一本道路交通图。兰德麦奈利②出版的。"

女警挑起眉毛,"一本什么?"

"道路交通图,就是地图册。"

"你要我列进去?"

"嗯,它也在车里。很重要,至少对我是这样。里头有标注。我们在哪儿演出过,我们喜欢在哪儿停、不喜欢在哪儿停,都标在上面。"我用力克制嗓子眼儿里的哽咽。不能哭,我对自己说。实在要哭就哭车,不能哭地图。你还可以再弄一本。也许要花好几年,但并非办不成。

显然,让我揪心的不单单是这本地图册。我们的家当本来就不多,一下子又损失这么惨重。现在我只剩下兜里的现金、背包里的一个日程本和一套替换衣服,还有那把吉他。光凭这些我们怎么东山再起?没车怎么巡演?没功放,没鼓,能行吗?

---

① 原文"Ampeg",一家以制造贝斯放大器而知名的音响器材厂商。

② 原文"Rand McNally",一家地图出版公司。

女警伸出手机，示意我跟她碰一碰拷贝笔录。

"脱网人。"我解释道，"很抱歉。"

席尔瓦总算来帮忙了。刚才报失物他连嘴都没张一下，这会儿伸出了手机。"发给我吧，警官。"

女警导出笔录，答应一有线索立刻跟进，便上了巡逻车。她不得不亲自打方向盘，沿着这条只有车辙的野路开回去。我猜正因为有这种地方，警车才必须保留人工驾驶选项。她多半转脸就把我们忘了，或者把这案子销了。

我转向席尔瓦，他已经走开了。我跟着他走在一条通往旧仓库的小路上。

"停下来！"看他没有停步的意思，我只好喊了一声。他朝我转过身来。我以为他会跟我一样难过，没想到他在生气，我还是头一回见他火气这么大，双拳紧握，牙关紧咬。

"哇噢！"我说，"冷静。会好起来的。我们能想出办法来。"

"啥办法？说呀，卢斯！"

"他们会找到'黛西'。找不到的话我们就另想出路。"

"'黛西'只是一部分。功放、唱片、T恤，我们的一切都丢了。我连一套替换的内衣裤都没有。你有吗？"

我摇摇头，"我们可以去买——"

"我们可以去超级沃利买内衣裤。可其他东西一样也买不了。我们买不起。就是这回事。我们完蛋了。除非……"

"除非什么？"

他松开左拳,把一张纸片递到我面前。我接过来,展平。是尼基·凯勒曼的名片,最后一次见它是在我的功放上。

"不行。"我说。

"听我说。咱们什么都不剩了。一无所有。你知道的,只要打电话给她,答应签约,她就能帮忙搞定。所有东西都能重新备齐。新的功放,新的周边,新的演出服。要是做全息演出,就不用买新车了。咱们可以休息一段时间。"

"你没开玩笑?你打算待在一个地方搞全息演出?"我等他答话,他狠狠踩着尘土里的一片玻璃,用靴跟碾来碾去。"咱俩合作了二十年,从来没想到你会赞成这事。"

"别装啦,卢斯。我没你那么排斥全息舞台,这一点你心里有数,否则你拒绝她之前会问我意见的。我知道咱这儿不讲什么民主,但以前你起码还给我点儿有发言权的幻觉。"

我咬着嘴唇,"对,我是没问你意见。可实际上,我最后也没拒绝她。不是说我同意这事,而是她的话让我很矛盾。"

席尔瓦听完突然不作声了。足有一分钟谁也没说话。我环顾四周。在这个地方吵架真怪啊。我知道这一天早晚会来,但想象中这一架应该在车里吵。见他迟迟不言语,我试探道:"这么说你愿意搞全息演出?"

"不是的!也许吧。我也不知道。我一直不觉得这是个烂到家的主意。而现在,我认为咱已经没得选了。假如照老样子这么过下去,我应该还能撑一段时间,可要我从头来过……"他摇摇头,又转身走开了。这回我没跟上去。

我回到昨晚住的那栋大楼前,单车族又都冒出来了,正在低声交谈。杰基靠在小门廊里,离他们有几英尺远。我面朝杰基坐在了草地上。

"你怎么看全息舞台?说心里话。"

他朝地上啐了一口。

"我也是这个态度。"我同意道,"但是,给你两个方案,一个是从零开始,另一个是靠他们恢复元气,你怎么选?假如没有别的选择。"

他撸了撸发辫,"假如没有别的选择?"

我点点头。

"总归有其他选择的,卢斯。在假仓库里对着假观众搞假表演,这事我是不会跟着你去签约的。我会退出。你也干不长。"

我拔起一把草朝他扔过去。

他坚持自己的论调:"真的。我不知道你会怎么做。总之你不再是你自己了。也许你还会小范围地搞搞面对面的现场演出,可你的愤怒已经跑偏了。你生的是自己的气,而不是为每个人发声。你会变成全息版的你。一个虚无缥缈的影子。"

我瞪着他。

"大家总是不把鼓手的意见当回事,可别忘了,我每天晚上都坐在你后面,观察你。相信我。"他笑了,目光越过我的肩膀,"我也观察你,席尔瓦。这话也是对你说的。"

我不知道席尔瓦什么时候走到了我身后。他在我和杰基中间坐了下来，弯腰时嘴里发出哼哼声。他往杰基身上一靠，把沾满玻璃碴儿的脏靴子翘在我膝盖上。

我一把推开他的脚，"老头子才那样哼哼。"

"我是快老了，老婆子，不过还是排在你后面。你有计划了吗？"

我朝扎堆的单车族望了望，"嘿，伙计们！你们谁有车？或者，那什么，认识有车的人？"

单车族看上去都满脸惊慌，最后其中一个——迪胡安？——点了点头。"我姐姐有一辆自动车。"

"是家庭版的吗？"

迪胡安露出了沮丧的神情。

又回到了原点。我胳膊肘撑着躺在草地上，在脑子里把可能帮上忙的乐队都过了一遍。想想有谁已经不干巡演了，如果"黛西"一去无回，或许可以把他的车买下来。没准儿能成，可远水救不了近火，我们今晚就要用车，没人可借。除了……

"你没说要退出，对吧？"我问席尔瓦，"你没说过不搞全息舞台就走人吧？我实在没法儿干那个。将来哪天说不定我会同意，但得我们定条件，现在我还接受不了。"

席尔瓦闭上眼睛，"我明白你接受不了。我只是不知道还有什么路可走。"

"我知道。至少知道今晚要去哪儿。"

我叫他打一个电话。

一小时后，特鲁利乘着她姐姐的家庭版自动车来了。我们不得不走到公路边上去迎她。

"有点儿挤，不过能办到。"她说。第三排座椅外加所有搁脚的地方都塞满了"莫比·K.迪克"的功放、架子鼓、线缆等器材。

"太感谢了！"我说着钻进了前排，假如上有方向盘下有踏板，我这个位子就是驾驶座了。车子从当前位置出发，通过自动导航向目的地驶去，我觉得怪怪的，但也有一种奇妙的解脱感。

我并没有那么灰心丧气。毕竟我们已经借到了车赶场子，演出器材也有了。只不过没有周边可卖，得熬上一阵。到了匹兹堡，如果"黛西"还没找着，会有人帮忙把我们送到巴尔的摩；要是找着了，就想办法回哥伦布取车。

只要有充足的时间准备，今后的大部分演出我们都可以向其他乐队借到架子鼓和功放。况且我们还有自己的吉他和一点儿现金。我们不会止步，无论是开着"黛西"还是乘着自动车，哪怕把吉他绑在背上骑自行车，我们也要上路。全息舞台打不垮这一切。这是一首公路史诗，谱写着屡败屡战的不屈人生。我们创造音乐。我们就是音乐。我们向前，向前，永远向前。

The Narwhal

独角鲸

真相往往过于离奇而没法儿捏造，对不对？

莱内特在零工网上找到了一份至今最满意的活儿，一周后，一条"鲸鱼"来到了她家门口。

　　应征零工网的招聘广告，不是这儿不如意，就是那儿出偏差。莱内特接过太多不靠谱的零活儿，知道该怎么保护自己。她约戴利娅在一间人挤人的时髦咖啡馆碰头，还安排闺密葆拉躲在人堆里护驾，以防这位陌生雇主是个变态。葆拉喜欢这个潜伏的点子，她把自己定位为间谍惊悚片里的角色，用一张《巴尔的摩太阳报》遮脸，让耸人听闻的头版头条大标题朝外:《伟大的超级英雄们再度拯救纽约》。为此，她专门买了一份印刷版的报纸。

　　戴利娅在任何一方面都没有触响警铃。她露面时看上去友善而悲伤，符合当时的情形。她是一名五十岁上下的白人女子，散发着人生教练或瑜伽教练这类自由职业者的气质。她详细谈了谈计划:新近去世的母亲留下一辆车，需要有人帮着开回萨克拉门托的家;她强调沿路都有哪些风景名胜，作为打动莱内特的主要卖点。这一趟自驾行前后需要八天。她会为莱内特支付每一晚的旅馆住宿费。莱内特答应接下这份活儿后，戴利娅当场买了一张从萨克拉门托返回巴尔的摩的单程机票，以示诚意。

一周后，早上九点整，戴利娅从街上发来短信：

已在门外
不下车了
有小孩围上来
准备出发

莱内特打开前门，只见一条鲸鱼占着车道，与沿路停靠的车辆并排。把儿童乐园里的邻家小孩都吸引到了街对面，不过还没到围上去的程度，只是聚拢在鱼头几英尺开外，直勾勾地盯着瞧。谁会不盯着它呢？莱内特自己也盯了一会儿。

鲸鱼银蓝色的身躯看上去像玻璃纤维制成的。下半部分似乎是一辆旅行车的底盘，尾巴在宽阔的背脊末端高高翘起。莱内特只在节庆日和集市上见过花车，那些花车都是停着的时候要比动起来显得开心些。而这一辆却仿佛时时准备一头扎进路面。副驾驶车窗上方那只油漆的眼睛安详地回视着莱内特。

"你要坐那个吗，莱内特小姐？"凯斯边问边往车前凑近了一些，他是莱内特邻居家的大儿子。凯斯的T恤衫印着惊奇人①的完美脸庞，外加他的口号："每一天拯救一座城市。"

"我猜是的。"莱内特本想轻描淡写，不过立马又改了口气，"一直开到咱们国家的另一头！"

孩子们自然都露出了艳羡的神情。

车内装潢跟普通旅行车差不多，莱内特本来还有点儿期待里面是一副巨型胸腔。她把行李扔在后座上戴利娅的箱包旁边，钻进了前排副驾驶座。仪表板上除了妈妈辈的旅行车常见的按钮、旋钮和操纵杆，还有一大堆神秘按钮。

"不知道干吗用的开关别去碰，"戴利娅关照，"我完全搞不清它们都有什么用。"

莱内特刚要顶她一句，说根本没打算碰什么，转念一想不该在长途旅行一开头就摆出自我防卫的架势。"我一直喜欢鲸鱼，"于是她说，"你没提这是一辆鲸鱼车。太酷了。"

"我们得出发了。时间很紧，我礼拜二还要赶回去上班。"

这句话莱内特也不知该如何接，干脆不作声，这时戴利娅把车驶离了路边。孩子们跟了上来。看到他们如此好奇，莱内特想起过去有个马戏团离开巴尔的摩时，经常率领群兽从演出场所沿隆巴德街一路招摇到火车站。她和朋友们在台阶上正玩着，忽然就有一头大象闯入眼帘。每一回都是那么意外和奇幻。后来，马戏团再也没出现过。

跟她一样，这些孩子也没去过什么地方。她最远只到过华

---

① 原文"Astounding Man"，超人系列漫画里的次要角色，机器人。

盛顿，是班级组织参观国会大厦。那次她买了一枚纪念币，至今还放在口袋里，既作为幸运符，也是自我许愿——终有一天自己会成为一个旅游达人，拥有从各大风景名胜区收集来的一堆勺子、硬币和冰箱贴。

电影人物总会说走就走，来一场史诗般的公路旅行，但这些人的金钱和时间似乎都比她多，更别提还有一辆车了。而眼下这趟旅行，加上这位雇主及其开出的雇佣条件，对于莱内特而言都堪称奇迹，恰如家门口出现的这条鲸鱼，或者隆巴德街上徐徐西行的大象。

鲸鱼驶过马丁·路德·金大道，占着拐角乞讨的几个青年瘾君子都看呆了，错过了整整一轮红绿灯啥也没干。当鲸鱼汇入干道上的车流时，别的司机又是按喇叭，又是挥手。这条鲸鱼俨然成了一个奇怪的"红人"。这喇叭声要是响上三千英里准让人受不了，不过眼下听听还是挺带劲儿的。

"经常这样吗？"莱内特问。

戴利娅扭过头来，不顾鲸鱼正在高速往前冲，目不斜视地瞧着莱内特。"不知道。这是我头一回开这玩意儿。"

"噢！你说过这是你母亲的。我还以为你打小就坐这车呢。"

戴利娅笑了，"想想很滑稽是吧？我母亲开着它去办事？真要那样，我不知道是该得意呢还是该难为情。"

看路啊，拜托。莱内特光是在心里喊，没发出声音。

"据我所知她平时开的是一辆栗色凯美瑞，最后捐给了慈善机构。她在遗嘱里把这样东西留给了我。她说'我没有钱而你也不缺钱，所以我想，应该把我做的唯一一件重要的东西留给你'。我觉得应该把它带回家，再想一想她为什么要留给我、我该拿它怎么办。中间我还跑了一趟特拉华，去找她存车的车库。这车可能是我家那辆老式家庭旅行车改装的，不过不太确定。"

戴利娅终于把目光移回了路面，莱内特暗暗告诫自己不能再提问了，除非走的是直道。接着，莱内特在手机上忙乎了一阵，下载了一款可显示沿途所有景点的应用，对有兴趣参观的目标都设置了提醒。

不久提醒就来了，前方十英里是阿巴拉契亚小径①横跨这条公路的人行桥。莱内特问戴利娅到时候能不能停一会儿，想在景点标牌旁留个影。

"就是块牌子嘛。"戴利娅从运动衫上摘下一根头发，把车窗放低几英寸，将它弹了出去。

"可这块牌子很酷啊！我一直想走一走阿巴拉契亚小径。"莱内特说，"好多人都走过。小径差不多跟我们这趟路一样长，开车都要开一个礼拜呢。我就是想记录一下自己到过这儿了。二十秒钟。不会再多了。"

戴利娅又一次在驾驶座上把整个身体转过来朝着莱内特说话："我真的不太想这么早就停，因为我不愿天黑开这辆车。我不清楚这车保养得怎么样，万一抛锚就不好办了。今天无论

---

① 美国东部著名的徒步旅行步道。

如何得先开到俄亥俄。然后我们再商量在哪儿停。"

这时70号州际公路恰好有个倾斜的上坡弯道，两只轮子轧上了路肩，车子抖动起来。司机还是不管不顾地瞧着莱内特，莱内特紧张地从副驾驶位盯着路面，只得缴械投降。

"抱歉。那就算了。"当车子钻过人行桥时，莱内特用手机抓拍了一张，结果画面是模糊的。

从这时起，莱内特在心里不叫戴利娅的名字而改称"老板"了。她要提醒自己，这个女人是付钱叫她帮忙开车，而不是观光的。莱内特没有表决权。她俩也不是朋友。也许相处得再久一些，戴利娅就不会这么焦虑了。

可是，老天哪！哪怕是莱内特在开车，也得严格遵守老板的时间表。几点在哪儿停车吃饭，几点到哪儿住宿，戴利娅都计划得明明白白。她只给上厕所留了点儿余地，但也有限。在接下来的两天里，她俩一路飞驰，掠过了流水别墅、巨型咖啡壶、约翰·格伦与安妮·格伦故居①及其他各式各样的公园和展馆。莱内特在公路上瞄了一眼万达利亚的水塔，但没见到应该在塔下什么地方的卡斯卡斯基亚巨龙②，那条龙正眼巴巴等着她投一枚硬币，好喷口火。

第一夜入住俄亥俄的一家路边汽车旅馆，莱内特在床上吃

①此三处景点，前两处位于宾夕法尼亚州，第三处位于俄亥俄州。约翰·格伦（1921—2016）是美国首位绕地飞行宇航员；其妻安妮·格伦（1920—2020）是致力于帮助沟通障碍人士等失能群体的公益活动家。

②水塔与巨龙均位于伊利诺伊州。

着外卖的汉堡薯条，心里还残存一丝希望。她从大堂取了几本旅游小册子，摊开来，边吃边在手机上标出景点。没有一处是在步行距离以内的。老板绝不会把车借给她去观光，再说也没有一个地方天黑不打烊的。

不管莱内特想看什么，都只能透过车窗瞄一眼。也许是她自己的错，想当然地以为"看看咱们国家的风景"的意思是"横穿全国一路走走停停玩玩"，而不是在窗玻璃后面一晃而过看个影儿。也许是她自己的错，没琢磨琢磨为什么戴利娅找不到朋友陪她跑这一趟。以后再碰上这种机会，她知道必须事先问清楚哪些细节了。

"一定有什么地方是你想停下来看的吧。"经过T型车博物馆①的指示牌时莱内特说。车是她在开，可她明白最好别踩刹车。"瀑布啦，热门景点啦，大峡谷啦。"

"不就是一个大地洞嘛。"

"别的呢，嗯？"

"有个地方，不算旅游点。"

"在哪里？"这是戴利娅头一回流露出对什么有一点点兴趣，莱内特尽量压抑着不让心中的希望再次冒头。

戴利娅从钱包里抽出一张相片，在莱内特看清之前又塞了回去。"是从我母亲第一格抽屉里拿的。反面写着'背福'②两

---

① 即福特T型车博物馆，位于印第安纳州。
② 原文为"Baleful"，虚构地名，译文尽量兼顾音义。

个字，我查过，这条公路旁边有个小镇就叫'背福'。我想从镇上开过去，看看是不是真有相片上这家电影院。"

"开过去？连停都不想停？"

"如果照计划走，我们应该在中午到那儿，时间太早，不方便停。"

还用说嘛。

幸亏这条鲸鱼总算还有点儿驾驶乐趣。它的体积和分量要超过莱内特以前开过的任何车子，每次变道似乎都在提醒你，付出努力才会成功。背鳍和尾巴都能兜风，往往起到类似船舵的作用。在城里泊车是个大麻烦，可上了路，它能唤醒你的力量感和空间感。

莱内特只喜欢开车这一部分，其他统统不如意，比如紧张的日程、没有弹性的作息。她发现唯一可行的小小反叛举动是随便摁一个按钮，或是转一下某个神秘旋钮。虽然戴利娅有言在先，谁也不能碰任何作用不明的开关，但莱内特轻松找到了破解之法——伸手调节收音机时，可以"不小心"碰到其他东西。在大胆尝试之前，莱内特有时会猜测那是什么附加功能，这种解谜游戏还挺消磨时间的。一个标有小猪符号的开关可以打开一块火腿电台①控制面板，不过还没来得及研究怎么用，戴利娅就命令她关上了。扶手控制台上有个多余的除霜开关，按下后启动了雷达干扰器。

---

① 对业余无线电的戏称。

"这是法律明确禁止的吧？"

"所以，也许你就不该打开它。"

莱内特总是立刻道歉。到目前为止，戴利娅多半觉得她只是笨手笨脚，需要什么也不问一声就乱摁按钮。莱内特为诡计得逞而暗自得意。

"你能不能当心一点儿啊？"戴利娅问，当时莱内特刚拨了一个开关，整台车像个没调好的扩音喇叭那样尖叫起来，把附近牧场里的马都吓坏了。

莱内特试着换个话题："这些都是你母亲自己改装的？"

"不知道。我告诉过你，我连有这辆车都不知道。我不觉得她是那种开着鲸鱼在城里转的人，也不觉得她会在车上装个能把乘客震聋的秘密按钮。她的确有个工程学位，所以我想，这些事她要干还是能干成的吧？她总是说，那时候女人不可能得到一份工程设计方面的工作，于是她就开始设计我了。她就是个普通的母亲。我们俩相处得不太好，她老是对我提出这样那样的过分要求——'如果你要当律师，起码得当个好律师，别当坏律师吧？'——不过搞这么一辆车完全不符合她的性格。我猜她大概有热爱艺术的一面，而且瞒过了所有人。"

"你是一个坏律师吗？"

"我不认为自己是坏律师。"戴利娅回答，既没有展开，也不欢迎对方继续问下去。至少可以解释她哪儿来的钱雇莱内特，还承担她回家的机票费。

"你是做什么的,莱内特?"

"就做这个。"

"开车?类似网约车?"

"不是的,干那个先得有辆车。"莱内特说,"我在零工网上找活儿。"

"挣的钱够花吗?"

"够付账单了,外加给我爸妈一点儿房租。我还在考虑自己到底想干哪一行。"她克制着顶嘴的冲动。

"你大概有……二十三岁吧?还有的是时间考虑。"

不换话题不行了。"该停下来吃晚饭了吧?"

老板叹了口气,"我还想再往西开一会儿。来根燕麦棒垫一垫?"

莱内特把手伸进飞快瘪下去的零食袋。她打算跑完这趟之后再也不碰燕麦棒了。

当老板第二百二十一次开关车窗时,莱内特找了找有没有一个按钮能一次性炸掉所有车窗。哪怕剩下的一千五百英里要忍受公路噪声和大风,也比耳朵砰砰砰跳个没完强。

莱内特自认为是个体贴的旅伴。她用耳机听音乐。被迫遵守苛刻的时间表,被不近人情地剥夺一切旅途乐趣,这些她都忍了。然而,一些小小的怒气很难闷在心里不发泄出来。

"你怎么老把那车窗开开关关的?"

"我没有。"老板说着又从路面挪开了目光。这是她的老毛病了，不管谁开口，她总是把脸完全转向莱内特，完全不顾匹周的车况和路况，因此莱内特大部分时间索性一言不发。实在有问题，莱内特会趁着开在双车道直路上且前后无车时赶紧问，即便如此，她还是会把指甲深深地抠进座椅，两眼死盯着前方，好像她在副驾驶座上有法子力挽狂澜似的。

"那当我没说。准是我想象出来的。"

没必要争。对方显然已经习惯成自然了，根本没意识到自己在干什么，你怎么让她相信你的话？没办法。管好你自己的事吧，看看路，看看风景，要不，要不在手机上记记流水账吧，把旅途见闻更新给巴尔的摩的闺密，她还不知道你受了一千五百英里的开关窗折磨。回复来了，莱内特貌似不经意地避开戴利娅瞟来瞟去的目光，看到闺密发的是："我的天，你受得了？"后面跟着一个无声的尖叫动图表情。

车窗又是一轮开关。莱内特觉得非干点儿什么不可了，便伸出手，捅了一个之前谁也没碰过的按钮。指示灯亮了。

鲸鱼猛然加速。

"你干了什么？"

"我不知道。"莱内特又摁了那个按钮一下，灯没熄。

戴利娅惊恐地看了她一眼。"踏板失灵啦。"

车速指针爬到了八十迈。九十迈。离一辆半挂车越来越近了，莱内特眼睛一闭等着撞车，不料鲸鱼往旁边一拐绕了过去。

"不是我拐的！是车子自己拐的。你到底按了什么玩意儿？"

莱内特看了看那个按钮。"上面有朵花。"

"我叫你什么都别按的。见鬼！"

"能不能拉手刹？"

"上九十迈不能拉。"

"打电话给警察？说我们遇到了技术故障，省得碰上测速的算我们超速。"

"警官，请来一趟，我超速了……"

"失控卡车避险车道呢？"

"山路上才有那个。"

两个人闷坐了一分钟。莱内特抑制着想道歉的强烈冲动。要是戴利娅不那么烦人，她就不会去捅那个带着花儿的自毁按钮。"至少大大加快了进度，是吧？"

"并不好笑。"

莱内特倒觉得有点儿好笑，只要她俩能把命保住：这辆车赶时间的劲头比老板还足。她把手伸进口袋，紧紧攥住了那枚幸运币。

里程表一英里一英里跳着。不久，戴利娅摆弄起了手机。假如车子经过一名警察，他看到司机双手脱离方向盘在玩手机，会怎么样？莱内特有点儿好奇。她想象接下来的追车场面，警察们从车窗里向她们投鱼叉、撒渔网，口里喊着："它在喷水啦！ ①"她不得不承认现在反而感觉安全些，戴利娅开车不看路那才叫吓人呢。

"马上就停了，"几小时后戴利娅说，"快没油了。"

她俩没有等到汽油耗尽，还剩最后三十英里的时候，发动机出了什么毛病，鲸鱼哆嗦了一阵，在车道中间慢慢停了下来，所有的灯一齐闪动。

"你得出去推一把了，免得别的车撞上来。"戴利娅说着把一只手搁到方向盘上，"不管怎么样，我总算能把方向了。"

莱内特在堆到脚踝那么高的燕麦棒包装袋里摸到了运动鞋。她下车后，又大吃一惊。

"呀！老板——戴利娅，你能出来一下吗？看看之前有没有这个东西。"

戴利娅猛地打开门，探出半个身子。"嗬！"

这条鲸鱼不无炫耀地亮出了一根十英尺长的角，跟独角兽似的。鲸鱼脑袋在挡风玻璃上方的部位，有个莱内特之前没留意的洞，长角就是从这个洞里伸出来的。"我猜这叫什么来着，噢，独角鲸，不是鲸鱼。开辆前头顶着长矛的车子上路不知道算不算违章。有点儿'疯狂的麦克斯'那味儿。②"

"独角鲸也属于鲸类，我想这根角先不用管。你推。等车

---

① 捕鲸人发现鲸鱼时喊的话。

② 在"疯狂的麦克斯"系列电影中，车辆往往装有尖刺、装甲、武器等，改装得极具攻击性和防御性。而这辆车"头顶着长矛"，带有与"疯狂的麦克斯"类似的狂野风格。

能开了再解决这个问题。"戴利娅摇摇头,钻回了车里。

莱内特试了好几次,滑溜溜的鱼身和尾巴都吃不上力,不过最后两个人还是想办法把独角鲸挪到了路边。

戴利娅在仪表板底下摸索了一阵儿,找到引擎盖拉锁扳了扳,鲸鱼张开了大嘴。莱内特磨磨蹭蹭没过去,她其实不怎么懂车。她车开得不错——老板只要求她出示无违章驾驶记录复印件,可她不会换轮胎;虽然能找到油尺,但不明白别人把油尺抽出来盯着看到底是在看什么。更别提现在了,谁知道独角鲸的盖子下面藏着什么。大概是磷虾吧。

"该死的。"老板在发动机旁边说,"有根皮带断了。"

"嗯……要我上网查查怎么办吗?"

"不用。我……该死,真该死……我要叫辆拖车。"

老板狠狠扣上引擎盖。她看上去真的抓狂了,一边拨号码,一边沿车头方向快步走了起来。莱内特一时怀疑,戴利娅为了赶进度会不会就这么先行一步了,而让自己等车子修好后再追上去。

戴利娅又回来了,眉头紧皱。"他们说路这么远,几个钟头也赶不过来。我出了两百块钱加塞费,他们说看情况吧,不过怎么也得四十分钟。真是的!"

莱内特想象了一下这种不差钱的豪气感,随随便便先扔下两百美元,连具体的修车费都还不知道呢,而且自信这笔钱能帮你自动加塞。

一辆牵引式挂车呼啸而过，把独角鲸震得摇摇晃晃，还喷了她俩一身的热气和沙尘。莱内特啐了一口，四下望了望。没见过这么空旷的地方。道路两边是青草覆盖的石质平原。不管往前看还是往后瞧，都没什么区别。六月的烈日挂在天心，万里无云，四周弥漫着一股气味，她觉得是奶牛味儿。她们总算是停下来了，结果值得一看的一样也没有。

"我走开几分钟。"说完莱内特又赶紧加上一句，"肯定在拖车到之前回来。我要小便。"

她向旷野里走去。五分钟，十分钟。地形太平坦了，走了十分钟还没有找到隐蔽处。从远处看，那辆车静静地停着，更像一个地标。一条搁浅在公路上的小鲸鱼。噢，独角鲸。假如拖车提前到了，她会拼命往回跑，因为可以肯定戴利娅是不会等人的。还好，她回到车旁后时间还有富余。

拖车司机信奉耶稣，而且生怕她俩不知道这一点。他先是对拖一条鲸鱼表示了惊讶，接着问她们了不了解约拿的故事[1]，又说今天他出现在这里难道不是上帝的恩典吗。她们打电话叫到了他，感谢上帝；他来救她们了，感谢上帝；只是坏了根皮带，感谢上帝；他开来的是平板拖车而不是另一辆拖挂式拖车之类的，感谢上帝。莱内特坐在当中，夹在司机——他叫哈斯克尔——与戴利娅之间。

---

① 事见《圣经·旧约·约拿书》，先知约拿接到耶和华的任务却抗命逃跑，受耶和华惩罚为大鱼所吞，约拿在鱼腹中待了三天三夜，经祷告为耶和华释放。

　　这辆拖车的减震器早已失效，莱内特不得不环抱背包，双脚紧紧抵着中控台，尽量缩成一团，以免自己的大腿与两边的大腿摩来擦去。后视镜上挂着一把饰有通心面花纹的大号镀金十字架，拖车每颠一下，十字架就会在莱内特的额头上敲一下。

　　戴利娅不停地滑手机，莱内特利用眼角余光判断，是在向西面滚动地图。大概十分钟后，戴利娅抬起头来，"你说要送我们去哪个镇来着？"

　　"斯普林菲尔德。"

　　"背福镇有汽修店吗？好像再往西十英里就到了。最好能把我们送那儿去。"

　　"有是有，但不是我们的店。而且超出了你的保险范围。"

　　"差价我跟你现金结，修理费你估一下也算给你。"

　　"好吧。现金结。听你的，女士。"他拿起手机打了调度员电话，告知计划有变。

　　莱内特依依不舍地瞧着拖车驶过斯普林菲尔德。还得向西开一段路，这大腿跟大腿磨来蹭去、十字架不停砸脑袋的十英里仿佛永远没个尽头，万幸的是车窗一直开着没动。感谢上帝。

　　司机沿背福镇出口北向匝道下了州际公路，再左拐——继续向西——接着就驶入一个小镇，应该就是出口指示牌上标明的背福镇了。主街看上去一片萧条，只有一间酒吧和一家橱窗上贴着房地产广告的不动产中介。

　　抵达汽修店后，哈斯克尔向她俩指了指候客室。莱内特走了进去，老板在外头监督拖车往下卸鲸鱼。自动售货机坏了，不过旁边有一只蓝色冷藏箱，顶上贴着一张打印纸，用油性记号笔写着"请自取"，纸已经沾湿了。莱内特捞了一瓶浮在冰水上的普通橙味汽水。

候客室里没别人，连个接待人员都没有。莱内特从桌上的碗里拿了一根葡萄味棒棒糖，摊开一本本杂志看了看，都没什么意思。桌子下面立着个手册架，她又翻起那些小册子，挑了几本当作纪念品。就算不能去玩，至少能证明她离那儿很近了。

老板从通往车间的那个门进来了，她的步履如此坚定，莱内特一开始还以为是店里的员工呢。老板后面跟着个修理工。

"风扇皮带修一修也就二十分钟。"老板说。

"二十分钟不是不行，但你得排在第一个，可惜前头还有一辆；而且皮带断了的时候不能伤到其他部件，不幸的是伤到了；另外发动机还不能改装得怪模怪样的老叫我猜谜，很遗憾你那发动机就是这么改装的；最后我手头还得有合适的备件，不巧又没有。斯普林菲尔德那边倒是有备件的，可我要明天早上才去那儿。"

"借我一辆车，我自己去取零件。"

"这里的东西都不能外借。"

"那我租，行不行？"

修理工摇摇头，"明天我会让你上路的，如果车子没有其他毛病的话。我说话算数。"

老板气鼓鼓地朝莱内特这边看过来,"瞧见没有?这就是我不爱随便停车的道理。你永远不知道会冒出一件什么事来,莫名其妙就浪费掉你整整一天。"

她似乎忘了,她俩不久前还像囚犯似的给关在这条鲸鱼里面,超速自动行驶了足足两百英里。莱内特同修理工交换了一个眼神。

老板掏出手机,鼓捣了一分钟。修理工手机响了。莱内特也掏出手机来看了看。"你也上零工网,哼?我猜没人会接你这活儿的。镇上的零件运输业务我一个人承包了。这条路往前有家汽车旅馆,建议你过去好好休息一晚上,怎么样?"

老板看上去快要急疯了,莱内特一时倒有些同情她了。"我们已经比计划提前了,戴利娅,再说你本来就想来这个镇转转。我相信这家店会好好保管你的车的,是吧?"

修理工又递过来一个感激的眼神。"当然啦。今晚我连大门都要上锁,保证不会有人来乱动这辆车。我们会照顾好它的,说话算数。"

老板轻轻叹了口气,说:"行行行。"

两个女人从车上取下各自的旅行袋。走到人行道时,老板转脸喊了一句:"不知道干吗用的开关别去碰。"

"明天你会再见到它的。"修理工在远处的工位应道。

莱内特跟在戴利娅后面,要朝哪儿走戴利娅好像胸有成竹。向西，毫无疑问，永远向西。紧挨着汽修店的是一爿二手店和一爿小小的折扣杂货店，两家共用一个停车区。人行道破败不堪，拱起的混凝土地砖露出空隙，杂草乘虚而入。人行道在这几家店铺的尽头戛然而止，她俩只能朝路肩上走。

接下来是一片杂草丛生的停车场，再过去是长长一溜铁丝网，围着一座垮塌的电影院。不是那种豪华气派、会吸引人筹资重建的影院，这一座看上去毫无特色，土里土气的。整栋建筑如今只剩下米黄色的砖砌立面和扁平的招牌，有过名字，但字母已经都拆光了。招牌左半边贴着"最后的星空战士"和"日场：木偶出征百老汇"，右半边贴着"即将上映：紫雨"[①]。

戴利娅放下旅行袋，站在那里呆呆地看着。

"你没事吧？"莱内特问。

"还是那几部电影。还是照片上那些电影。"过了片刻，她点点头，抓起旅行袋拎手，"我没事。没事。"

沿着这条路再走四分之一英里就到了白钻汽车旅馆。这是一幢"U"形的单层建筑，围着一座干泳池，停车区泊着一辆车。

旅馆前厅里除了两把折叠椅，也摆着一个手册架。莱内特翻着小册子，戴利娅在跟前台压价，尽管住宿费已经很公道了。为什么有钱人走哪儿都要讨价还价呢？她假装不认识戴利娅，每种手册各取一本，走到门外等着。

[①]《最后的星空战士》(*The Last Starfighter*)、《木偶出征百老汇》(*The Muppets Take Manhattan*)、《紫雨》(*Purple Rain*)均为1984至1985年间首映的美国影片。

戴利娅出来了，晃荡着两个钻石形状的钥匙圈，上面各有一把钥匙。莱内特一看自己单住一间，长舒了一口气，她迫切需要跟这位旅伴分开一段时间。进了客房，她放下旅行袋，把一本本小册子摊在床上，想找找有什么步行可去的景点，这个点儿出去转一圈还不算晚，怎么也得玩一次吧。

大部分景点都不在步行距离之内，重新上路后她也不可能说服老板去这些地方。观光路线都太费时间，即使顺路也一样。同样道理，不能走州立公园、国家纪念碑、爬行动物博物馆所在的路线。她把这些都加入了收藏，等将来某一天故地重游时用得着。到时候要玩上两个月，她对自己说。每一栋历史建筑、每一处媚俗的路边景点她都要停下来参观。一个不漏地参观。

只有一份册页所列地址位于背福镇。那地方叫"大事件博物馆"。与其说是册页还不如叫书签更合适，毫不夸张，就是一张黄色卡片纸用黑油墨印了一些文字。没介绍具体是什么"大事件"。光列出名称和地址，外加开馆时间。每周五下午两点至晚七点。没有电话号码，没有网址。

莱内特看了看手机才知道今天……还真是礼拜五，天天在路上已经丧失了时间感。再查手机地图，这个地址在往东一英里，多半位于荒弃的镇中心。她把背包里的东西一股脑儿倒在床上，挑出钱包、手机、客房钥匙又放回包里，朝门口走去。颠簸了一路，她马上要正儿八经地观一次光了。只要那么一次，她就能说自己到过什么地方了。

戴利娅坐在干泳池旁的一张帆布躺椅上。旅行包搁在一边，看上去还没进过房间。莱内特极想一个人待会儿，可一见戴利娅垂头丧气的样子，又感到一阵歉疚。

莱内特一面走向低矮的铁丝围栏，一面问："嘿，我要去镇上。你来不来？"

戴利娅的脸肿肿的。莱内特想起她不久前才安葬了母亲。"不去了。我就在这儿坐坐，谢谢。玩得开心。明天早上车子修好我发信息给你。"

莱内特半道上进了那家杂货店，买了一些燕麦棒补充所余不多的存货，外加一份微波即饮汤，万一没找到餐馆就当晚饭吃了。

经过汽修店，看见鲸鱼就待在敞着门的中间工位。她强忍着要向鲸鱼挥手的冲动。接着走过酒吧和不动产中介，后者在招贴上宣称能物色到"十全十美"的养牛场用地。左转后，她发现自己走上了一条住宅区街道。房屋都是单层的，尖顶设计，说明带有阁楼。住宅附属的车库前停着卡车或是轮胎磨得光光的轿车。这片街区最显眼的是几条街外的一座谷仓。

按广告纸上的地址找到的那栋房子比四邻的要小一些，也不是木结构，而是石砌的，不带车库。雨水槽里长着一株小树。不像一座博物馆。莱内特再度失望了，这是她唯一的能看点儿什么的机会，居然还上了当。

没有任何标志说明这是一间博物馆,不过纱门后面的大门并未关严。

"哈啰?"莱内特招呼。

"哈啰?"有人应道。

"这里是博物馆吗?"

"这里是博物馆吗?"

她推了推把手,门开了。进去是一间小小的门厅,里面立着个衣帽架,还有一面镜子。镜子映出右侧一间屋子,她这才知道应答声来自大笼子里的一只绿鹦鹉。前窗下的沙发上睡着个老头儿,仰面朝天,呼噜阵阵。她拐进来瞧了瞧这间屋子,犹豫着不知该干什么。以前参观过的博物馆都有购票的服务台、参观路线图、指示标志和纪念品柜台。这儿却样样都没有,到现在她还不确定是不是来对了地方。

"哈啰?"她又说了一遍,想挑动鹦鹉再来学舌,不过这次鹦鹉光盯着她没吭声。"我是来参观博物馆的。"

鹦鹉尖叫起来,老头儿睁开了眼睛。这人没她想的那么老,但也年轻不了多少,皮肤呈皮革状,一看就是经常待在太阳底下晒出来的。他坐起身。一头白发乱蓬蓬的,还飞出了几缕披散在脸上。"参观博物馆?好极了。八美元。老人和学生五美元。"

春季学期开始前,她已经从社区大学退学了,学生证倒是还在手里。不过说实话,这地方看上去挺缺钱的,况且她这一路花的钱远远低于预算。她伸手去取钱包。

"那么，到底是个什么'大事件'呢？"她一边问，一边数出一张五块的加三张一块的。

老头儿接过钱，把脑袋一歪，跟那只鹦鹉有几分神似。"人都来了还不知道？以前好像没碰上过你这样的。"

"我的车抛锚了，不得不在这儿过夜。汽车旅馆附近的景点只有你这家博物馆能走着来。"

老头儿貌似有点儿生气，她意识到刚才的话可能不太中听。"我很高兴能来这里参观。"这倒是实话。

老头儿指了指屋里第二扇关着的门，之前她没留意，门上有块木牌写着"博物馆"三个字。"进去后按一下墙上的开关。"

莱内特一进去，房门就冷不防关上了，眼前一片漆黑。她忽然意识到，自己刚刚走进了一栋古怪的房子，而且没告诉任何人。她摸索起墙上的开关。

屋子里亮堂起来。一座带照明的立体模型占了大部分地方，就像实景火车模型，只是没有火车。其原型显然正是背福镇。她认出了汽车旅馆、电影院和汽修店，虽然汽修店不是现在这个名字。旅馆泳池里灌满了塑料模拟的水。迷你影院的招牌上贴着的迷你片名跟她今天看到的完全一样。白天在道路上和停车场里见到的车已经够少的了，可模型中竟然还要少。电影院正墙后面是一个正在冒泡的火山口。

她又看了一遍小镇模型。其他地方也都近似实景。折扣店里没有人。镇中心的商店和楼上的公寓也都亮着灯，但店铺和街道全都空空荡荡。建筑物的细节让她暗暗称奇：迷你邮局刻着一行迷你文字——"始建于1903年"；不动产中介橱窗里的迷你招贴推介着十全十美的养牛场用地；微型酒吧内部悬挂着迷你啤酒商标。她找到了这家博物馆，看起来像一栋小宅子，不过雨水槽里没有树；还找到了在路上看见的那座谷仓。

再回到这座模型离奇的中心部分：电影院里面那个闪闪发光的洞穴正在吞噬砖块、石膏、银幕和东翻西倒的座椅。洞内冒出一物，依稀能分辨出牙齿和眼睛，但认不出是什么，反而更加瘆人。只能看见一层一层的半透明形体，以及纤毛般的丝线。她眨了眨眼睛重新聚焦，其他部分依然很清晰，唯独这个怪物还是模模糊糊的。

整座模型里只有一个人物：一名站在面目模糊的怪物前方的女子，手里拿着一件装置，大小如"神奇画板"①。女子旁边有一辆独角鲸形状的汽车，很像莱内特开着横穿全国的那辆。这条独角鲸悬停在地面上方，由一根几乎隐形的细丝固定在展柜顶部。独角鲸长角顶端亮着一盏红色指示灯，正在往外喷射什么。莱内特意识到，等她们重新上路之后，也许得小心点儿不能再乱摁按钮了。她盯着看了很长时间，最后不得不作罢，因为再怎么瞧也瞧不出个所以然来。

---

① 原文"Etch-a-Sketch"，1960年面世的一款绘画玩具，可用两个键分别控制笔触在画板上的纵横移动。

房间另一头沿墙设有一溜带照明的展柜，陈列着一幅幅剪报："全镇疏散""定向爆破无人员伤亡""背福镇影院地块待售"。就这些了。没有一篇新闻解释中间那座离奇的模型是怎么回事。

第三个展柜内陈列着一碗尘土、一只烧穿了一个洞的爆米花盒，还有一件貌似老式任天堂游戏机控制器的装置，尺寸略大些，接近"神奇画板"的大小，银蓝色，上面分布着按键和旋钮。其中有几个莱内特认出来了。

她回到前厅，老头儿正坐在沙发上等着她。"让我猜猜：你想要回门票钱？"

莱内特摇摇头，"没有，不过到底发生了什么？我看不懂。"

"我觉得已经很说明问题了。你看到的那些就是我了解的一切。"

"新闻只报道了全镇疏散，电影院爆破。一个字都没提那个……不管那是个什么。"

"这也是人人了解的表象。"

"那你是怎么知道真相的？"

老头儿咕哝着从沙发上费力地站起来。莱内特跟着他又走进了博物馆，见他指了指影院的东南角。有个小小的人形正在角落里窥视着，刚才莱内特没发现。"那就是我。"

"你？"

"当时我们镇上还有一家周报。记者只有我一个。我不想错过这个镇有史以来唯一有趣的事。所有人都撤了,除了我。我把车子藏在一座仓库里,偷偷折回来看看发生了什么。其实我应该料到,他们一个字也不会让我发表的。疏散令还没解除,就有人收购了报社,我也被炒了鱿鱼。也不会有其他报社发这篇报道。"

"你拍照片了吗?你的小人模型带了相机。"

"当然拍了。可底片还没冲印就不见了。那会儿不像现在,可以把手机里的照片上传到云端。"

"嗬!"莱内特应了一声。假如没有那个奇怪的细节,她根本不会相信老头儿的话。而这个细节她是一定要打听的:"这辆鲸鱼车是怎么回事?"

他把目光从小人模型上移开,"那头独角鲸啊。我不知道。我不知道她是谁,也没想法子去跟踪她。我猜大英雄们都有自己要保护的城市,没工夫为小镇子操心。不管怎么说,这辆车很难忘。其他场景都是,呃,戏剧化再现,可以这么说。我已经尽最大可能还原真相了。"

"嗬!"莱内特又应了一声,接着问,"那么,来参观这家博物馆的都有谁?本地人?"

"没有。没人来。"他笑着答道,"我每个礼拜开放几个钟头,但没有一个人来。镇上没人相信发生过这事,也没人在乎。这间博物馆挺寒碜的。"

莱内特想了想该说句什么恭维话。"你的立体模型棒极了。

很遗憾没人相信你。"

"你相信吗？"

她思忖了一下，"嗯。我想我是相信的。真相往往过于离奇而没法儿捏造，对不对？上中学的时候，我告诉别人，每年有一次，马戏团里的大象要走过我家门口的街道，可没人信。你没有明信片吗？"

"没有。我怕别人笑话。"

好吧。反正她会把那张广告纸留作纪念的。

除非……"那什么……呃……我知道这听上去有点儿怪，你能不能把柜子里那个控制器模样的东西借我用用？明天还给你。"

老头儿皱起了眉，"我为什么要借给你？我告诉过你，他们已经偷走了我的照片。你刚才说你是打哪儿来的？"

"我发誓，我会还回来的。我可以把学生证押给你一晚上。驾照也行。要么……"她掏起了口袋，"这是我的幸运币。不值多少，但你可以看出来，我一直在口袋里摸呀摸呀已经把它磨光了。没有它我是不会离开这个镇的。我明天早上一定回来，绝不辜负你的信任。就像你说的，他们已经偷走了照片。立体模型才是你这个展览最出彩的部分。一部老式控制器谁也看不出名堂来的，除非你知道那是什么，我想我知道。"

"你知道？"

"我想是的。可能吧。"

莱内特不确定自己有没有说服他，只见他走到那个展柜前，打开了柜门。居然都没上锁。莱内特交出幸运币，接过老头儿递来的那件装置。分量比看上去要重一些。

"明天见？"老头儿一副听天由命的口气。莱内特心中涌起一股奇怪的冲动——一定不能让他失望。

汽修店的围栏门如修理工所言已经关闭上锁，但独角鲸的工位还敞开着，可能是因为那根角伸出了车间门外几英尺。独角鲸还是那么慈眉善目。莱内特环顾四周，修理工应该下班了，街上也没有其他人。

但愿控制器不需要电池。方向杆、天线、开关机按钮一看就明白是干什么用的。她仔细查看控制器上的其他符号，试着跟车上的符号一一对应起来。有个按钮画着一根长角，其功能似乎不难猜到，她扭头看了看，发现长角正瞄准街对面一座两层楼房的窗户。最好别轻举妄动。

最后，她挑了一个画有一对翅膀的按钮。深吸一口气。按下。一开始什么反应也没有，她又按了一下，这次按的时间略长一些。车间那边传来扑哧扑哧的声音。鲸鱼的底盘连带着轮胎开始向上抬升，接着，整辆车腾空而起。最后悬停在离地几英尺的高度。她小心翼翼地控制鲸鱼落回了地面。

她继续西行，返回汽车旅馆，正是落日的方向，她不得不微微偏脸避开斜射的刺目光线。墨镜留在了鲸鱼——那头独角鲸里。

杂货店和二手店都打烊了。再过去就是电影院废墟。铁线网有七八英尺高，但不见得有什么防护作用。没有监控探头，顶上也不设刀片刺网，没有迹象表明这里坚决禁止外人入内。她离开马路走到废墟跟前，随即开始攀爬围栏。

影院只有一截外墙还保持完好。墙，墙，墙，接着就是一堆米黄色砖块和灰泥。里面是一个略微下陷的大圆坑，坑内几乎填满渣土。

"没什么可看的。"戴利娅说，她正坐在一张摇摇晃晃的绒面椅上，示意莱内特过去。莱内特翻下戴利娅旁边的一张座椅，椅面一碰就脱落了。莱内特索性盘腿坐在了土渣里。

"我猜在我小的时候，母亲来过这儿一次，但不知道来干什么。"戴利娅从钱包里抽出那张相片，"肯定是这个地方。还是那几部电影。"

"我也觉得她来过。"

老板又把脸完全转了过来，不过现在没在开车，不那么恐怖。她一脸诧异，"你为什么这么说？"

"这里发生过一件事。关于这事镇上专门开了个博物馆。"

"是吗？"

"是的。只有礼拜五营业，不过馆主会特别为你开门的。他的立体模型里有你母亲的车子。如果你明天开着这车去，能让他兴奋十年。"

"也许我会去，要是时间没耽搁太久的话。"

两个人默默地坐了一会儿，西沉的太阳正照在已经填实的大窟窿上。

老板咬着指甲，朝想象中的车窗外弹着碎片。"她经常不辞而别，我爸总是说'她去巡视一下，看看外面是不是一切正常'，要么就说'她认为假如救援人员没出现，就说明你才是那个该出手的人'。我以为她去赌博还是干吗了。有一次，只有那一次，那年我十几岁，她跟我吻别，好像不知道还能不能再见到我。我问我爸她去哪儿了，我爸没说，或许他也不知道。母亲去了好几天。再后来，我们俩就到了这儿。"

"我们俩就到了这儿。"莱内特重复道，活像博物馆老头儿的鹦鹉。

莱内特把手伸进口袋去摸幸运币，摸了个空。她深吸一口气，"也许这不算完。我们明天一定要去敲博物馆的门，咱俩都去。我们有时间。我们已经比你的计划提前了。我们去敲博物馆的门，我要给你们俩看一个奇迹。然后我们继续上路，到了拱门国家公园①停下来，我要下车，亲眼看看那些拱门，我还要买T恤衫或明信片或自制纪念币什么的。或者都买，我还没决定。"

戴利娅没表示同意，但也没反对。莱内特觉得这是一个好迹象。

地上没有闪光。附近没有英雄，没有怪物。这地方连一个

---

① 位于犹他州。

能印在明信片上的奇观都没有,不过反正这里的一切也不会有人信。没什么可看的,也没什么可记下来发给亲朋好友的。尽管如此,莱内特仍然觉得自己终于到过了某个地方,总算是不枉此行了。

And Then There Were (N-One)

还吾人生

好比船已启航，我还想登上去。

我在考虑要不要拒绝一个邀请。这邀请太奇怪，而且太费钱，路太远，太危险，当然主要还是太奇怪。实在是太怪了。这种邀请从今以后不可能再有了。要是不去，我会懊悔的。请柬在我们家厨房的餐桌上搁了三个礼拜，这段时间我一直跟梅布尔辩论着去与不去的利弊。她听我亮明观点，提出建议；我反驳她，又帮着她跟我自己辩，结果甲乙双方辩友都由我一个人包揽了，争着争着双方还会对调立场。

　　"我怎么知道这不是个恶作剧？"我一面问，一面第二十遍研究着赞助机构名单，"网站看上去挺正规的，可这种事怎么可能不是恶作剧呢？"

　　"你这么想，"梅布尔说，"要么参与一场人类历史上前所未有的活动，要么参与一场前所未有的心理实验。不管怎么样总会有人受益。再说，你还没去过加拿大东部，就算到头来发现自己傻乎乎地站在一块空地里，不是还可以在那儿看看新鲜嘛。"

　　她总有办法把原本会让我焦虑的事包装成一场冒险。四个月后，我飞赴新斯科舍，再搭巴士到一个滨海小镇，这镇子小到连地图都不舍得分一个黑点给它，接着乘渡轮上西科德岛，最后穿过一扇传送门，进入了某个平行现实——这是一座度假酒店的大堂，里面已经挤满了莎拉·平斯克。估摸着起码有两百个我了，还有其他的我正零零星星地加入。

　　很容易分辨出谁是刚来的。我们都傻愣愣地站在大堂里，手里拎着大包小包，一个个瞠目结舌。仿佛有两百面哈哈镜一齐映出了我的形貌，连表情都没有放过。更怪异的是，空气中弥漫着一股说不明道不清的能量，感觉每一个莎拉都陷入了一模一样的思维，每一个都交织着好奇、惊愕、恐惧、迷惑，每一个都措手不及地发现，那份请柬所言不虚，我们不再孤单，或者说，比以往任何时候都要孤单。

　　两大帮人分别围聚在酒店登记台和"莎拉大会"签到处，肯定都在找自己的名字，而那份长长的名单一定列满了几乎雷同的姓名。第三拨人已经转移到了大堂酒吧，指望酒精能起到麻痹神经的作用，因为面对着来自多重宇宙的无数个自己，这种感觉实在是怪异。我决定加入这一拨。我找了把高脚椅，将旅行箱和背包塞在脚底下。地方有点儿挤，左右都是旅行箱和背包。

　　"黑啤。"吸引到酒保的目光后，我指着第三个龙头手柄说。

　　他笑了笑，举起一只酒杯，"连续第七个。你们不是点黑啤，就是点某种高档威士忌。"

我默默记下这条信息。啜了一口酒。邻座的莎拉跟我步调一致。我们俩同时放下酒杯。同时朝对方挑了挑眉毛。

酒保没走开,"账记在几号房间?"

"我还没办入住登记。现金行不行?噢,不行,有个跨宇宙货币流通问题。"

"可以把她的消费记在我账上。"邻座的那个我说。她编了一条大辫子垂在背上。我十三岁那年也留过这样的辫子。

我举起酒杯向她致意,"非常感谢。"

"别客气。我还从来没请自己喝过酒。嗯,反正不是这样请的。你知道一共来了多少个吗?我是说,这里有多少个我们?"

我摇了摇头,"不清楚。可以问问签到处的人。"

第三个莎拉,大概比我大十岁,加入了聊天。我父母结婚很多年之后才有了我。我总在想假如他们没等那么久,我还是不是我。"她在致开幕词的时候准会提到人数的。"

"她是谁?"一条辫莎拉问,"要是我问了个傻问题,请包涵。我已经办好了入住登记,但还没勇气去签到。我讨厌排队。"

大姐莎拉在莎拉大会纪念手提袋里翻了翻,抽出一份会议手册,翻到个人简介页念了起来:"'莎拉·平斯克[R0D0]'——我不知'R0D0'代表什么——'发现了创建多重宇宙传送门的方法。她是约翰斯·霍普金斯大学[1]的一位量子学家。'"大姐莎拉抬头瞧了瞧,"我猜那位就是她。从我在这儿坐下到现在,就看她一直跑前跑后没歇过。"

我们顺着她的指尖望过去,只见有个莎拉正匆匆穿过大堂,对讲机举在嘴边。她留着精灵短发,轻松解决了我头发一长就打卷的老问题。她看上去有点儿忙乱,不过比我们大多数人打扮得体;她穿着雅致的真丝衬衫,搭配修身显瘦的设计师款牛仔裤。而我一向都跟雅致不沾边,也从来没胆量剪那么短的头发。

"量子学家。"我重复道。

大姐莎拉翻着会议手册,"主办委员会里好像还有四个莎拉也是量子学家。"

一条辫莎拉挠了挠后颈,"我没听说过量子学。我那个世界应该不存在这门学科。"

"我那个世界也没有。[2]你是打哪儿来的?嗯,怎么说看你方便了。"我接话道。

"我来自五湖四海,"一条辫莎拉说,这也是我的常用答复,"但住在西雅图。"

真诡异。"我也是。我大学毕业后去那儿找活儿干,结果就留了下来。"

---

[1] 位于美国马里兰州巴尔的摩。
[2] 由此可知主述者莎拉并非来自我们这个宇宙。

"咱俩一样！我是去打暑期工，然后谈上了恋爱，就安顿下来了。我住在西西雅图①。你呢？"

"巴拉德。"我举杯和她碰了碰，尽管那段恋情没持续多久。

大姐莎拉咕嘟咕嘟喝干了啤酒，又抬手点了一杯，这才转过身来说："我们那个西雅图在一场地震中毁了。"

我们俩盯着她。她呷了一口刚上的啤酒，接着说道："我从来没去过西部，所以对我个人倒没什么影响，可还是很恐怖。死了四千人。城市再也没能复原。"

我想象我们家那栋小房子震颤垮塌，院子从中间一裂为二。我想到了梅布尔、我的好友和四邻，还有街边那家咖啡馆。不寒而栗。简直不堪设想。"怪到家了！"

大姐莎拉朝我扬了扬会议手册，"这正好是第一场专题研讨会的标题，'怪到家了：参加莎拉大会全部活动且免于心理失控的策略'。"

我和一条辫莎拉同时伸手去够啤酒杯。

某个休息厅按议程开始举办鸡尾酒会之后，登记队伍缩短了。我已经喝过酒了，便趁此机会去办入住登记和签到。

"在名单里找自己的名字。"会议签到台后面的莎拉说。能看出来她已经焦头烂额，似乎累得忘记怎么在脸上摆表情了。我熟悉那种感觉。

我看了看名单，很容易体会她这漫长的一天所受的煎熬。

---

① 西西雅图（West Seattle）和下文的巴拉德（Ballard）均为西雅图居民区。

我只见过没几个莎拉就严重怀疑人生了，不难想象接待过全体莎拉的她是什么心情。

名单先是按姓氏分组。我的姓最普通，属于主干级别，而不是分支。出于好奇我翻看了一下名录册。大部分都像我一样姓平斯克。这不奇怪，因为我们这些人的现实应该最接近于发出邀请的那个平斯克。还有一些杂七杂八的姓，我推测是婚后改姓的缘故。随"另一半"姓的莎拉占了满满一页。我从来没想过为了谁而改姓，连随梅布尔的都不考虑，这些莎拉显然跟我观念不同。

姓氏组别之下再按现居城市细分，大部分莎拉平均分布在西雅图、多伦多、巴尔的摩三市，还有一些少数派来自北安普敦、萨默维尔、阿什维尔、纽约、比勒陀利亚等地。之后再按生日和职业细分。职业这一栏似乎集齐了我儿时对"你长大想当什么？"这一问题给出的所有回答。遗传学家、作家、治疗性骑乘教练、教师、历史学教授、天文学家、记者、驯狗师、养马师等等。我是唯一的保险调查员。平心而论，这份工作从没上过我心目中的热门职业榜单。

出于某种原因，住址一项最令我困惑。有个人姓名、生日、住址都跟我一样。她在某非营利机构担任项目总监，这是我们俩在名单上显示出的唯一区别。我们还有没有其他分叉点？我们是不是总在同一时间、以相同的方式在家里走来走去？她是不是也先爱上了厨房？她是跟另一个梅布尔住在一起吗？

"那边有块联络板。"签到台后的志愿者莎拉指着大堂尽头的一张招贴说，听上去已经说过一百遍了，"如果你发现了非见不可的人，可以在上面留言。从你的表情能看出来，你刚刚在名单上找到了一个感兴趣的人。那位的人生轨迹跟你一样，或者差不离。"

我想起了小学生玩的"找相同"游戏：六个或九个格子里画着乍看都一样的猫咪或机器人，其实大部分微有差别，你要在其中找出完全相同的两格。我刚冒出这个想法，旁边有个看着另一份名单的莎拉就把我的心里话说了出来。

我打量了她一下。记得请柬上有句话："做你自己。"然而，现在我们俩都穿着牛仔裤，T恤上也都印着神奇女侠，她那幅是70年代电视剧版的剧照，我这幅则来自2005年吉娜·托瑞斯主演的电影①。我俩都扎着乱糟糟的马尾辫。我注意到的唯一区别就是她皮肤比我细嫩很多。

我画出自己的名字，把名单还给志愿者莎拉，她连看都懒得看一眼，便递给我一份会议手册和一只手提袋。"你可以考虑一下要不要做个胸牌。"

我瞟了眼堆在桌子上的记号笔和贴纸，"有这个必要吗？"

"你那个名字没什么必要，除非你觉得自己有个独一无二

①本宇宙2005年未上映过《神奇女侠》，吉娜·托瑞斯（Gina Torres）亦未出演过该角色，但在一款电子游戏《DC宇宙在线》（DC Universe Online）中为神奇女侠配过音。

的别名。当然这不太可能。有几个不叫莎拉的才真的需要戴胸牌。一开头,我们试过请大家挑一个别名,可前八个都选了同一个中间名,后四个选了同一个轮滑赛用名,还有三个报上了当女童军营辅导员时用的名字,也都一样,所以我们就跳过了这个环节。"

似乎不必多此一举了。接下来排队办理酒店入住手续,签完到有了个人登记号后,这一步就不那么麻烦了。前台负责接待的也是一位莎拉,身着职业套装,佩有经理级的金色胸牌,说明她很可能就是这个东道宇宙的人。

"你登记的信用卡将由第三方结算公司收款,他们有办法解决跨宇宙交易涉及的种种奇怪问题。请将所有消费记在自己的房号上。"我听不出她的口音是哪个地方的。

"你是哪里人?"我问。

"我就住在对岸的大陆。你呢?"

"西雅图。"

她的脸上闪过一丝同情。

趁她还没说这个宇宙的西雅图也遭了灭顶之灾,我赶紧转换话题:"为什么在西科德岛开这个会?"

"每个人都这么问。"她莞尔一笑,露出了齿缝,显然没戴过牙箍,"西科德是加拿大东海岸外的一座主权岛。你知道加拿大吧?"

我点点头,很好奇能问出这个问题的人处在什么样的宇宙中。

她继续说道："至少在这个现实中，西科德是一座主权岛，这样组织者就不必操心签证或护照的事了。你们都可以自由登岛，散会后就返回原处。"

"万一有人打算偷偷从岛上溜走怎么办？不是说我有这个念头。我是保险调查员，询问动机是我的职业习惯。"

她又笑了笑，"所以这个周末所有船只都接到通知离开了本岛。我们跟你们谁也离不开谁了。"

她将一张门卡插入纸套，接着抽出一支笔，"你们那个世界用门卡吗？"

"用的。"我瞟了一眼她写下的数字，默默记在心里，随后将门卡收进口袋，把纸套交还给她扔掉。

"到目前为止你是唯一这么做的。"她说，"恭喜你展示了原创性。"

我略略抬手做了个致敬的动作，便走向附楼去找自己的房间，也就是我刚才办入住登记时最便宜的一间。顺着酒店莎拉所指的方向，我走出主楼，沿一条"L"形走廊拐到楼后。先是经过一个神色紧张的勤杂工，那人推着一辆装满清洁用品的小车；然后是两个千方百计要将一张轻便小床搬进一间小客房的莎拉，第三个莎拉在一边指挥，她抬头冲我挥了挥手。请柬上的"敬请赐复"一行下面有个问卷，她们一定是勾了"合用客房"这一选项。我喜欢这个选项，说明来开会的不局限于那些有钱有闲的莎拉。连梅布尔看了这一条都稍稍收敛了对整个活动的嘲讽。

再拐一个弯，我感受到了一种与吹空调的大堂不一样的冷，像是加拿大十一月的寒意渗进了这个封闭空间。果然，走廊尽头的防火门被人顶开了。我解锁了房门，把行李扔进浴缸后，出门瞧瞧外面什么情况。

我探身到防火门外张望，发现有两个莎拉正吸着烟，在刺骨的寒风中冻得拱肩缩背。一大片云层，颜色如新鲜的乌青伤，低低地压在头顶上，似乎天色已晚，其实还早着呢。空气中弥漫着烟草味和盐水味。一座装卸码头和几个大垃圾桶结结实实地堵死了我的视线，可我还是觉得海洋就潜伏在近旁。我产生了一种强烈的错位感，有点儿像时差反应，但并不是因为坐过飞机。也许可以叫"时空差反应"吧。

"来聊会儿？"说话者留着一头披肩卷发，染成跟自然色完全不沾边的胡萝卜橙。两个人显得既狂放又时髦，而我要费劲装一装才会有点儿野相。

另一个看上去健康欠佳。她戴着一顶绒线帽，面容憔悴，飞行员夹克里面穿着一件肥大的"没好事"T恤。她递过来一盒"美国精神"①。

"不用了。"我说，"嘿，'没好事'，曾经是个很酷的乐队。②"

---

① 原文"American Spirits"，美国一香烟品牌。
② 本宇宙无此乐队。

她咧嘴一笑，亮出一口熏黄的牙齿，"现在依然是支好乐队。砰！分叉点！在我的世界，他们已经出到第六张专辑了，还是棒得没话说。"

"走廊里还不太冷，是吧？"橙色卷发莎拉问，"门一关上就锁死了。刚才逼着我绕了一大圈才进去，这栋楼太大了。"

另一位用快抽完的那支烟续上了一支新的，抬起旧旧的战斗靴捻灭了烟头。"反正我马上要进去了。"

可她看上去一点儿也不急。我向她们保证里面还不太冷，我这么说主要是因为不想当"出头鸟"，她俩多半也能看穿我。我们都是那种不愿给别人添麻烦的人。

"那么，你为什么来这儿？"两人中比较健谈的橙色卷发莎拉问道。

"你指的是？我收到了请柬。"

没好事莎拉摇了摇头，"她是问你为什么接受邀请。出于兴奋？好奇？疑惑？还是求知欲？或者别的理由？"

我想了一下。梅布尔说整个这件事就是一个自恋行为。

她看完请柬，往桌子上一扔，哈哈大笑，"发现了进入无限重现实的途径，再利用这一点邀请平行的自己去开大会，这是谁干的？"

"显然是另一个我。"话一出口我就反应过来这确实有点儿自恋，"好吧，换了你会怎么做？"

她不假思索地答道："跟全球领导人或科学家聊聊。看看为什么这个现实缺水而另一个现实却没这个问题,或者看看别的现实是怎么从化石燃料向太阳能转型的。调查一下民主的发展状况。总之干点儿有用的事。然而你是一个讨厌拿主意的人。有了这个机会,你只想去搞清楚自己做过的每一个选择到底对不对。要是读研了会怎么样? 要是跟这个前任那个前任还没分手会怎么样? 要是你十几岁时想办法把喜欢的那匹马买了下来,生活会有什么不同? 如果我是你,我不想知道答案。这么说吧,你明显是非去不可的,但如果你去了又不聊聊这些,那就是浪费机会了。"

她的话总是在理,一如往常。

我看着橙色卷发莎拉。"好奇。我猜我是因为好奇才来的。另外,假如我待在家里不来,我怕自己下半辈子总有一个疑团堵在心里。"

两位烟友满意地交换了一下眼神。

"这个问题她已经问过二十一个莎拉了,"没好事莎拉说,"每次都是这个回答。连措辞都一样。"

我回到自己的房间。掀开床罩,检查床垫上有没有臭虫。搜寻卧室和浴室里是否藏有摄像头和窥视孔,以防真的有人安排了一场心理实验。

顾虑消除之后,我将背包里的东西一股脑儿倒在桌子上,把晚上需要随身带的物件再放回包里,随后往床上一倒,翻起了会议手册。里面包含多重宇宙理论的简介、欢迎词、赞助者名录、感谢词、地图,还有一份"趣味统计",是根据我们出发前填写的问卷调查出来的。在我们当中,有92%的人玩乐器,5%养马,13%养猫,80%养狗。在其中一个莎拉的世界里,狗因为染上某种病毒而灭绝了。所谓的趣味统计,到此为止吧。

余下的都是议程。其中夹杂着一些梅布尔会感兴趣的严肃议题,"让我的世界解决你们世界的水资源问题""切实有效的气候改造策略""另一种可能性:政局分叉点"。

而勾起我好奇心的是另外一些话题,"性别、性向与我""驱动力:最爱的车、失窃的车,以及从没学过开车的人""让我们谈谈家庭""临时保姆事件及其他分叉点""我们为什么住在现居地""马、狗、猫,天哪!""少数派""没错,又一个关于马的专题研讨会""音乐与艺术"。其中一部分列明是专题研讨会,另一部分则是有人主持的大组讨论会。

明晚排满了各种音乐会、读书会和艺术展,由我们之中较有创造力的一批唱主角。今晚的重头戏是主办人发表主旨演讲,接着是一场DJ舞会。通常我对跳舞兴趣不大,不过一想到曲目都是自己定的——脑子里顿时闪现出欢快的灵魂乐、大卫·鲍伊、80年代流行乐——再加上激情四溢却个个手脚不协调的舞者挤满了舞厅,我一下子来了兴致,虽然不太情愿承认。在场的没人会觉得不可思议。没准儿我还不是那个跳得最难看的呢。女孩子可以有梦想。

我瞥了眼桌上的钟。晚饭前还有足够的时间小睡一会儿。

"怪到家了"研讨会的组织者们现在多半坐在空荡荡的房间里，彼此唉声叹气，后悔没去睡上几分钟。

我们在宴会厅刚开始吃沙拉，负责酒店登记的莎拉走近了我这一桌。她凭一身制服成为最容易辨认的几个莎拉之一。

这位酒店员工在我左侧的莎拉身旁单腿跪下。后者跟我留一样的发型，穿一样的T恤，只是里面还有件长袖。在我见过的莎拉里，她是唯一安着一只假手的。这条义肢做得很逼真，要不是餐前我们俩紧挨着站在卫生间盥洗盆前，我都不会注意到这一细节。除了假手，她比大多数人更像我。我恨不得立马知道我们俩是从哪儿分叉的，但始终鼓不起勇气开口打听。

"打搅了，"酒店莎拉问，"你之前说过你是侦探吗？"

假手莎拉摇了摇头，"我应该没说过。已经不干这一行了。去钓个鱼吧。①"

我抚摸着自己左腕上的那条伤疤，心中充满好奇——她与我歧路一别，究竟走过了多少重宇宙，才来到一个不玩扑克也可以说"去钓个鱼"的世界。

酒店莎拉直起身，双手叉腰，扫视着宴会厅。我盘算着先

---

① 原文"Go fish"，字面义为"去钓个鱼"，在本宇宙可引申为"去问问别人"，该用法源于一种名为"钓鱼"的二至多人纸牌游戏。其基本玩法是：每个玩家各领牌数张，玩家甲在所持牌中任选某一点数向玩家乙索取同点数其他花色的牌，乙若有则须提供，若无则说一声"去钓个鱼"，示意甲从牌池里摸牌；集齐某点数四种花色即亮牌，集多者赢。从下一段可知，在主述者莎拉的宇宙，"去钓个鱼"仅指游戏名，无上述引申义。

不表明身份，看看她不闹动静，怎么从满满一屋子形貌相同者中挑出唯一的侦探来。不一会儿，我的好奇心占了上风，想知道她为什么要找我。好奇，外加同情，我发觉她几乎掩饰不住内心的恐慌了。同桌的个个都觉察到了这种情绪。恐慌如涟漪般在我们中间扩散开来。

"你找对了桌子，没找对人。"我低声说，"有什么可以效劳的吗？"

她明显松了一口气，而我刚才还冒出躲在后面看好戏的念头，不禁有些内疚。"能麻烦你跟我来一趟吗？"

七张脸盯着我从桌边站起来，包括假手莎拉、左撇子莎拉、大胡子戴尔、大胡子乔希、短胡茬儿乔舒亚——后三位坐在一块儿是为了交流经验，他们自己说的——另外两位不太显眼的莎拉我还没来得及打招呼并找出特点，因为我对其他几位更感兴趣。他们重新启封了我埋藏在内心的几个问题。这些问题引发了兴致勃勃的讨论，我猜同桌的个个都和我差不多。

七个人都把沙拉里的橄榄拨到一边，跟我一样。我想象宴会结束后，洗碗工要将这一房间的盘子一张张拿起来刮掉橄榄。会议组织者很有先见之明地为这个周末安排了素食餐，不知怎么却忘记通知后厨我们不吃橄榄了。也许菜单是由某个少数派莎拉拟定的，而此人误把自己当成了多数派。

我往包里塞了一只小餐包，以防赶不回来享用这席晚宴。同桌人一律点头表示赞同，大家都知道自己饿着肚子是干不好事情的。

酒店莎拉领我穿过大堂，走上另一条曲里拐弯的走廊，跟通到我房间的那条走廊方向相反。我在脑子里勾画出这幢大楼的俯瞰图，像是一个四处蔓延的巨大形体。我们经过一爿迷你便利店、一间打烊的精品店，以及一个小游戏厅，里面有个形单影只的莎拉在玩抓娃娃机。走廊尽头有一部敞着门的电梯。进去之后，酒店莎拉用钥匙解锁，摁了三楼即顶层的按钮。

我没乘过这么慢的电梯。我等着她说去哪儿，或去干什么，谁知她一言不发，我只好凝神寻找我们两个有哪些明显差异了。没有，或者说只有表面上的不同。她穿着定做的制服，我没有；她的一头短发烫成密密的发卷，而我是乱蓬蓬的马尾辫。她同样也在打量我，我好奇她有什么发现。

电梯打开，眼前是一个昏暗的房间。等眼睛适应后，我辨认出这是一家大型夜总会。靠墙设有一条长吧台，对面则是一排装饰考究的折叠桌，做着某种展示。屋子中央由几十张小桌围成一个舞池。舞池另一头是高高的舞台，上有一座单人讲台和一张DJ台。过了一会儿我才注意到，舞台投下的阴影里有一个躺倒的人形。

走近后，我终于看清是什么让酒店莎拉饱受惊吓了——一具莎拉的尸体。

那不是我，逻辑上我明白，但有极小一部分我在尖叫："出大事啦！"我跟比孪生子还像我的人说了一下午的话，已经见怪不怪了，可不知怎么的，这具尸体让我感觉死的是我。楼下宴会厅里的莎拉们各有各的故事，不断提醒我，我还是我自己，我是与众不同的。而现在，听不到别人的故事和癖好，没人跟我说话来证明我们俩不是同一个莎拉，我觉得四周突然出现了真空。她是谁？她在多大程度上是我，又在多大程度上不是我？谁会哀悼她？我想了想假如我从自己的世界消失会怎么样。无法想象。

我拼命恢复镇定，"你知道我只是保险调查员，对吧？死尸可不在我的专业范围内。"

"你是我们这儿最接近侦探的人了。我们里面没有医生，不过就算有医生也晚了。我想你是专业搞调查的，组织者一个都联系不上，所以就先来找你了。"酒店莎拉仅凭一次简短对话就能在宴会厅里想办法找到我，一定很善于记忆细节。也许这是莎拉们的共同点。

总之，她猜得没错，我的确喜欢破解高明的谜题。不过眼前这事算不算谜题我还一点儿数没有。"这里有灯吗？"

她从我身边走开，一会儿灯亮了。驱散了浓重的阴影，房间一下子显得小很多。

这具尸体不是我，我对自己说。我尽量忽略死尸身上那些瘆人的熟悉部分，专注于寻找跟自己不同的地方。此人脸蛋比我瘦，雀斑也比我多，还留着超短发。我空空的胃一阵翻江倒海。

尸体摸上去已经凉了。我搭了搭脉搏，没指望还有动静，只是走个形式。死者眼睛睁着，小小的瞳孔嵌在蓝色的眼眸中。不知什么缘故，我脑子里冒出了约翰·列侬90年代唱的那首《改变你的调调》[1]，歌词盘绕不去。"你要换一双眼睛，亲爱的。"

我赶走了这支歌。该集中精神了。尸体呈半坐半躺状，脑袋后仰靠着舞台；身着一件印有木槿花的真丝连衣裙，比我穿过的任何衣服都要艳丽，艳而不俗。

"你有什么故事呢？"我悄声问死者。

我蹲下身检查死尸的手和手臂，同时尽量保持其原状。指甲啃秃了，看着都疼，没找到打斗抓挠的痕迹。胳膊内侧有瘀伤和注射针眼，还没完全结痂，看不出有摔落时自我保护的迹象。四周没发现一点儿血迹，我不想移动尸体，还是等警察或验尸官来了再说吧。

酒店莎拉盯着尸体，心不在焉地啃着大拇指。

"为什么找我呢？"我问。

她要么没料到我会问这个问题，要么一时忘记了我的存在。"抱歉，你说什么？"

"我记得你说过我是最接近侦探的人，可你为什么要找人调查呢？警察没往这儿赶吗？"

她摇摇头，"今晚海峡刮强风。船和直升机都过不来。"

"医疗队呢？这里肯定有医生吧。"

---

[1] 在本宇宙，约翰·列侬于1980年遇刺身亡。

"我们本来雇了一个医务组周末登岛服务,他们也因为天气原因掉头回去了。我的手下在基本心肺复苏和急救方面受过培训,可是,你看……"

我帮她补上了后半句:"可是她显然已经死了。"

"没错。我想在警察到场之前,你应该是最佳人选了。假如她是死于心脏病、中风什么的,或者是从舞台上失足摔死的,固然很不幸,但跟我们关系就不大了。万一这是一起暴行,"——"暴行"这个词儿用得有点儿怪,像电视里说的话——"我们整个周末就要跟凶手绑在一块儿了。如果警察不能及时赶到,我们也没法儿阻拦大家从传送门回去。返回时间都是精确设定好的。"

"那安保呢? 你们一定有安保人员吧。"

她摆了摆手表示不提也罢,"他们顶多处理一下被熊孩子触发的消防警铃。"

"我知道这话我说过,可还得强调一下,你明白我是干保险的吧? 我调查的是欺诈。有人开车被追尾会谎报颈部扭伤,我就调查这种事。连夫妻出轨那种好戏我都没资格查。"

她耸耸肩。我决定不再逼问她这个问题了。她既然拿定了主意——而做决定从来都不是我的强项——她可能已经在质问自己,是否还有没想到的方案。

我是他们的唯一选择。好吧。在警察登岛之前,我既要扮演验尸官,又要化身法律与秩序。没有一个角色是我胜任的,更何况案情还如此诡异。死者:莎拉。调查员:莎拉。嫌疑人:莎拉的所有变体,酒店员工除外。难以想象我们中的一个会行凶,反正我是不可能动杀机的。同样很难想象酒店员工会干这事,大多数谋杀都是熟人作案。

我开始模仿印象中的电视剧侦探,"先做一下排除,据你所知你的下属没有怨恨你的吧? 看到你的分身挤满一酒店,不会有人抓狂得起了杀心吧?"

"我觉得这件事的确让人很心烦,包括我自己。但我想不出有什么人会恨我,也不认为我的同事里有杀人犯。不过我也知道,每次抓到凶手大家总是说:'多老实巴交的一个人啊。平时话也不多。'"她指了指自己的胸牌,"不管怎么样,假如有人恨我,应该会直接冲我下手,而不是你们中的一个。毕竟我这个人很好认。"

"很有道理。那我就先排除酒店员工。"怀疑对象又转回到诸位莎拉了,"尸体是你发现的吗?"

"不是。是DJ发现的。她呼叫了我。"酒店莎拉举起对讲机。

"DJ也是我们里面的一个,对吗? 不是你的员工吧?"

"这个周末的所有演出人员都是来参加会议的。"

"这个DJ现在在哪儿?"

"她回自己房间了,受了点儿惊吓。"如果她跟我一样好像目睹了双胞胎姐妹的尸体,可以理解眼下是什么心情。

"还有其他人上来过吗?"

"负责音响和灯光的莎拉早先上来检查过系统,为主办人演讲做准备。"

"说到主办人,你通知过她了吗?"

酒店莎拉又咬起了大拇指,"问题就在这儿。我刚才说过,我联系不上她。组织者人手一部对讲机,因为这里没有手机信号。事发后我呼叫了她,可她没给我回应。事实上,委员会没有一个人回应我。所以我就自作主张管起了这事。我最后一次见她是在楼下的指挥室,但之前她上来过,可能她为了什么事又回来了。"

我低头凝视尸体。努力回忆刚来时看到的那个女人,当时她一阵风般穿过大堂。"你的意思是,你怀疑这个就是主办人吗?"

酒店莎拉没回答,我继续问:"你记得她有什么特征吗?有没有与众不同的地方?"

酒店莎拉的表情似乎在说这些问题没什么意义。"她比大多数莎拉瘦一些。我猜她常跑马拉松。委员会成员大多有这爱好。"

死者有雀斑,身形偏瘦。也许是长跑爱好者。又爱跑步,又可能有毒瘾,似乎在健康方面正负相抵了,不过注射止痛剂什么的也会留下针眼。

"衣着方面呢?你还记得她穿的是什么吗?"我记得主办人穿的是衬衫和牛仔裤,不是连衣裙,但她有时间换衣服。

酒店莎拉摇了摇头，"我挺能记细节的，可现在那么多人混在一起……"

"登记名单你没带着吗？也许有用。我们首先要确定死者身份。"

"抱歉。我没想到要带一份上来。这个不会是主办人，对吗？我要不要继续找她？要由她去通知死者的家人，还得制定一套跨宇宙转运尸体的流程。这还是第一次有人死在另一个宇宙。"

在无限的可能性中，跨宇宙死亡事件肯定发生过。单枪匹马式的跨宇宙冒险一直都有，但据会议手册介绍，我们这种大型聚会尚属首次。我们的主办人，就是发明了跨宇宙传送门的莎拉，让我自惭形秽，觉得自己浪费了生命。我在人生道路上必须做出哪些选择才能变成一名科学家？她那门学科在我的世界甚至都不存在。现在我眼前躺着的死者可能就是她。

集中精神吧。假设我没带背包，应该会把身份证件和门卡插在右前方的口袋里。死者的真丝连衣裙有个浅浅的屁股兜。我把手伸进去，摸出了一张驾照。上面显示的姓名是"莎拉·平斯克"，帮助不大；地址在巴尔的摩；而主办人的工作单位是约翰斯·霍普金斯大学。

我举起驾照，"你知道这个周末有多少莎拉来自巴尔的摩吗？"

"四五十个？就我所知，假如没有那么多莎拉失踪的话还不止这些。"

"失踪？在巴尔的摩？"

"很多个西雅图在海啸或地震中毁灭了。而在我们里面，有从巴尔的摩搬到西雅图的，也有从西雅图搬到巴尔的摩的……"

我跟着她的思路，想象一个巨浪吞噬了我的房子。一阵激灵把我带回到当前。

"那么死者仍然有可能是主办人。来自巴尔的摩的四五十个人里有她一个，也许我们可以通过名字和地址进一步缩小范围。这人多半不是音响师，因为花了点儿心思打扮过。也不是DJ，因为是DJ发现的尸体。这个周末不是主办人一个人在管事，对吧？还有负责签到的、负责娱乐的、负责议程的……你说过她有个委员会对不对？"

"对。还有四个同她非常接近的。都是快要成功研究出传送门的科学家，所以成了主办人接触的第一批人。"

既然我成了代理警长，那还有一个问题："这里的酒吧不会配有冰柜或冷藏室吧？"

"为什么问这个？哦，上帝啊。见鬼。懂了。是有个冷藏室。"

"你抬腿，我抬胳膊？"

她点了点头。

我刚刚摆好架势，死尸的头部突然前倾，露出了一个地道的侦探早该发现的细节：后脑有一处可怕的致命伤，一个深陷的凹坑。头发缠结成一团，看上去黏糊糊的，粘着血和……我不愿凑近了细看。

"我想我找到死因了。"我说,"应该可以排除自然死亡了。妈的。"

这颗脑袋我连看都不想看,更别提碰了,可我们不得不搬移尸体。我从吧台抓了条毛巾裹住了这颗脑袋,把死尸打扮得好像刚刚冲完淋浴似的。抬起尸体时,脑袋还是耷拉在了我身上,我极力忍住反胃。尸体不重,还没有发僵。尸僵要在死后两小时才出现。我闻到了一股异味。死尸毕竟是死尸,我对自己说。

我们把尸体抬进冷藏室,复原其半坐半躺的姿态。我检查了一遍尸体暴露在外的部分。除了后脑再无血迹。也没有弹孔。一些瘀伤我刚才注意过,都不像是搏斗或摔跌造成的。我有点儿不舒服,实在看不下去了。酒店莎拉从抽屉里翻出一个本子和一卷胶带,用粗记号笔在纸上写下"禁止开门"四个字,贴在冷藏室门上。我等着她做完这些事。

"这么说,你觉得她是摔跤撞了脑袋死的吗?"酒店莎拉问,"还是他杀?"

听口气她希望是前一种情况,但我能感觉到,她并不比我更相信这种猜测。"是你倾向于他杀。要不然就是指望我说,'从死者胳膊上的针眼可以判断,她是用药过量后从舞台上摔下来的',这样你就放心了。否则你不会把我叫上来的。你会自己悄悄处理掉,以免吓到来宾或妨碍开会。你现在还想着悄悄摆平这件事。"

她左右脚来回倒换着重心。我看出了她的不安。她感到无助。希望做一些具体的事，希望有人替她拿主意，希望有一个现成的计划。

"好吧，我需要你办件事。"我抱着同情说道。虽然我自己并不知道下一步该干什么，但我可以给她安排一个任务。"到楼下签到处去，把你能拿到的资料全帮我复印一份。呃，舞会什么时候开始？她们可以考虑换个地方，最好别在这儿，免得把没发现的证据给破坏了。当然，还有出于对死者的尊重。我接下来打算四处看看，但不管怎么说，我认为警方希望现场保持原样。"

"我想她们会取消舞会。DJ看样子也不适合上场。"

"我也要同她谈谈。不如我去楼下找她，她就不用再回这儿了，这样比较好吧？还有音响师也要谈。"

她点点头，走了。

没有登记名单我一件事也干不了。走访证人的时候，如果问题问不到点子上，就可能一无所获。假如人人都长得一样，你问"还有谁上来过这里"，多半是白问。假如没推算出死亡时间，你就没法儿问"某某时间你在哪里"。不过死亡时间我至少可以猜测一下。

要不还是从案发现场着手吧。我走了回去。舞台大约齐胸高。之前我只顾着观察死者，现在仔细一看，发现尸体正上方的舞台边缘有一块血迹。这是她撞到脑袋的地方吗？不是，依我判断，舞台边缘的形状与那处致命伤不吻合。我想象自己在舞台边上绊倒或滑倒，不管怎么摔都不可能产生那样的伤口。这里没有碰擦痕迹，没有木屑，没有碎骨，也没有毛发，只有那么一小块血污。除此之外，下方还有一块颜色更深的血迹，那是刚才死者头部倚靠之处。伤口本身并没有大量流血。也许专业法医能看出门道来。

验尸官也可以发现一些线索，他们能判断受害者是否有过打斗行为。而我已经排除了这种可能性，死者的表情看不出有害怕、愤怒或惊恐的情绪，连不安都没有流露。她就那么死了。消失的是她，也是某一个我。

舞台设有带帷幕的狭长两翼，两侧都有台阶。我走到舞台前沿，也就是死者遇袭后滑落或跌落的位置。我努力想象从这儿摔下去的情形。假设有人从后方击打我，我应该伸出双手朝前扑倒，除非凶手一记重击让我立时瘫软丧命。我思来想去不可能发生失足导致后脑撞上台沿的意外。难道是一边走一边回头张望，结果在台沿一脚踩空？即便如此，我觉得死者的身体应该扭曲一些才对，因为人在掉落时会本能地拼命挣扎。

我忽然注意到舞台前方数英尺有一样东西，就在第一张桌子的支脚下。我小心地跳了下去。是一张门卡，还插在纸套里。房号517。死去的莎拉口袋太浅，跌落时有可能把门卡甩出来，不过从抛物线轨迹上看又不太对。我松手让门卡落入背包，继

续查看地板上是否还藏着其他秘密，但没有收获。我又回到了
舞台上。

舞台离尸体位置较远的一翼摆满了音乐器材和扩声音箱。
我举了举其中一支麦克风架。架子下面有个底座，挥舞起来分
量足以伤人致死。麦克风架一排六支，任何一支都可以当凶器
使，但没发现上面有血迹。另外，这些底座都是圆的，而死者的
伤口显示凶器是有棱角的。

靠近DJ台的一翼搁着一只旅行箱的上盖部分，此外别无他
物。箱盖呈黑银两色，边角均包有金属加固。我抬了抬，很重，
这还是没装东西的一半。盖内衬有裁切过的泡沫，轮廓恰好能
扣合一套唱机转盘。箱盖一角有个小凹痕，我把这一角翻上来
凑近了细看。形状与伤口相符，但箱盖抢起来很不顺手。我照
例把这一条也记在了心里。

我沿着箱盖边缘摸了摸，找到了行李牌。莎拉·平斯克。
我顿时又觉得很漂浮，这种感觉越来越熟悉了。西雅图的地址，
如果邮政编码我没记错的话，应该在雷尼尔海滩。那是西雅图
租金较低的一个社区，至少在我的世界是这样。

DJ设备安置在一处凹室前方的台面上。台下搁着两只装
满唱片的板条箱。我大致翻了翻，有意思，曲风我都猜对了。
台面上，一对酷炫的黑胶唱机转盘夹着混音台，用泡沫嵌装在
下半个旅行箱内。我对DJ器材一窍不通，不清楚这套设备的价
值高低。有两张唱片已经放在转盘上了，一张是大卫·鲍伊的

《摩登爱情》，封套上印着他与莎伦·琼斯的合影[1]；另一张是史蒂维·旺德的《签名、盖章、交付，我是你的了》[2]。伴着这些歌我会跳得很开心。可惜舞会取消了。

每张唱片的中央及每件设备都用银色记号笔标上了"SP"[3]两个字母。我想象了一下明天的舞台，所有音乐人的器材全都标着本应用来防止混淆的"SP"。

泡沫内衬与箱子外壳没有完全贴合，有一处绽开了一道缝，我伸手摸了摸。抹点儿胶水就能粘好，举手之劳都懒得做吗？我摸着摸着就找着了原因，夹缝里塞了东西。我弯起一根手指伸进缝隙，试探了几下，勾出了一个小纸袋。对着掌心轻磕纸袋底部，落出八粒小药片。我认不出是什么药，也对毒品一无所知。一定要猜的话，也许是布洛芬，不过大多数人出行时都不会把装布洛芬的纸袋藏在暗格里。至少在我那个世界是这样。

"哈啰？"有人从房间后头喊了一声。

我把药片塞回纸袋，再把纸袋塞进我放门卡的口袋。"在这儿。"

一个莎拉朝我走了过来。她穿着工装短裤和黑色战斗靴，

---

① 在本宇宙，大卫·鲍伊未与莎伦·琼斯（Sharon Jones，1956—2016，美国灵魂乐歌手）合唱过《摩登爱情》（*Modern Love*）。

② 史蒂维·旺德（Stevie Wonder，1950— ），美国失明歌手和作曲家，其歌名原文为"Signed, Sealed, Delivered, I'm Yours"。

③ "莎拉·平斯克"的首字母缩写。

T恤上印着一支陌生的乐队。她走起路来大摇大摆的。我们是怎么形成不同步态的？想一想也挺有趣。

"她们叫我带一份登记名单上来。"她递过来一个红色三孔活页夹。

我跳下舞台，接了过来，"谢谢。你是音响师吗？"

"是的。我应该先自我介绍，又好像没什么必要。"

我笑了笑，"的确。不过，最好能指一下哪个是你的名字，我好开始做笔录。"

她拿回活页夹，一下子翻到最后一页，"很好找，因为我随了我爱人的姓，亚罗。整份名单的最后一个。"

我从桌子上抓起刚才留下的那支笔，圈上她的职业以示区分。"介意我问你几个问题吗？"

"问吧。"

"你上一次来这儿是几点？"

"下午三点半。调试工作不太多，但不是自己的设备总要多花一些工夫。我先给DJ试了音，然后是主旨演讲人。还帮她搞定了幻灯片。接下来花了点儿时间调整灯板。我不算专业的灯光师，幸好那上面标注得很详细。估计是四点半离开的。"

"你走的时候，她们两个还在这儿吗？"

"不都在。我帮DJ把设备接上扩声系统试完音之后，她先走了。之前她只跑了一趟，就把大旅行箱外加一箱唱片拖了上来。她说还得回房间去搬第二箱唱片，她住在酒店的另一面。"

"结果她没回来？"

"我猜她跟谁聊上了，要么就是打了个盹儿，反正有事耽搁了。我走之前她没回来。"

"主办人一直都在？就是，呃，主旨演讲人。"

"她说想趁这里没人再过一遍演讲稿。"

"还有别人上来过吗？"

"我没看见其他人了。"

我顿了顿，考虑还应该问什么。"你能认出演讲人吗？"见她把头歪向一边，我赶紧调整了问法，"不需要你十分确定。假如你能看出来那不是她，也行，一样能帮上忙。"

我领她到冷藏室门前，"我应该先问一声，你看见尸体能受得住吗？我得提醒你，面对一个酷似自己的死人是有点儿诡异的。"

"整个这件事就很诡异。我没问题。"

我们俩在离尸体还有几英尺的地方停下。那种眩晕感又一次向我袭来。

"有可能是她？"音响师莎拉这句话半是陈述半是疑问，"不过，呃，衣服不一样。她穿的是牛仔裤，不是连衣裙。也许她离开过，换了今晚演讲穿的裙子，又回来了？"

有道理。否则酒店莎拉也不会无缘无故担心死者可能就是主办人了。

"你提供的情况很重要。"我说，"这里没什么事的话，你可以走了。"

她点点头，"她们不得不为今晚的安排另找地方了，我最好去打听下应该上哪儿帮忙。嘿，有点儿事忙乎忙乎倒也不错，是不是？"

她一语道破了真相，之前我还没想到这一茬儿。"有一个我死了"，这个念头让我心烦意乱；但与此同时，我也有了一个目标需要达成，于是这个怪异的周末又变得踏实起来。难怪有那么多莎拉会报名承担调试音响、签到登记、演奏音乐、主持讨论等等任务。这些志愿者一定都具有足够强的自我意识，尚未动身就预感到了自己的心理状况。

我拿着名单坐在舞台边上。翻到"莎拉·平斯克"组——即人数最多的组别，将住在巴尔的摩的都打上了星号，连主办人在内一共是十二个，这样就排除了一部分虽在巴尔的摩但不姓平斯克的莎拉。十二个莎拉里有五个是量子学家，名字后面都跟着个大大的"C"，我猜代表"委员会"[①]。这五位住址相同，也就是死者口袋里那张驾照上的地址。五个人仅有的区别是名单最末栏的代号，分别为：R0D0、R1D0、R0D1、R1D1、R0D1A。不知道代表什么，想起会议手册上主办人名字后面用括号注有"R0D0"，我把这个编号圈了起来。

我翻看了一会儿名单，挑出DJ、酒店员工、音响师，还有几个见过面有特别印象的，在名字旁边做了些笔记。换一个场合

[①] "委员会"（Committee）开头字母为"C"。

看这份材料一定很有趣，可现在只会让我头疼。

这间屋子的巡查还没完成。我在酒吧里搜寻是否有形状和分量都符合凶器特征的东西。几只瓶子挺合适，不过重击后应该会碎掉。

我的责任心还没强到可以单独跟死尸同处一室，所以冷藏室不在搜查范围之内。我在这一层转来转去。普通椅子或高脚椅的靠背？椅子腿？都可能，但全部检查一遍太费时费力了。

房间另一头有四张铺着天鹅绒台布的折叠桌。后面墙上张挂着横幅：莎拉·平斯克名人堂。

每张桌子都摆放着各种展品。只有小部分展品前方配有说明卡，大部分一看就知道是什么。我还记得那份问卷中的相关内容："你愿意炫耀一下曾经获得过的特别奖项或成就吗？请带来参加自夸展！"我以为这个展览起码会有一些安保措施呢。不过，直到现在我还是觉得可以信任其他那些"我"。

莎拉们的职业一栏已经让我自觉像个落后生了，而这个展览更是令我相形见绌。这里陈列有：2013年格莱美最佳民谣专辑奖杯一座；肯塔基赛马冠军绕场致意带框相片一张；奥斯卡最佳原创剧本奖杯一座；小说一摞；科幻作品星云奖杯一座；[①]《量子学前沿》期刊一份，内有一篇标题长达七十个单词的论文，我猜意思就是"平行现实！我发现啦！"。还有几个奖项我

①　本宇宙的莎拉·平斯克于2017年发表本文，2016年凭《乡村公路圣母》一文获星云奖短中篇奖。

没认出来，不知是我那个现实没有呢，还是我自己孤陋寡闻。

有两座奖杯的形状符合凶器条件，其中一座看上去连重量都合适——就是那座星云奖杯，一块内嵌星云和行星的三维矩形透明合成树脂。大致就这样子，你们管三维矩形叫什么？我没戴手套，不想把它拿起来掂分量，只用手背轻轻向前推了推。没错，够重的。

一触碰到奖杯，我就产生一个奇怪的直觉：非它莫属了。假设我要杀谁——当然我绝对不会去干——这一件就是首选的凶器。麦克风架啦，椅子啦，唱机箱啦，哪一样都比不上这根闪闪发光的方柱子。只要等到这个周末结束，蒙在鼓里的主人就会把凶器带回另一个现实。我打了个哆嗦，暂时抛开了这个想法。

我弯腰凑近了细看，没发现上面沾有一丁点儿血迹和毛发。事实上，连一枚指纹都找不到，这本身就很不正常。其他奖杯上都有指纹，单单这一座似乎被人擦得干干净净。

假如这是凶器，它能透露出什么有关谋杀的信息呢？是一时冲动，随手抄起家伙行凶的吗？拿奖杯当凶器有什么特别用意吗？若是蓄谋杀人，则可将嫌疑范围缩小到事先知道这座奖杯会在这里展出的人，即主办委员会的成员再加上身为作家的奖杯主人。在此处见过这座奖杯的人基本上就是来过这间屋子的人，我都记下来了。对破案用处不大。

再也没人上来过，又等了一会儿，我失去了耐心，便下楼返回大堂。途中经过已空无一人的游戏厅和打烊的便利店。签到台看样子已经撤了，只有胸牌和记号笔胡乱堆放着。几个人坐在大堂里，神情显然与晚宴前大不相同。估计消息已经传开了。

前台换了新面孔，不是某个"莎拉组"的人，是一个长着青春痘的小伙子，二十岁上下。我举起登记活页夹，好像那是个超大号工作证似的，扮出一副心力交瘁的神情，让他以为我是委员会里的人。"我报个名字和证件号码，不知道你能不能告诉我这个人的房号呢？有公事。"

他点点头。我翻到其中一页指着DJ的名字。他敲了几下键盘，抬头道："107房间。在附楼。你知道怎么走吗？"

我的房间就在附楼，不过委员会成员都住在主楼，我不想露馅儿，只好请他指路，他指了指我自己房间的那个方向。从我的房间再过去几扇门就是DJ的。

我敲了好几下门DJ才听见。门开了，里面的人我认识。"难怪！没想到你就是DJ。"

她茫然地笑了笑。我指着她的T恤说："我们下午在外头见过。你在抽烟。'没好事'。还记得吗？"

"噢，对。"她空洞的笑容这才变得热情些了，"不是人人都能把脸认得门儿清。有什么事吗？"

"我，呃，在调查那个莎拉的死因，尸体是你发现的。我算是侦探吧。能不能让我进去问几个问题？"

她把门开大了一些，我跟着她走进房间。第一张床的床罩堆在地上。生活必需品略加分类摊在第二张床上，有一摞褪色的内衣、几件叠放整齐的T恤、一堆卫生棉条、一包香烟。

"不好意思，"她说，"我住酒店爱乱摊东西。你可以坐椅子。"她重重地坐在第一张床上，"你刚才说在调查她的死因？我看着像是从舞台上摔下来的。就算这样，当时还是心里发毛，你说呢？"

"是啊，"我表示同意，"但酒店经理叫我再查一查。目前情况特殊，我也是临时顶一下。"

"噢。明白了。"

"我问几个问题没关系吧？"

"问吧。不过我心里有点儿乱，不知道思路清不清楚。"

应该是嗑药的关系，如果我找到的那些药片真是她的。"能说说今天下午的经过吗？"

"我在下午四点左右把东西搬到楼上那个房间。安装，试音。然后下来搬第二箱唱片。等我再回到那儿，就发现出事了。"

"你知道自己离开了多长时间吗？"

她耸耸肩。我回忆了一下是什么时候碰上她的。她一定是在搬第二箱唱片之前出去抽了一会儿烟。

"你是在什么地方发现尸体的？我是指在夜总会的具体什么位置。"

"当时我正沿着过道往舞台走。她就坐在那儿。我以为她就是坐下歇歇，可又发现那姿势太怪了。"

"嗯——抱歉——那时候她肯定已经死了吗？"

没好事莎拉咬着下嘴唇，咬得跟牙齿一样白。"她的眼睛睁着。我推了推她的腿，没反应，于是我又摸了摸脉搏。"

"她摸上去还有体温吗？"

"有。我以前从来没见过死人，她看上去是那么……"没好事莎拉打了个寒战。我也跟着哆嗦了一下。

"接下来你就离开了？去叫人了？"

"不是的！我用她的对讲机呼叫了一下。我想另一头应该有个管事的，说不定是酒店里的员工。"

我闭上眼在脑海里回顾案发现场，"那里没有对讲机。"

没好事莎拉瞪大了双眼，"有！我发誓。我还呼叫过来着。不信去问经理。就在尸体旁边。之前她一直别着对讲机到处转悠，还抱怨说老是往下扯牛仔裤。"

"她穿的是牛仔裤？那应该是在她换了连衣裙回来以前吧？"

没好事莎拉一脸问号地看着我。

如果她连基本细节都搞错，再问下去也没多大意义了。她看上去是真糊涂。"谢谢你让我进来。'问题带出问题，答案引出更多答案'，不是吗？"

"但愿如此。"没好事莎拉心不在焉地说着，起身送我出门，"希望你能把她太太平平送回家。"

为了示好，我刚才引用了没好事乐队的一句歌词，可她完全没留意。在我的世界，那首歌是没好事乐队的热门单曲，收录于他们的第二张也是最后一张专辑。没好事莎拉这么迟钝不知是因为嗑药还是出于震惊，要么就是我一厢情愿了，她根本不是这支乐队的粉丝。

回到走廊，我把手探进背包找笔。按理我应该在她讲话时做笔录，可这回没有，因为担心她见了这阵仗不愿开口。我伸出手来，握着的不是笔，而是早先揣包里的那只小餐包。我两口就把它吞下了肚。再把手伸进包里，这次摸到的是在夜总会发现的那张门卡。517 房间。我猜是在主楼。不妨去看看。

我乘上了主楼电梯——比通往夜总会的那部快多了——旁边有两个莎拉在互抛媚眼，弄得我尴尬不已。直到逃出电梯我才松了口气。

拐个弯沿走廊往前就是 517 房间。我的脚陷进了厚厚的毛绒地毯里。在这儿推行李车可不轻松，不过住主楼的贵宾不会吝啬小费，自然有行李员来干这份苦差事。这里的走廊都贴有货真价实的墙纸，印着品位不俗的条纹图案，再瞧瞧我们那边，只有光秃秃的墙面。

我在房门外停住脚步，竖耳聆听屋里是否有动静，看看能不能发现……我也不知道要发现什么。我并没有得到进入这个房间的许可。不过也没人禁止我这么做，那基本上就是可以这么做。我敲敲门，没人应门，又敲了几下。

门卡只刷了一下门就开了。我走进去。灯没关。家具看上去是硬木的而不是胶合板的，房间也比我那间宽出一两英尺，但我实在看不出这一间为什么会比我那间贵那么多。

敞开的衣橱里挂着三条连衣裙，风格与死者身上那条相近。几件穿过的运动服堆在第一张床边的一角，底下半埋着一双运动鞋。这张床明显有人睡过，如果住客是组织者之一，她多半会比我们提前一两天入住。她把旅行箱——里面大部分是内衣和胸罩——倒在第二张床的床罩上。也许在她的世界，酒店每次都会把床罩跟被单一块儿洗了。

一只化妆包倒空在浴室盥洗台上。伊帕纳①凝胶牙膏，跟我用的一个牌子。想来牙膏这种东西不管在哪个宇宙都不会有什么变化吧？再看化妆品，里面有熟悉的牌子，也有从没见过的，所以关于牙膏也许我武断了。一条湿毛巾挂在浴帘杆上。目前来看，这间屋子的住客是打算回来的。出于好意，我帮她冲了马桶。但立马就后悔不迭，没准儿把证据都冲走啦。

房门咔嗒一声关上了，吓了我一跳。我刚才没关门？我没记得进屋时关过门。可能走廊里有人进了别的房间，带出一股风把这间的门碰上了。我住过的地方经常发生这种事。我打开门，望了望走廊，空荡荡的。

我把她的第二个包留到最后检查，希望能发现什么线索。还线索呢，搞得好像我是正经侦探似的，而不是随手冲走证据的三脚猫。这是一只看上去价格不菲的真皮拷包。合我的口味，

---

① 原文"Ipana"，加拿大一牙膏品牌。

假如我买得起的话。

有几样东西我原以为能在包里翻到，结果一样都没有。我猜会有一个登记活页夹，跟我背包里那个差不多，没有。另外我也没发现对讲机和充电器，不过充电器也许放在会议指挥室里，经理先前提过那个地方，我还不知道在哪儿。会议手册倒是有一本，里面有几个项目圈了出来。但跟我想的也不一样。画圈的有周日上午的"科学界的莎拉们"和周六中午十二点到下午四点问询服务台值班。主旨演讲没画圈。或许这事已经重要得不必做标记了。

除此之外，挎包里塞满了我也习惯随身携带的各种零碎物件：笔、口香糖、应急手电、零钱。还有一本内页折角的平装小说，《阴谋家寓言》[1]。

没有钱包。我找遍了自己可能搁钱包的地方，包里的所有插袋、电视柜、床头柜、连水槽都看过了。房间里也没有保险箱。

我又搜查了一遍房间，要不是运气好一脚踢到了钱包，差点儿又白费工夫。钱包就在第二张床底下，只露出一半。也许是她匆忙间把钱包往床上一扔却没扔准？要么是临走时不小心把钱包碰掉在了地上？这事不像我干的。虽说我这人不算特别井井有条，但重要的东西都不会马虎。

---

[1] 原文"*Parable of the Trickster*"，在本宇宙是美国科幻女作家奥克塔维娅·E. 巴特勒（1947—2006）的一部未完成作品，系其寓言三部曲之第三部，已出版的前两部为《播种者寓言》和《天赋寓言》。

　　我一直在假设她的思路与我相近,这一招的确挺管用。然而,我还得不断提醒自己,我们俩并非同一个人。是,又不是。不同的人生经历塑造了两个不同的人,这是两个世界的差异造成的。她因为信奉某种东西,最后成了量子学家,而不论影响她的是什么,在我身上却无法产生相同的结果,因为我那个现实根本没有量子学。考虑到这一点,关于钱包应当放在客房的什么地方,即使我们俩存在异议,也不足为奇了。

　　显然还有第二种可能,那就是房间里来过另一个人。在前台员工眼前晃一晃证件并谎称房卡丢了,能有多难? 即使不亮证件,只要轻巧地报出酒店用来区分我们的那种四字编号,应该一样能得手吧? 不管是谁,这人大概一直待到我进来还没离开。我在检查浴室时为什么房门会突然关上,也就有了合理的解释。如果是这样,那么现在的问题就不单单是这间屋子能提供什么信息,而是缺失了什么信息。可我没法儿知道是不是有东西丢了。

　　我打开钱包。没有现金,这倒不奇怪,因为这里不能用现金。也没有驾照,驾照在死者身上。有两张信用卡、一份车险单、一张约翰斯·霍普金斯大学工作证、几张商店折扣卡。大学工作证应该挺重要的,在那儿任教的莎拉为数不多。

　　钱包里仅有的私密之物——事实上也是我在整个房间发现的唯一私密物,不算时装的话——是一张裁切过的照片,塞在医疗保险卡的背面。我把照片磕出来时不禁倒吸一口气。

照片上是她——而不是我，我提醒自己——和朋友们站在山顶上，那地方我很有把握是大提顿[1]。我已经有点儿习惯看到自己的脸安在陌生人头上这种超现实画面了，但见到我和我的朋友们待在一个我从没去过的地方，还是觉得异常古怪。梅布尔，我的梅布尔，用一条胳膊紧紧搂着另一个莎拉的腰。这一切竟然藏在另一个人的钱包里。

在引发我兴趣的细节当中，难以区分哪些是因为跟案情相关，哪些又是跟我自己有关。成为这个莎拉会怎么样呢？我回忆了一下我大学教授家里的样子，想象自己住在一栋带玻璃阳光房的气派的老房子里。她也跟另一个梅布尔同居吗？这个莎拉住在巴尔的摩，而不是西雅图。我没法儿想象梅布尔离开西雅图。

要是我再待下去，恐怕要试穿已故莎拉的衣服了，而且我敢肯定都不合身，无论是风格还是尺码。我把屋里的一切都恢复到了原样。

对门有个莎拉和我同时关上房门。我一阵心慌，但马上意识到自己上这儿来是有理有据的。至少我没做错什么。

她好奇地瞄了我一眼，"你就是那位侦探？"

"是的。你怎么知道的？"我边说边打量她。看着眼熟，花朵图案连衣裙、雀斑、跑步爱好者的身材。也是一头短发。她要么做过缩胸手术，要么就是通过跑步消耗掉了全身上下的脂

---

① 即大提顿国家公园，位于美国怀俄明州西北部。

肪。能拥有这样的身材，她的毅力一定比我强得多。我猜她是委员会里的一位量子学家。

"我是负责人，而你刚从她的房间里出来。"对门的莎拉特别强调了"她"字，"酒店经理交代过她请了你调查这件事。谢谢帮忙。"

"你是负责人？顶替，呃，主办人？就是那位量子学家？"

"顶替？委员会成员都是量子学家，而我就是你说的主办人。也就是主旨演讲人。"她朝我扬了扬一沓手写稿。

"等等——演讲还要办吗？"

"显然还得办，只是换了个地方。挪到宴会厅去了。舞会取消了，出于尊重。"她的对讲机受到干扰发出了啸叫声[①]，响得产生了回音。她头也没低就调小了音量。"当然，我重写了稿子。"

"可我们都在找你——酒店经理还以为出事的是你呢。那你知道死者是谁吗？"话一出口，我才意识到，"噢，是我弄错了。她也是你们委员会里的成员。"

主办人的脸色变得紧绷，似乎在强忍泪水。只一会儿她的情绪就平复了。她把嘴唇咬得跟牙齿一样白。"是的。我们俩认识的时间不长，这你知道，可她帮了我很大的忙。跟她合作，这么说吧，默契得就像对方是另一个我，希望你别觉得我太自恋。我们俩样样事都合拍。她们说给过你一份登记名单，是吧？

---

① 当两部对讲机距离过近时会因声反馈而产生啸叫，调低音量可减轻该杂音。

她是R1D0，这是我们设定的代号。我是R0D0。几分钟前我已经确认死者身份了，经理带我上去过。"

"你们俩长得一模一样可不是我的错。"我有点儿气恼自己没想到这种可能性，"我连正经侦探都算不上。"

主办人拍了拍我的胳膊。我一说完那句话，挫折感就烟消云散了，所以她这个动作更像是发自内心的同情，而非居高临下的安慰。她露出真诚而体谅的笑容，"我要是早点儿了解情况是不会把你牵扯进来的，可酒店经理慌了神，那阵儿我正好不在。我觉得她是从舞台上摔下来撞到了头，不过还是等天气好转后让警方来处理吧。这事没必要给你添麻烦。"

我掌握的所有信息都偏离了原先的位置，落入了新的轨道。倘若死者是另一个人，那么衣着前后不一的问题就讲得通了。在我眼里，这两个人高矮胖瘦完全一样。

"你们两个人的世界离得有多近？我是说，你知道分叉点在哪儿吗？也许我弄不懂其中的科学道理，但我能理解分叉点的概念。"

"我很想跟你再聊一会儿，"她说，"可演讲过几分钟就要开始了。"

"我能陪你走一段吗？虽然你觉得我不用再调查了，可我还是有几个问题想问。"

她耸耸肩，走了起来。我跟上去问道："她们用对讲机呼叫你的时候，你怎么没回应？"

"我在冲澡。准是没听见。"

"你知道她在夜总会干什么吗？"

"不知道。大概在找我吧？或者往名人堂展览中添点儿展品？有些人带了问卷里没填的东西。"

我们俩正等着电梯。这时又过来几个莎拉，用好奇的眼光把我们上下打量了一番，这已经成为莎拉见莎拉时的惯例了。既然她俩住在主楼，多半是莎拉里有钱的主儿。两个人的衣着风格都很入我眼，只要手头宽裕我也会这么打扮。其中一个留着我从来没敢剪的短发，脑后剃青，头顶上依然带着点儿卷。看上去很酷，真希望我也有勇气留这种发型。两人都没戴眼镜。戴的是隐形眼镜？做过近视手术？还是在遗传学上撞了大运？要不是心思全在主办人身上，我会问个究竟的。

我还不知道官方是怎么对与会者解释这场变故的，所以不想当着陌生人向主办人提太多问题。我找了个比较中性的话题："你为什么选择这家酒店？"

电梯丁零一声，我们走了进去。电梯下行时大家都一言不发。我趁此机会研究起了其他人。区分莎拉们最简单直观的办法是观察发型和衣着，而我现在开始注意到，我们在基本生理特征方面也可以分成不同类别。像主办人这样爱运动的莎拉们，身材都在苗条到略微圆润的范围。然而单凭眼睛只能停留在表面，更多情况还是得靠嘴来打听。

直到其他莎拉走出电梯，主办人才开口回答我的问题，语气自然得像是并未刻意等人离开。"西科德岛是大西洋里的一个小黑点。我就不啰唆地缘政治因素了，总之它在九个已识别的宇宙中是独立岛国。其中三个是私家庄园，另外六个建了私营度假酒店。只有这一家酒店有我们莎拉在里面当经理。在我的搜寻范围内，这个莎拉属于不太主流的一个子集。这个子集的人去新斯科舍上大学，然后就在东部安顿了下来。这个地方无可挑剔，我是指与世隔绝方面，我们可以向赞助方和受助方保证没人会失踪。就一个周末，大家聚完就走。毫无风险。"她的脸上闪过一丝苦笑。

"赞助方和受助方能从这项活动中得到什么好处呢？"梅布尔问过我，我也一直觉得好奇。我趁机把这个问题提了出来。

"不外乎提高知名度，当然是在他们存在的那些宇宙。如果这次活动办得顺利——我想已经不能这么说了——他们会想办法开发一些商机，比如在娱乐和教育方面。项目参与方包括几家旅游公司、几个慈善基金会、几个智库。希望我能说服他们，这起死亡事件只是一场意外，在任何地方都可能发生，跟活动没有关系。"

我点点头，"还有一件事。我能不能跟委员会其他成员谈谈？毕竟你们是最熟悉死者的人。"

有那么一瞬间她似乎要拒绝，最后还是把对讲机举到了嘴边。经过短暂的商量，她们同意等主旨演讲结束后在签到处和我碰头。

"还有事吗?"她问,"我还是觉得警方来之前你没必要调查,但如果你觉得有必要,我也不反对,我相信你的专业判断。"

我听不出她有没有挖苦的意思。她的话有道理。我也不知道自己为什么还在刨根问底,或许我喜欢找点儿事做做。另外,凡是别人轻易下结论的事,我总会多一层疑虑。假如躺在酒店冷藏室里的那个人是我,我肯定希望有谁来帮我问个明白。

宴会厅门口出现了交通拥堵,我猜是因为我们中谁也不愿到得太早。但我们也不喜欢挤来挤去的,所以没过多久,大家就开始自觉地相互礼让、交替通行。宴会厅依旧摆放着一张张八人桌,唯一不同的是房间一头已竖起一架麦克风。我独自在门边找了块地方站着,以便同时观察演讲人和听众。

主办人朝麦克风走去。她穿着一双小细跟搭配连衣裙。我一穿高跟鞋就活像麋鹿走在冰面上,而她却把步子迈得那么自然和自信。我不禁羡慕起她的仪态来。她望了一眼大门上方的钟——我差点儿以为她在瞧我——接着便开始脱稿讲话了。

"朋友们,欢迎光临!首先,我想在座的不少人已经有所耳闻,会议期间发生了一起死亡事件。死者是我们委员会的一名成员,也许是与我合作最密切的一位,她叫莎拉·平斯克。在这种情况下说出这个名字感觉很不寻常,这是我自己的名字,也是你们很多人的名字。具体死因还要等待警方到来之后才能下结论。我们也在联系她的家人,并安排适当的悼念活动。我相信她将永远活在我们心中。

"'活在我们心中',这话听上去有点儿老套,却道出了实情。她就是我们每一个人。我们可以想象,她的离去对于她的世界和家庭会产生怎样的影响。但同时,这一切又不堪想象。哪怕现在,我一提她的名字,你们脑子里浮现出来的也还是自己,而不是她,更不是那些使她迥异于你我的东西。那么,就让我们把她当作至亲挚友而非陌生人来哀悼吧,即使大部分人并未与她有过个人交往。"

门吱呀一响,我一瞧是DJ悄悄离开了房间。演讲还在继续。

"大家能来这儿都不容易,半途而废不足取。我相信她会希望会议继续开下去,因为换了我就会这么想,毕竟我们已经付出了许多努力。出于对死者的尊重,今晚的舞会取消了。今晚和明天会为心理互助小组安排场地,有需要的人可以参加。如果有人想为逝者念诵卡迪什①,可以参加明早十点在小礼拜堂举行的安息日②仪式,由莎拉·平斯克拉比主持。请站起来一下好吗,拉比?"

一位莎拉站了起来,郑重地举手致意,又坐下了。只有一位拉比,我想。关于莎拉的冷门职业选择,有没有一场专题研讨会呢?我了解是什么影响我走上现在这条职业道路的,却猜不出影响她的是什么。

"在座诸位无论感到悲伤还是困惑,我都给以充分尊重。

---

① 原文"kaddish",犹太教的哀悼者祈祷文。
② 指犹太教安息日,从周五日落开始至周六日落结束。

在此前提下，我想说的是，这起死亡事件，虽是一场悲剧，却也突出了我们在此相聚的理由——互相学习。明天我将主持一场专题研讨会，到时候我会详细阐述这一切是如何实现的。但现在我想借此机会大致解释一下其中的基本原理，说一说我们怎么会既是不同的人又是同一个人。"

她的语调起了变化，仿佛进入了一个游刃有余的话题。"出于人之常情，我们不管说什么事，都习惯以自己为中心，但我要鼓励大家在一个更宏大的背景下考虑问题。我现在站在大家面前，并非因为我是领头的或是最棒的，也不能说我是一棵枝繁叶茂的大树的主干。我之所以站在这儿，无非是因为具备了两个条件，一个'发现'和一个'决定'。我发现了打开一扇门的办法，我决定邀请诸位穿过这扇门。我只做了这两件事，不多不少。

"我们中有些人是各自领域的佼佼者，可以邀请我们进入别的大门，当然这只是打个比方。你们中有些人曾经决定是否辍学、是否继续深造、是否领养孩子，等等，普通的决定却对你产生了深远的影响，哪怕是谁先主动吻谁这类最微不足道的决定也具有举足轻重的作用。"

我不知道有多少人想到了梅布尔。

"很抱歉，我现在的状态没法儿做完整的量子学入门介绍，但可以留一个思考点给大家，或许能为这样一个夜晚带来些许安慰。我不但要说这里没有一个人是主角，还要说我们所有人都是自始至终存在着的。要想通这一点不太容易，但这就是事实。我们选择过宠物和男女朋友，我们走错过路，我们做过重大决定，这些时刻都叫分叉点，对不对？分叉点在时间链上是向前后两个方向延伸的。在触发一个分叉点的瞬间，所产生的新分支将立即具备完整的过去。

"为达到互相学习的目的，我尽量邀请拥有不同特点的莎拉到会，但也没有不同到认不出来是莎拉。事实上，连本次大会也存在无数个变体。在不同的变体中，受邀的莎拉不一样，你选择的甜点不一样，你的晚宴邻座不一样；在某些变体中，我死去的朋友莎拉依然与我们在一起。在分叉之后，所有这些变体都具有完全同等的实在性和真切性。你是所有的你，我们是所有的我们，每一个人都在持续不断地被世界所塑造，同时也塑造着世界。"

这场演讲内容精彩、表达出色，令人备受鼓舞。成为一名优秀的演讲者是什么滋味？成为一名多元宇宙的发现者呢？全体热烈鼓掌，为她的这番讲话，也为她安抚众人情绪所做的努力。反正这是我鼓掌的理由。我总爱以己度人。

我看到了早先一起喝酒的大姐莎拉，趁着众人开始鱼贯而出时，我走到她身边，"几小时前，在酒吧，你指着一个人说她就是主办人。你是怎么知道的？"

她摇了摇头，"抱歉，你准是认错人了。我没去过酒吧。戒酒十年了。"

看来不止有一个大姐莎拉，或者说不止一个看上去比我们大多数人年长的莎拉。我提醒自己不能再想当然了，哪怕是在这儿。

签到台那儿果然等着三个莎拉。没看见主办人，不过我很确定她还在我后面的宴会厅里。再说我已经跟她谈过话了。算上主办人和死者，应该是个五人委员会。三位都穿着真丝裙子，我猜她们都不把干洗费当回事。

她们同意轮流跟我谈话，就在登记台与酒吧之间的休息区。酒吧那儿人越来越多，还不算吵，不影响我们交谈。一群莎拉背着吉他聚在另一排沙发上，她们的嗓音都一个样，听上去怪怪的，这样倒也不容易干扰到我们。她们挺能悲中求乐的，一时让我心生羡慕。

结果发现，应该把三个委员会成员凑在一块儿询问，还能节约点儿时间，因为她们的回答如出一辙。

问：下午四点半到六点你在哪里？

答：先在签到处，接着去了鸡尾酒会，然后上楼打了个盹儿，冲了个澡。我想就算晚宴迟到一会儿也该冲个澡。

问：你们都去了鸡尾酒会吗？

答：是的！我记得是这样。起码一开始都去了。

问：包括死者？

答：是的。应该包括。也挺难说的。我们几个容易搞混。

问：你是什么时候发现出事的？

答: 酒店经理找到我们的时候, 晚宴也快结束了。

问: 我们?

答: 我指委员会。她把委员会成员基本找齐了, 除了——她。

三个人都强调了"她"字, 跟主办人刚才在楼上时的口气一样。

问: 然后你们做了什么?

答: 确认她是我们中的哪一个。哭。有点儿慌乱。商量接下来该怎么做。

问: 你们是怎么确定死者是谁的?

答: 呃, 靠点名。我知道这听起来有点儿笨, 可我确实没办法区分另外四个, 除非向她们提问题, 或者事先知道她们穿什么衣服。七年级的时候我有两个朋友是同卵双胞胎, 我一看就知道谁是谁, 从来没搞错过。但这回就不一样了。

问: 有人用对讲机跟你们里面任何一位联系过吗?

答: 我没听到, 应该是在冲澡。

问: 关于死者, 你还知道其他可能有用的情况吗? 她有没有对谁生气? 或者有谁在生她的气? 有没有人嫉妒她? 有没有人跟她竞争?

答: 平行宇宙之间不存在什么竞争。当然, 我们都有点儿嫉妒 R0D0, 是她抢先一步取得了科研上的突破。但不会嫉妒 R1D0。

问: 你知道你跟其他委员会成员之间的分叉点在哪儿吗?

答: 大发现之前的十一天, R0D0 和 R1D0 在一个方程式中犯了错误。我们三个都搞对了。可就是这个错误最终导向了成功。我们三个的分叉点不值一提, 前后不超过一个月。一个是去医院探视过病人; 一个是跑步扭伤了脚踝; 还有一个是办了生日派对, 而另两个没办。

问: 那 R0D0 和 R1D0 呢? 她俩是在哪儿分叉的? 主办人有没有理由嫉妒死者呢?

答: 非要说嫉妒, 也应该是反过来。她俩是在大发现之前一小时分的叉。R1D0 跟梅布尔出去吃晚饭了, 周年庆; R0D0 取消了晚饭, 留在实验室里。换了我是 R1D0, 肯定会有些怨恨的, 可她就算有也从没表现出来。话说回来, 有人说那是一场意外, 不是吗? 还有可能不是意外吗?

"还没尸检," 我回答, "她的头部有致命伤。"

我故意语焉不详, 看看她们会不会无意中露出马脚。结果三个人都是同样的表情, 既紧张, 又松了口气; 既盼着听点儿新鲜的, 又立马产生了负疚感。我不由自主地想, 所有保险调查对象都是莎拉该多好啊。假如能读懂每个人的每一副表情, 我那份工作干起来就轻松多了。

我千方百计想从她们中间挑出一个有所不同的, 却始终徒劳。连她们的分叉点都平淡无奇。说这三个是同一人也没什么不对。我对她们的帮助表示感谢后, 就让她们走了。三个人看上去都是真心难过。她们的话我全信，一模一样的回答正可以相互印证。她们都愿意帮忙，可也深信那只是个意外。既然死因似乎是明摆着的，她们不明白我为什么还在调查。

设身处地地替她们想想，坚信那是一场意外也情有可原，否则就不得不怀疑有人要害自己了。假如我是她们中的一个，我会恐惧，同时又要尽力掩饰这份恐惧。我会找遍每一个角落去搜寻杀手的蛛丝马迹，我会纵情享受到最后一秒，还会先把账结了，以防不测。然而这个周末我们只能困守在这里，不能跟所爱的人联系，哪儿都去不了。

其实我跟她们区别不大，只是没有科研背景，没有争第一、夺头牌之类的冲劲儿。这是一条值得追问而我并未触及的线索：是什么在驱动她们做事？为什么就她们这几个胸怀大志，而我们其他人却自甘平凡？是什么促使她们涉足量子学的？她们还能在各自的宇宙重复这一重大发现吗？还是说主办人莎拉已经毁了所有人的希望？我抬眼看看她们是不是还留在签到处，可惜都走了。

酒吧半满，我悄悄坐上最近的一把高脚椅。没等我开口，酒保就递来一杯不兑水的波本威士忌。他的猜谜游戏已经结束了，黑啤龙头上倒扣着一只塑料杯。但愿他在别处还有一桶黑啤，只是一时没空去开。吧台上还坐着一溜六个莎拉，都在啜饮波本。

"干杯。"我邻座的莎拉举起了酒杯。她也穿着神奇女侠

T恤，亚历克斯·罗斯绘制版，女侠正在挡子弹。这位莎拉看上去很疲惫，似乎是她自己挡了一晚上子弹。"你也受打击了吧？"

"受打击？"

"就是差别问题。你注意到自己身上的某个事实，也可以说是自己跟其他某个莎拉不同的地方。你脑子有点儿乱，不知道该不该丧气，不知道那算不算你的缺点，也不知道自己一路活过来有没有犯错。你想还是再喝一杯吧，希望自己待会儿能睡着，别让这种问题通宵缠住你。"

我们碰了碰杯。

我一面慢慢朝自己房间走，一面思量着刚才那番话。寒风直往走廊里灌。我看见敞开的楼门口那儿有黑黑的人影，这次只有一个，是顶着一头火焰色卷发的莎拉。

"你朋友呢？"我探出门口问道。一阵狂风刮得我差点儿立足不稳，湿重的空气随之弥漫开来，快下雨了。一听见我的话，正吸着烟的莎拉猛地把头转过来。我赶紧说："对不起，没吓着你吧。如果你没认出来的话我给个提示，我下午在这儿跟你们俩聊过天。"

她耸了耸肩，"没看见她。听说是她发现的尸体。也许她想一个人静静吧。换了我就宁愿一个人待着。来一口？"

她递过来一个便携酒壶，我伸手接下，点头致谢。是波本。比刚才在酒吧喝的要便宜些，不过也够档次了。又吹来一股强风,把大垃圾桶的盖子都从铰链上扯脱了下来,又卷着它翻过装卸码头的矮墙。我们俩眼瞧着那盖子越滚越远。

"明天要问的问题我想好了,"她接回酒壶,说,"先在你身上试试。你最害怕什么?"

我脱口就答:"什么都怕。地震,炸弹,无差别暴力,树枝掉落,失去所爱的人,癌症,在错误的时间来到错误的地方,眼前的风暴。还有呢,怕出洋相但更怕因此错过什么,怕东怕西但更怕胆子小有损失。我尽量不让自己被恐惧左右——我的工作能帮我降低一点儿敏感度——可是……好啦。对于你这个小问题,我的答案太长了。你呢?"

她深吸了一口烟,"我只会回答'什么都怕',嗯,没错,基本上一样。虽然咱们都是胆小鬼,可还是都到这儿来了,挺不可思议的。连骑自行车都怕,倒愿意跨出自己的现实,去另一个世界过周末。"

"或许这就属于'怕东怕西但更怕胆子小有损失',是吧?咱们给自己鼓劲的办法也都一样吗?"

"可能吧。我想还是等明天听听其他人是怎么回答的。你刚才报了一长串害怕的东西,知道漏掉了什么吗?"

"漏了什么?"我在脑子里回想了一下那份清单,想知道缺了哪一条。

"孤孤单单地死去,远离你爱的人,四周都是跟你长得一样、想得一样的陌生人。我觉得这一条应该在你的清单上,因

393

为我就是这么想的。"

我琢磨了一下，"前半部分也许可以加上。后半部分我已经开始习惯了。相比其他莎拉，我还是更怕风暴。"

像是为了帮我突出重点，恰有一道闪电撕破天空，就落在附近，劈得我胳膊上的汗毛根根直竖。

"砰，分叉点。"这四个字她说得有气无力，没她的烟友那么带劲，"我对整件事有一种很不祥的预感。你那个世界有阿加莎·克里斯蒂吗？孤岛，风雨交加。我看咱们的命一条接一条都得叫人给摘走。"

"可你还一个人站在外边。所以，要么你并不像自己说的那样害怕，要么……"刚说半句我就后悔了。即便是开玩笑，也不好笑。如果我暗示她是嫌疑人，那么谁又不是呢？除了我，因为我知道自己没干。这事直奔主题可不明智。

"要么我就是凶手，假如真是这样，现在有麻烦的是你，而不是我。"她瞧了我一眼，意思是认可我对自己的评价——低级趣味，接着又挑衅似的把酒壶递了过来，"我不是凶手。当然我没法儿证明，但我知道我不是。我很肯定凶手不是我们中的一个，因为我想象不出到底发生了什么才逼得自己非杀人不可。"

"我没法儿想象自己去杀人，可我也想象不出在什么情况下我会变成一个烟民。"我灌了一大口威士忌，"或者变成一个酒店经理，一个量子学家，一个DJ。"

她又猛吸了一口烟，把烟蒂扔在地上，用靴子蹍灭。"是风暴加小岛让我联想到了克里斯蒂。我对这场风暴怕得要命，反倒没那么怕连环杀手莎拉，毕竟现在才一具尸体。但愿别再发生什么让我改口了。好啦，正视内心的恐惧跟傻乎乎地蛮干不是一回事。咱俩进去吧，别叫闪电给劈了。"

仿佛是回应她这句话，一刹那大雨倾盆而下。我俩离门口不过两英尺，可还是都给浇湿了。

"万一灯灭了，就开始点莎拉的人头。"橙色卷发莎拉抛下这句话，咯吱咯吱沿着走廊远去了。

回到房间，我脱下湿淋淋的衣服，换上了另一件T恤和平角短裤。威士忌并没有起到预想的效果，我一整晚都在跟梅布尔进行着假想的谈话。雨点击打窗玻璃的噼里啪啦声，权当是她在发言。我在脑子里把一件件事依次过了一遍，包括我调查所得的全部细节。我形成了一些想法，但彼此矛盾。作案时间是关键因素，这我明白；凶器方面进展得不错，可短时间内别指望看到法医报告；至于嫌疑人，由于所有调查对象都给出了不在场证明，既做了自我保证，又有相互间的担保，所以还是无法锁定任何一个。

我的思绪从凶案本身游离了出去。主办人说她不是主角，不是大树的主干，可在她眼里，我们每一个都是以她为参照的不同版本。我们彼此都十分接近。即使是差别最大的那几个，也依然能认出来是莎拉。总的来说大同小异。我没碰上过一个莎拉来自后缺水时代、后流感时代或后石油时代的美国。我们都知道怎么冲马桶。

假如这些莎拉是以我而非以主办人为参照筛选出来的，又会是怎样一副光景？假如以酒店莎拉为参照呢？量子学家说过她属于不太主流的一个。在酒店莎拉与其他莎拉之间存在别的现实，而主办人并没有选择。N个莎拉，N个现实，N既是未知数又是变量。主办人为什么选择我们而不是其他莎拉？我是一堆保险调查员里最有趣的那个吗？还是本周末唯一有空的那个？我现在的疑问比来之前还要多。

我为什么干上了调查员这一行而没去搞科研呢？我讨厌那个微积分老师，只上了几个礼拜的课就打了退堂鼓。就因为他，我数学没学好，本科专业选不了生物学或物理学。也许别的世界里没有他，要不就是搞科研的莎拉没有被他打败，没准儿还为了与他作对而更加努力学习。就这样，有的莎拉当上了遗传学家或科研人员，有的变成了科幻作家。同样的头脑最终用在了不同的地方。选择、机遇、犹豫、不做决定、好的决定、坏的决定，这一切造就了今天的你。

可能我不该来这儿。此时此刻，或许有一个我正和梅布尔坐在家里。另一个我，另一个梅布尔，另一个现实，那个我没有被好奇心战胜。然而，如果我待在家里，谁来为冷藏室里的莎拉追问死因呢？至少搞调查是我的强项。虽然到现在还没问出个所以然来。

我醒来时雨还未停。薄地毯潮乎乎的，好像雨是从地底渗出来的。我的头很疼。隐约记得自己在梦中解开了什么谜团，此刻又忘干净了。

我匆匆洗了个澡，期望能让脑子清醒过来。没效果。

早餐是自助式的，正合我意，昨晚只吃了一个小餐包，已经饿瘪了。我在一只盘子里用鸡蛋、土豆、吐司堆了一座塔，又在另一只盘子里用水果堆了一座塔，随后把两只盘子搁在最近的一张空桌上。等我倒完茶回来，桌子已经坐满了。

"周末过得怎么样？"旁边一个我不记得见过的莎拉问道，"除了……那件事。"

"我时间挺紧的，没来得及参加什么活动，"我在狼吞虎咽中抽空回答，"有任务。呃，是个意外任务，我在想办法搞定它。"

"哦，你是不是昨晚吃饭时被人叫走的那位？还没参加过活动就可惜了。"这次说话的是戴尔，我记得晚宴时见过，对他嘴上这一圈红棕夹杂银白的大胡子印象很深。我还圈出了他有关性别的一场演讲，那时我以为自己能正常参加活动。"这种机会不太会有了。"

"是吗？"另一个莎拉问。

戴尔摇了摇头，"是的。出了死人的事，赞助人就没有积极性举办后续活动了。就算是意外，在传送门另一头解释她的死因也会把人给累死。"

"存在无数个变体。"反问他的那个莎拉说，"也许明年，某个并未发生死亡事件的宇宙变体会向我们发出邀请。"

听到这里我开始头疼了，"吃完饭我该回去工作了。我还得继续询问酒店员工，还有昨天下午所有跟死者说过话的人……"

我的邻座叉起一大块菠萝，朝我晃了晃，"等等。一场座谈不会耽误你什么的。早饭一过，这间餐厅就要开大组讨论会了，主题是'马、狗、猫，天哪！'。你连站都不用站起来。"

她的话本身不算太有说服力，真正对我起作用的是惰性。惰性加嫉妒，还有后悔不该吃那么多，担心动得太厉害会不舒服的想法。另外，其他人都获得了相互了解的机会，而我只能聊聊一个不幸的死者，更别提她的死因我本来就不该再插手调查了。我犹豫着没离开，看着有人架好了麦克风，撤走了自助餐台。

讨论会安排得比较随意，先是主持人说开场白，再由几位预定好的发言人轮流上台。第一位演讲者坐下来开始讲述自己的故事。她身材苗条，Polo衫下摆塞进旧旧的牛仔裤里，看上去没少晒太阳。

"十几岁的时候，我在北纽约州的一个越野骑行马场打暑假工。"几个莎拉同时打了响指。我意识到，在我四处打探期间，大家已经形成了一套规矩。打响指表示经历相同。这句话对我也适用，只是等我反应过来，这轮响指早打完了。

"我最爱的一匹马叫'轻烟'，属于阿帕卢萨马。"我和几个莎拉一起打了个响指。讲述人省略了它的毛色，一匹白马在泥地里打完滚就是那颜色，也没有描述它活像除尘掸子般的鬃毛和尾巴。虽然它奇丑无比，我还是很喜欢它。

"一天下午，有个男人开车带着个五六岁的小女孩来玩。我老板让小女孩骑上了'火光'。'火光'不太适合给那么小的孩子骑，但专门给儿童骑的两匹马已经随另一个向导出去了。当时连儿童尺码的鞍子都没有，我们不得不把马镫子收到最高一档，又翻了个个儿。就这样，小女孩还得绷直脚尖才够得着。"

我们一言不发地打了响指。我们都熟悉这个故事。

"我带着他们走常规路线，穿过树林，在池塘和外场各绕一圈，再返回树林，迂回到一条土路上。那条土路是个问题。我们有时候为了寻开心，会在那条回程路上赛一赛谁骑得快。这么干挺蠢的，因为马匹都形成了条件反射，一上那条路就会激起斗志，一心只想往马棚飞奔。所有在那儿打工的半大孩子一直都这么玩，谁也不知道是什么时候起的头。

"整整一个钟头我都在想办法别在这地方捅娄子。最后我决定回去的时候往草地走，这样就不会刺激马儿的好胜心了，但我们还是先得穿过土路才行。过土路时，'轻烟'有点儿兴奋，不过它听我的指挥。而'火光'一上土路就撒开蹄子往回狂奔起来。它多半已经忘了背上还驮着个人，那孩子实在太小了。"

"控制住速度，让马走步！"我记得自己追上去之前先冲孩子爸爸喊过话，"别让它跟我们赛跑。"

追上"火光"并不难，"轻烟"速度快多了。难的是怎么骑着一匹奔跑的马从后面止住另一匹奔跑的马。我想不出什么万全之策。若是去抓"火光"的缰绳，会将马头拽向我这一边，导致马身猛地朝外侧倾斜，把孩子甩下去。

码了一夏天的干草捆让我长了不少劲儿，但我清楚，我还没本事一把将孩子揪到自己马背上。我唯一能做的就是伸过手去扶住小女孩，当时她像一枚刺果似的紧紧贴着马鞍。我脑子里不断闪现事故的惨象：她小小的身子滑落到硬实的土路上，或者栽在路边的带刺铁丝网上。我别无他法，只能把她稳在马背上。

我坚持扶住小女孩，直到两匹马抵达土路尽头停下脚步，就这样，"赛马"结束了。"火光"低头吃起草来。不一会儿，孩子父亲也到了，一把抱住女儿，还管我叫英雄。我们回到马棚后，他向我老板叙述了事情的经过，听那意思，我是在罕见的突发状况下挽救了他女儿。要我说，这场险些发生的惨剧是完全可以避免的，我只是把损失降到了最低限度。

夏末，老板为了向我表示感谢，提出淡季里我可以把"轻烟"领回家。我十二万分地愿意，但又明白这事不现实。我开始做调查，考察了十几个马场，计算了开销，最后流着泪打电话给老板说我养不起它。第二年夏天，我回到马场打工，发现"轻烟"已经不在了。我不敢打听它被卖到了哪里，因为我知道自己已经永远失去了跟它相处的机会。

"最后，我终于找到一个办法把'轻烟'带回了家。"讲述人的话音还在继续，却已偏离了我心里写好的脚本。我都忘了她还在发言。在故事的走向改变之前，她的话一如我的内心独白。"我联系了一家寄养'轻烟'的马场，我用它教人骑马，冲抵日常开销。来年春天我攒够了钱，就把它买了下来。'轻烟'包圆了我的课外活动，也是我的快乐源泉，我的生活全部围着它转。后来我决定上社区大学读大型动物管理专业，而没有上四年制大学，就是因为'轻烟'的关系。跟大家聊过之后，我确认这是一个主要的分叉点，所以我觉得应该告诉你们，我一直同'轻烟'相依相伴，直到它三十二岁自然死亡。"

我擦去眼角的一滴泪。周围响起了抽噎声，说明其他莎拉也动了感情。有一个莎拉哭出了声，旁边一个莎拉正搂着她。"那不是你的错，"后一个莎拉的劝说声正好能让我听见，"你救不了小女孩。不可能人人都救得了她。"

我心里响起了一个刺耳的声音。讲述人省略了一些细节，我不清楚是否只发生在我一个人身上。那对父女开车走后，我老板叫我坐下来谈谈。我们花了一个钟头把整件事从头到尾捋了一遍，其间老板不断暗示我哪里要改一改表达方式，哪里要换一换思维角度。"万一有人问起这事，你不必提'火光'一般不适合给小孩骑，对不对？还有马镫子太低也不用说，是吧？"

这番谈话为我日后选择调查这一行埋下了种子。在这一小时里，我们俩坐在野餐凳上，反反复复篡改真相，最终形成了一套不怕打官司的口径。我被搞得筋疲力尽，耗尽了肾上腺素。

事实就在我眼皮子底下走了样，这让我既恶心又着迷。我理解这事有必要撒谎，假如老板被告倒了，只有关门歇业一条路，所以能配合就配合了。但与此同时，他随随便便就这么抹除了真相，也让我震惊不已。

别的莎拉要么没有经历过这一刻的心理震动，要么就是以其他方式把它消化掉了。那位拉比在这儿吗？没准儿正是这件事激发了她去追寻人生的意义。说不定量子学家莎拉们投身科研的初衷只是为了要把那一天重新过一遍。

我内心深处强烈希望跟发言的养马师换个位置，这样就能与心爱的马儿相处十六年了，后悔当初做决定时没像她那样多一份勇气，少一些计算。好比船已启航，我还想登上去。就那一点点不同的经历决定了她的人生。她很幸福。当然我也幸福。那件事我已经翻篇了，只把它当作一个遗憾，而不是关键节点。或许也可以算是关键节点，它影响了我人格的形成，但没有把我击垮。那位大哭的莎拉大概不同意我这个想法。分叉点！分叉点是一切的关键。

"我也很难过。"我起身离开时，对那个还在为女孩哀哭的莎拉悄声说了一句。

我走过大堂，看见酒店莎拉正站在那儿向几名下属交代什么。我犹豫着要不要告诉她我打算去哪儿，最后决定还是不说了。很可能在干傻事，我心里嘀咕着，脚步却并未放慢。我走在散发着一股霉味的走廊里，敲了敲凶手的房门。屋里响起脚步声，门开了。她问都没问是谁就开了门。

"我知道了。"我不需要多说什么。她会相信我的。

我想象她猛击我的头部，撒腿沿走廊狂奔，蹿进了暴风雨里。一如电影情节，接下来是扣人心弦的高潮部分：我们俩在饱经风蚀的峭壁顶上殊死搏斗。为什么我并不害怕呢？我知道这种想法也会在她的脑海中一闪而过，但她不会真的去干。我们都不是那样的人。我自信很了解其他莎拉，虽然在我猜到真相之后，这种自信已经有所削弱。

她把我让进屋里。她依旧穿着那件"没好事"T恤，看上去比之前还要皱。她转身时，能看到从腋下到后背洇着大片汗渍，像是一直在健身。

"我去简单冲个澡。"她说，"等一会儿行吗？你可以四处看看。"

我点点头，同意了。她连浴室门都懒得关上，也有可能是为我着想，表明自己没在里头搞什么名堂。

我拨了拨DJ摊在第二张床上的东西。一台老掉牙的笔记本电脑、一部老掉牙的MP3播放器、一副挺不错的头戴式耳机。还有我见过的那种药片。一只系着口的塑料袋，里面有一坨棕色的东西，另一只塑料袋像是装着磨碎的咖啡。几件T恤、一条破旧的牛仔裤。

她裹着浴巾从浴室出来了，一副健康的体魄。

"可以让一下吗？"她问。我挪到一旁，她从那堆衣服里拿了一条内裤。她把一根手指穿过内裤上的一道开线口子。"没想到还有这事，穿别人穿过的内裤。"

"值得吗？"

她脑袋一歪，给了我一个悲伤而无辜的笑容。"取决于你是怎么想的，我觉得。"

我还没有考虑到这一层，不过她一说我就明白了其中的意思。即使我向当局——眼下姑且这么称呼吧——道出了真相，真DJ依然穿着别人的衣服躺在楼上的冰库里。一切于事无补。

"为什么？"我问，"为什么单单挑她？分叉点在哪里？"

"我和她之间有十万个分叉点。她浪费了自己，浪费了人生。她DJ干得不错，可其他方面完全一团糟。戒过一百次毒，就是坚持不下去。"

"她对我很友好。"我想了想跟真DJ的短暂交流，还有她那略显神经质的激情，"看上去挺酷的。"

她穿上了床上那条牛仔裤。还算合身，但不如她昨天穿的那条设计师款。"我调查她有一阵子了。相信我。她待人也许挺友好，但这人就是个移动的四级火警。把自己生活里的一切都点着了，除了音乐。"

"可是，她把生活搞砸了，也不至于就该去死呀。再说，你自己的生活不是很丰富多彩吗？你还发明了跨维度旅行。如果你觉得她的生活狗屁不如，为什么还要顶替她呢？"

她把手伸进床上的背包，掏出DJ的钱包，抽出证件，朝我扔过来。

噢。"在你那个世界,西雅图毁了。"我没有提问,只是陈述。

她点了点头,眼里含着泪。"不单单是西雅图毁了。所有人都没了。我读研究生那阵儿,和五个最要好的朋友合住在一栋房子里。地震发生的时候,我正好回东边去探望父母了,但五个朋友都在房间里。当时我正在跟凯莉通电话——他们都在看《魔幻迷宫》①——我亲耳听到了整个过程。过了十天才把他们挖出来。不用说,已经太晚了。在 DJ 的世界,他们都活得好好的,而她整天待在自己那间破公寓里,假装他们都不存在。他们打来问候电话,她一概不接。她跟父母姐妹也形同陌路。甚至连梅布尔都没见上面。我还有一百万个莎拉可以选择,但都没有选,因为她们还有亲朋好友。"

"可你也有亲朋好友,"我说,"他们怎么办?"

"我的实验室同事可能会想我,顶多就这样了。在我成功完成大发现的那天晚上,梅布尔和我分开了。那是我们俩周年庆的日子,本来约好一起吃晚饭的,正巧我的实验还差最后一步,就放了她鸽子。我回家打算向她报喜,可她已经离开了。当然,家里人会很难过,离开他们我也会难过。不过我觉得,他们如果了解到我生前做过什么,又是怎么死的,应该感到宽慰。他们会知道我已经按计划取得了所有成就。这是一个了不起的人生。而且他们清楚,我爱他们。"

---

① 原文"*Labyrinth*",1986 年上映、大卫·鲍伊主演的美国奇幻歌舞片。

"这么一个了不起的人生你舍得丢下？"我还在替她设想，"终身教职啦，名誉啦，这一切你全不要了，倒去换她那个人生？"

"这些是可以满足我的虚荣心，但并没有什么大不了的。没有家庭重要。没有亲朋好友重要。你提的那些东西，我一秒钟也不会犹豫就会拿去换那个世界。在那里，我爱的人、我爱的地方都还在。在那里，我能找到另一个梅布尔——她俩居然没见过面！——还能跟其他所有人重逢。"

"就算他们都恨你？"

她斩钉截铁地说："没错。关系可以修复。就算他们恨我，至少我知道他们都还在。"

"为了这个，哪怕砸扁人家的脑袋也值了？"

我仔细盯着她的脸。一场天灾夺去所有好友的生命，我能想象那种恐怖；无意中当了逃兵幸免于难，我能想象那份愧疚；还有那通电话，亲耳听到另一头惨剧的发生，一辈子的心理阴影算是留下了；纵然如此，我还是认为这些不会成为我杀人的动机。

"她并没有什么感觉。就像石头落在地上。她连胸罩都没有。"她边说边在包里乱翻，"自打十二岁起我就没不戴胸罩出过门。"

"你昨晚没戴。主旨演讲的时候我在你背后见过你。"我瞧着她套上一件T恤，正面印着一支我不认识的乐队，"为什么另一个量子学家要顶替你？就是那个真正的R1D0。"

她叹了口气，"假如我说我们俩一模一样，我是认真的。事实上，我们人生中唯一的区别就是那天晚上我完成了大发现。她和梅布尔去吃了周年庆的晚饭，而我取消约会，留在了实验室里。这就是我们俩的分叉点。她懊恼自己那晚没待在实验室里。她想得到那份荣誉。她把荣誉看得比什么都重要，觉得和我换个位置会很幸福。就是这么回事。我的意思是，换了我也会懊恼，可我认为她并不明智。她毕竟还跟梅布尔在一起。这比在论文上署名重要多了，哪怕是一篇重磅论文。"

"她的决定准是一时冲动。"我说，"我猜她听到了你的呼叫，当她发现自己是第一个赶到现场的，就跟死者调换了衣服。我不确认她为什么要拿走两部对讲机，也许是太慌张了。我和她站在走廊里的时候，听到她房间里还有一部对讲机。不管怎么说，我听过她昨晚的演讲了。完全能以假乱真。"

"她就是我。没人能分辨出来。她可以拥有我的一切。现在，我连抛开家人的内疚都省了，让她那个世界去适应缺了她的日子吧。话说回来，换了她是我，她也会去夜总会干那件事，跟我没有丝毫区别。"

她说得没错，想到这种情况下还存在多少个凶手莎拉，我只觉得不寒而栗。"这就是你选择量子学的全部动力吗？为了换个世界？"

"不是的！当时我们已经读到物理学硕士了，拿到学位再进入量子领域不是什么难事。我们想知道是不是真的存在西雅图安然无恙的平行现实。在那里,凯莉、泰勒、艾莉森、斯科特、安德烈娅他们都还活着。不是要去那儿,就是想知道。"

只有安德烈娅我不认识。不算梅布尔,凯莉和泰勒是我最好的朋友。自从搬到西雅图,我就一直同他们四个住在国会山①,房子是斯科特和艾莉森的。假如他们都遇难了,唯独我碰巧捡了条命,我无法想象自己在这样一个世界会怀着多大的愧疚。更有甚者,梅布尔还离开了她。这些人她都失去了。即便只是听她复述,我还是震惊得如同亲历。

"这么说,你并不是蓄谋杀人?"我依然难以想象这位野心勃勃的莎拉会抛弃一切去当DJ,不过经她这一解释,其动机似乎没那么离谱了。另外还有一个问题我没想通。她说的话我大部分都信,但我还是觉得自己不可能去砸扁某个人的脑袋,也不可能花时间在舞台下摆弄尸体,把现场伪装成发生意外的样子。每一步都打上了精心算计的烙印。

她将了将短发,抚平翘起的发丝。"等到她拖着第二个箱子回来的时候,我才下定决心要动手。她第一次下楼准是嗑药去了,我本来想和她聊聊,可我问的话她很难接上。反正我确信,在那一刻肯定产生了我决定不动手的平行现实。"

她相信自己这套说辞,我能看出来,但我不相信。我确认的是,她等在那儿,花了一番工夫在展览台上选中了那件完美

---

① 西雅图的一处住宅区。

凶器。说不定连凶器都是预先定好的——那些问卷反馈回来后，她研究莎拉们打算提供的展品，最终发现那座奖杯是理想之选。这样就解释了为什么把名人堂安排在夜总会里，而没有安排在整个周末都方便参观的地方。她自欺欺人的这一套很具有迷惑性，一个不慎就会让人误以为是事实。我不是她，我再次提醒自己。我们俩做了一系列不同的选择，才各自走到了今天。

"为了澄清你可能有的疑惑，我可以告诉你，我不会为了你的西雅图而杀你。你没有糟蹋自己的世界。大部分莎拉都没有。总之，我搞量子研究的初衷是，只要能证明朋友们在另一个现实的某个地方还活着，我就满意了。我们几个进入量子领域都是这个原因，只为了证明存在其他可能性，而不是给自己换一个世界。我一直都挺满足的，直到我开始研究你们，准备拟定邀请名单。准确地说，直到我发现了她"——她指了指自己——"而且意识到换一个世界是行得通的，我才动起了这个脑筋。假如我不试一下，就永远解不开这个疙瘩。换了你也会这么干的，对不对？"

我没有回答。我觉得不会。但愿不会。

她继续说道："我联系其他量子学家时，挑选的对象都是在我冒出那个念头之前分叉出来的。反正我以为这样做挺保险的。也许我弄错了，起码R1D0就是个例子。我没有想到的是，我邀请她们帮忙筹划这场活动，这本身就会诱使她们分叉，产生调换身份的念头。还是没有远见哪。你觉得其他莎拉知道我调包了吗？"

"我觉得没人知道。"没有人向我提过这一茬儿。如果他们不知道，说明他们没起过这念头；如果他们没起过这念头，说明会杀人的也就那么一两个。

"嗯，希望如此。我愿意把自己当成我们中间最差劲的那个，除了她。"她站在我面前，穿着我昨天遇见的DJ的衣服，顶替着她的人生，"那么，你打算怎么办？会向大家公开这件事吗？告发我？"

"你追过一匹脱缰的马吗？"

她不明所以地点了点头。

我想到了分叉点。我一贯认为，在土路突发险情的那一刻，除了像我已经做的那样护住小女孩，不可能再有其他举动了。这是好事。假如当时还存在其他选择，哪怕这种选择再不可行，都会让我有所迟疑，因为我会在脑子里预演每一种选择可能产生的结果。没时间思考反而有好结果。

来这儿之前我常对自己说，一旦做出选择就无法反悔，必须接受一切后果。我们每天都在通过各种选择塑造未来，却并不清楚哪些选择在其中起到了关键作用。现在，我依然不得不接受选择的后果，但我还知道，一旦我做出某个决定，就有人被困在我放弃的选项之中；或者反过来，是我被困在了别人放弃的选项之中。我甚至分不清这两种情况何为被动、何为主动。

假如我放过她，假如她多少跟我还有点儿相似，也许罪恶感会把她折磨得生不如死。这本身就是一种惩罚。另一方面，如果我告发她，就能为DJ伸张正义吗？还是仅仅为了证明我有能力破案呢？

"如果你告发我，"她仿佛在说我的心里话，"将会在无数的地方产生无数的混乱。我不知道当局该怎么处理这个案子。尸体和受指控的凶手分别来自两个宇宙。要是你放过我，想一想我能做的好事吧。我会修复她与亲朋好友之间的关系。我会找到她那个世界里的梅布尔。这个莎拉从来没打算悬崖勒马，我发誓。她活不了多久的，没准儿明天、下礼拜、下个月就会死。她早晚是个死。而我能在她那个世界做一些好事。"

茫茫宇宙，平行现实在不断分叉。主办人产生过不同变体，有的决定实施计划，有的放弃；有的杀了DJ，有的临时改变主意走开了。还有更多平行现实，第二个量子学家也分出变体，有的在几分之一秒内决定离开自己的生活，偷偷潜入另一个几乎一模一样的人生，只是多了个大发现；有的甩掉了这个念头。我呢，有的告发了第二个量子学家而放过了第一个，有的告发了第一个而放过了第二个，有的两个都告发了，有的两个都放过了。

在某个现实中，DJ没有死。她拿起一张唱片放在转盘上，调慢节奏去迎合正在播放的那首歌，将两首歌拼接得天衣无缝。在某个现实中，莎拉们挤满了酒店夜总会，伴着自己喜欢的音乐笨拙起舞。她们被世界塑造着，同时也塑造着世界。

附　录

本作品集《悠游长风》（原名：*Sooner or Later Everything Falls Into the Sea*）

2019年由小酌出版社（Small Beer Press）发行

荣获2020年菲利普·K.迪克奖

荣获2020年轨迹奖第二名

提名2020年世界奇幻奖

1.《一段双车道公路》（*A Stretch of Highway Two Lanes Wide*）

2014年首发于《奇幻与科幻杂志》（*The Magazine of Fantasy & Science Fiction*）

提名2015年星云奖

2.《我们眼前只有一片黑暗》（*And We Were Left Darkling*）

2015年首发于《光速》（*Lightspeed*）

3.《记忆日》(*Remembery Day*)

2015年首发于《顶峰杂志》(*Apex Magazine*)

4.《万物终归大海》(*Sooner or Later Everything Falls into the Sea*)

2016年首发于《光速》(*Lightspeed*)

荣获2023年第54届日本星云赏

提名2017年星云奖

5.《她的轻声哼唱》(*The Low Hum of Her*)

2014年首发于《阿西莫夫科幻小说》(*Asimov's Science Fiction*)

6.《与死者对话》(*Talking with Dead People*)

2016年首发于《奇幻与科幻杂志》(*The Magazine of Fantasy & Science Fiction*)

7.《休厄尔时间迷失者之家》(*The Sewell Home for the Temporally Displaced*)

2014年首发于《光速》(*Lightspeed*)

8.《欣欣然背向深渊》(*In Joy, Knowing the Abyss Behind*)

2013年首发于《奇异地平线》(*Strange Horizons*)

荣获2014年斯特金奖

提名2014年星云奖

9.《水手不孤独》(*No Lonely Seafarer*)

2014年首发于《光速》(*Lightspeed*)

荣誉提名小詹姆斯·提普垂奖(抑或奖)性别探索奖

10.《悠游长风》(*Wind Will Rove*)

2017年首发于《阿西莫夫科幻小说》(*Asimov's Science Fiction*)

荣获2018年阿西莫夫读者选择奖第二名

荣获2018年雨果奖第二名

提名2018年星云奖

11.《乡村公路圣母》(*Our Lady of the Open Road*)

2015年首发于《阿西莫夫科幻小说》(*Asimov's Science Fiction*)

荣获2016年星云奖

荣获2016年阿西莫夫读者选择奖第三名

入围2016年斯特金奖决选名单

12.《独角鲸》（*The Narwhal*）

2019年首发于本短篇集《悠游长风》

提名2020年轨迹奖

13.《还吾人生》［*And Then There Were (N-One)*］

2017年首发于《怪奇杂志》（*Uncanny Magazine*）

荣获2018年雨果奖第二名

荣获2018年斯特金奖第二名

提名2018年星云奖

提名2018年尤吉奖